迷之困境

刘 潇 著

中国广播影视出版社

LONDON
Liu Xiao.
DIAMOND
CATALOGUE

我们步行在宇宙中

我们吃喝在无垠中

我们思考、工作在无限中

无论我们到达哪个世界

我们永远是那群孤独的异乡人

开 场

如果在这一天发生的所有事情都将是不恰当的，那么：就不用坐一站地铁去交水费（或是使用自己从来不擅长的网上银行付费）；也就不用跑到前妻那里将儿子好说歹说地带出来；更不用跑到公司里将昨天的经费预算表重新做一遍。这一天是不恰当的，也就是说都是没有必要存在的，更没有去面对它的必要，A这样想着；但如果过去的所有事件引发了今天自己所要面对的事情，同时今天是没有存在的必要的，是否可以说过去的所有事件都是没有必要的呢？自己37年的时光是没有必要的，甚至连同自己有关的所有人都是没有必要存在于自己周围的，这些成立，那自己的父母没有必要结合生下A，也就是说父亲在22岁生下A之后的人生必然也是没有必要的。父亲在20岁认识母亲，那父亲的人生至少在20岁以后是没有必要的了，但如果父亲没有这么努力地考上国立帝国大学，那也就不会同母亲相识，那么，就是说从16岁以考上国立帝国大学为目标而开始努力读书的父亲的人生就已经是没有必要的了。或者可以这么说，从开始上小学一年的父亲的人生就已经是没有必要的了，因为从小学一年开始学到的知识为父亲考上国立大学奠定了基础，也就是说，父亲的人生从6岁开始就变得没有必要了。但是祖父就是国立帝国大学的毕业生，想必祖父从生下父亲开始就打算让父亲读上国立帝国大学或是其他的名牌大学；家训是很严格的，这一点A从小就知道，祖父对父亲的严厉也在家族中早有耳闻，所以祖父必然对父亲也抱有极大的期望，祖母他们也必然在父亲身上寄托了许多，这些期望和寄托肯定从潜意识里激励父亲最终考上了国立帝国大学、认识了母亲、生下了A，所以这些期望和寄托也必然是没有存在的必要的。

想了许久，抽完半盒万宝路，A 几乎将自己整个家族从历史上抹去了。整个“路虎”汽车车厢里弥漫着另 A 垂头丧气的焦油味道，他不明白为什么抽第一口的时候感到他将会解决一桩事情，但每当抽完第一根的时候，他已经什么都不想做了。

好吧，还是出发吧，这一天必然会过去的，虽然闷热难耐，整座城市灰蒙蒙的完全没有生存的乐趣可寻。但是这样的一天必然会过去。即便要和前妻耗上半天，还得看她现任丈夫的脸色，但好歹儿子是自己的，儿子 B. 以前在 B 五六岁时，给他看德国漫画，他总是一幅一幅地看过去，每个线条都不放过，明明是用钢笔寥寥几笔画出来的，他非要顺着每一笔笔锋似地看过去。真是一根筋的人啊，以后必然是受苦受累的主儿。

当 A 正要否定儿子 B 的人生时，一辆轿车飞奔而来，一头撞在 A 汽车后面的树干上，那轿车车头被撞烂了一半。

A 吓了一跳，刚放到嘴角的香烟掉了下去。A 慌忙从后视镜里看了一眼那车，里面没有动静，整个公寓社区也没有动静，无聊的上午 10 点半，没有动静。A 犹豫了一下，跳下车，慢慢走向那车，害怕看到血肉模糊的景象，边走边掏出手机准备叫警察和救护车。

里面没有人。

速度这么快的汽车里面竟没有人。但是这样的社区里面怎么会有速度如此之快的汽车？从它开来的方向望去，是两幢公寓楼间狭窄的社区小路，两车相向都无法应付的宽度，而且那段距离才六七米，怎么可能加速成这样？最关键的还是一点：里面没有人。

A 犹豫了许久，不知该不该报警。报了警也估计是无头案一桩。会不会是有谁恶作剧？反正要换新车了旧车就此完结，还能多一个乐子，吓一吓像自己这样的路人？A 四处张望，空无一人的社区。A 也可以就此罢休，开着车直接接儿子 B 去，因为这一天本来就可以被否定的，是没有必要存在的。当然，如果这一天没有必要存在，从上面的推论来看，也就不会有 A 自己，也必然大无必要开车去接儿子。如果刚才荒唐地飞来的汽车是证明今天没有存在必要的证据的话，那 A 和小 B 以及其他许多人会在今天内消失掉——因为毫无根据嘛。或者，这辆飞来的汽车是证明 A 的人生其实是一个不存在幻想，A 从出生一开始其实就已经消失了。如果是这样，倒也轻松了许多。A 想了想，还是打算至少将这事报告给社区保安，这至少也是他们该负责的事情。A 拨通了电话，嘟嘟嘟地没人接应。

A 爬上自己的汽车，点了一根烟，忽然得意起来，自己也不知道为什么，因为觉得似乎某种力量正在反思 A 的世界，正在隐隐约约地否定这些烦人的事情。对不起，让你为难了。A 想象某个声音如此对他说。

A 发动了汽车，准备开走，打算经过社区保安室的时候跟保安说一声。开过时发现里面空无一人，连一直放着的几个茶杯都不见了。A 将汽车开出社区，自动门敞开了，外面是空无一人的大马路。

一辆车都没有，其实也并不算反常。因为去年冬天的一个星期天就是这样，A 记得很清楚，那个一辆汽车都没有的星期天上午。如果去年冬天的那一天也是不需要存在的话，那今天又是什么意思？去年的那天如果是可以被否定的话，那从去年开始到现在都是可以被否定的。A 开始回忆自己是去年冬天前还是冬天后同妻子离婚的，如果是去年那天后才离婚，那离婚这件事情也是可以被否定的。至少不会像今天这样闷着心思去找前妻。好像是去年秋天离婚的。A 的心一沉。突然又觉得自己的思考带来的心情起伏都是荒唐的，都是可有可无的。如果这样的事情都是可有可无的话，那么自己所有的努力（自己也曾经为了某些事情努力过）都是可有可无的。现在想想真是不可思议，竟也为了现在离婚了的妻子不顾一切，不顾家人的反对，要死要活地要娶她，要死要活地争取到公司高级管理层的位置，就为了能让妻子和自己一道享受每年半个月的夏威夷假期的公司待遇。去年春天买给儿子买的钢琴正从美国海运过来的途中，妻子拿着离婚书来到了 A 的办公室。

“就签一个字。”妻子说。

“就这样？”A 抬头看着妻子。

“嗯。”

A 没有在办公室里签字。如果不是因为那件事，A 永远不会签。

去年冬天，A 从法国回来，半开玩笑地给妻子买了一顶大大的帽子，上面镶着钻石，本想给这个苦涩的冬天增添点乐趣，但处于崩溃边缘的婚姻无法从冰冷的冬天里恢复过来。

“喏，你看，给你买的帽子。”A 回到家脱下大衣。他忽然觉得找到学生时代一样和妻子对话的语气并不难——虽然沉重的现实已经将过去都砸碎了（所以过去也是可有可无的？）。

“这是 C，我的男朋友。”妻子跑进卧室将一个男的牵出来。

“小 B 呢？儿子呢？”A 面色铁青。

“他在自己房间里。”妻子也面色铁青。

A 冲进儿子的房间将儿子抱起来，回到妻子面前，

“把离婚书拿出来。”他说。

所有的一幕幕在 A 的挡风玻璃上变成了宽屏电影。他从副驾驶座位上拿起一包烟，叼了一根出来，点燃了。

竟然会成今天这样。A 叹了口气。打开收音机，里面只有杂音，调试了几个频率都没有任何信号。

电台休息得真彻底。

A 的汽车在空荡荡的宽阔马路上飞奔。每个路口的信号灯都是绿色，一路畅通。也算是运气好。A 打开 CD 音响，听 30 年前的老摇滚。既然没有人，就打开车窗吧，将音乐开到最大，马路上回响着摇滚乐。开了一阵子，A 才发现自己不熟悉前妻的住址，于是打开 GPS，输入地址仙盂路 8 号。GPS 屏幕上显示出横竖的马路，但都形成了等分的方格，好不自然。而且每个经纬交点上都显示着仙盂路 8 号。

怎么回事？

A将汽车停在路边。

整条马路上只有A的摇滚乐在回荡。A取出手机，手机里的GPS软件同样经纬等分，连一条弯曲的路都没有。

可能是出问题了。A想。但是却不知道是哪里出问题了。或许这个问题早在去年就出现了，比如去年冬天的那一天，同样一辆车都没有，但至少他到达了目的地，随后见到了该见的人，一切正常；或许这个问题从A碰见妻子那天起就出现了，也许他同妻子的见面是不该发生的；也或许是从A出生那天起问题就出现了，积累了37年，直到今天彻底爆发。照目前景象来看，这个问题全面爆发的结果就是抹去所有A自认为应该存在的东西。那为什么汽车、自己的公寓以及所有这些街道仍旧存在？是否是因为这个问题还处于演变阶段，没有到最终形态？也许等到最终形态那天就是这个世界全部被消灭的那天。如果有一个力量正在反思、正在消灭这个世界，也就是说这个世界是不应该存在的？或是不恰当的？那为什么到今天才开始显露出来？为什么过去从未被发现？难道这个世界仅仅是为自己建立的？为什么只有自己存在于这个正在被抹去的世界？或许还有第二个像自己一样的人存在于这个世界？

A将音乐关了。毫无抽烟的心情，将抽了一半的香烟丢到车窗外。烟头在路面上弹了几下，躺在不远处。落地如此真实，一点都不像一个错误。如果某种力量正在抹去这个世界，为什么还对如此细小的烟头有所偏爱呢。城市上空雾蒙蒙的，昨天天气预报说今天又有阵雨。

现在气象局一定是空无一人吧。A想了想。忽然有到气象局去看看的冲动。从来没去过。

A再次发动汽车，决定先到自己熟悉的公司去看看情况。一路上A担心熟悉的路会不会莫名地消失，但情况倒并非如此。到了城市商务区甚至还能见到路面上飞扬的报纸。

进入空荡荡的公司，A来到自己的办公室，上面摊着财务报表、咖啡杯。没什么问题，和昨晚离开前一样。A觉得自己是多虑了，刚才到现在只是恰巧没有碰到人而已。他碰了一下鼠标，电脑结束待机状态开始启动，亮起来的屏幕上显示的还是昨天的文档。A揉了揉太阳穴，扫视了一下办公桌面，咖啡杯是黑色的。

然而从冬天以来自己一直用的是白色的咖啡杯，这一点A记得很清楚，因为黑色的那只咖啡杯在去年冬天的时候已经被打碎了。A将眼前这个黑色杯子拿起来上下打量，没错，就是去年冬天的那一只，边沿处残留着咖啡渍，连杯面上被略微磨损的英文字样也同先前那只一模一样。

看来是有问题。

但是手边的报表以及电脑里留存的文档都是昨晚的，按照自然的时间顺序来看完全没有问题。A看了看电脑屏幕，日期没问题，年份也并未回到去年。但为什么去年被打碎的杯子回来了呢?

A走到办公室落地窗边，望着25层楼下空荡荡的马路和街区。

至少自己生活的世界出了问题，他想到。

第一卷

第一章

没有出口的世界

A将巨大的玻璃办公室里唯一的气窗打开来，25层楼的高空中竟然飘来一阵难以逐磨的香味，被厚厚的记忆棉花压在脑袋深处的某种香味。A努力回忆这种香味，努力去把握同它有关的一草一木、一街一景，或是某个人的一个眼神，但没有哪种画面能包含这种香味的迹象。他继续闻着气味，持续不断的香味。自从离婚后，前妻换了手机号码，也拒绝向A透露新号码，只是在每个月第三个星期六允许A直接去仙盂路8号接儿子。多么无聊的主意！A对此嗤之以鼻。因为不管怎样他也不想去骚扰前妻，他更加担心的是反过来的情况。

自从离婚以后，A并没有去找女朋友，从来没有想过。同几个女同事暧昧倒是有过，但无非是貌似真情吐露的话而已。A同女人们的暧昧一般是这样的，一开始好像是简简单单的普通朋友，但总是忽然在某一天真情表白似地给对方去一个电话、一条短信，或是含情脉脉地盯着对方的两眼。所以A有不少暧昧不清的女性朋友，但仅此而已，也绝没有上升到发生其他关系。总体来说，他还是个比较安分的中年人——以他这个年龄段、身份、收入和地位来看。A站在自己空旷的办公室落地窗边，他在这间100平米的办公室里放了一辆自行车，闲下来或是需要思考的时候就在办公室里骑车转圈儿。由于现在有许多事情无法解释，A再一次骑上他的自行车，没想到却想到了许多朋友的事情。C是中学同班，现在应该已经给情人在市中心买了一个高级公寓，一次性付完全款，他平时每周两个晚上住在那里。好像C的妻子也知道这件事情，但对C“每周得在公司里守着等美国客户发材料过来”的借口假装相信。妻子知道她最多也只能维持现状，生怕如果事情闹大会把C气得干脆搬到情人公寓去住。

C学生时代成绩很好，一学期下来，所有课本都是平平整整的，上面也很少有笔记，所有的材料也都整齐归档，对于一个男生来说相当洁癖了——暗恋他的女生也不少，大多站得远远地看C投三分球。德干是C的妻子，也是A的高中同校，同窗会的时候也都一起喝过不少酒，C的情人半公开化以后，A同德干也不再联系了。

当然，现在C也好，德干也好，当前最需要解决的是如何解释眼前这个奇怪的世界。这是我的世界吧，A想。没问题，周围所有的东西都再熟悉不过了。A骑车来到办公桌旁，拿起电话拨通了C的手机。电话一直没人接应。他再次打电话给自己公寓的保安室，同样没人接应。他看了看手表，12：10，时间在正常地流逝。A叹了口气，自我安慰地想自己被孤立的感觉只是一系列的巧合而已，他坐到办公桌边，开始工作，想要在13：00前完成财务报表。这张表拖了很久，一直被总部否定打回，A直接问过总部的财务总监，但给出的答案总是模糊不清的，电话里听得很有道理，但每当自己开始着手做时，发现无从下手。为此A组织过许多次会议，让手下各部门发表意见，但每次会议的结果都是无法削减各项支出。奇怪的事情是：每当A觉得应该放宽财务限制时，总部都会提出紧缩的要求；而A适应总部要求紧缩财务后，总部又认为应当放宽。A已经在这张不明不白的报表上耗了两个多星期，快要让他从工作游刃有余的地区总裁变为厌恶工作的大学毕业生了。

窗外阴云渐渐散去，阳光洒在了25楼的玻璃窗上，金灿灿的。

A看了看手表，12：45，仅仅半个多小时就将报表修改完毕了，但至于会不会被再次打回，这就无法确定了。A将工作灯关上，拿起遥控器打开办公室的电视，一个一个频道换过去，除了雪花还是雪花。他将电视关上，又拿出音响遥控器，播放肖邦的钢琴曲。走到迷你酒吧旁，取了一个玻璃杯，从迷你酒吧下面的迷你冰箱里面取了两块大大的冰块，举着威士忌正想往杯子里倒，忽然意识到不能酒驾，要是喝了酒便无法接儿子B了，因为照今天的情形来看，打车是不太可能的了。

肖邦的钢琴曲让人越听越不安。肖邦有多么不安哪。A今天才猛然发觉肖邦其实是一个很没安全感的人。平时在办公室里放肖邦，大多有秘书或是客人在，自己也大多一心在谈话或是工作上，并没有真正去听肖邦的曲子，今天，很难得，在“空无一人”的世界里（连电视都似乎是被迫停掉的），A几乎是在盯着肖邦的双眼、听他的曲子。

难不成肖邦也是个被困在错误世界里的人？难怪这么不安。A开始胡思乱想。

A开始觉得背上发凉，于是将肖邦的音乐关掉了。

A从迷你冰箱中取出一瓶苏打水，来到电梯口。他决定离开公司，尝试寻找仙盂路8号。

好像少了两个电梯，A自言自语。电梯间似乎本应该有四个电梯口，两两相对，而现在A身后的电梯口成了铺着蓝色玻璃的墙壁，里面亮着作为装饰的灯。

可能是我记错了，A想。

他忽然又想起有一次秘书为了向他汇报工作，追到电梯口，简短谈完后，A进了电梯下楼，而秘书进了对面的电梯上楼。

对了！这一点绝对没错。也就是说一定有另外两个电梯口。

但现在成了一堵玻璃墙。

A想到了之前办公桌上“复活”的咖啡杯。

A 想：许多小说上写过“平行世界”之类的话题，难道 37 岁的我也在今天被迫体验一番？退一万步讲，即便某种力量让他来体验一番，那也未免过于老套了。A 笑着摇摇头。不可能。但消失的电梯以及复活的咖啡杯的确无法解释。如果非要解释，那就是自己记忆出了问题。

对，记忆出了问题。

真正了解自己眼前世界的仅仅是自己。自己的世界也只能由自己解释，因为自己的世界是不真实的。这一点毫无疑问。每个人所认为的世界都是由自己主观想法创造的。想法创造了绝大多数的信息。同时，人们会避开自己不愿接受的信息，而对自己愿意接受的信息敞开大门。信息的合成是主观的，所以每个人的世界都是主观的，或者说是虚拟的。那如果 37 年以来的记忆都是主观的（这点毫无疑问），甚至达到了主观至虚拟的地步，那么今天以这种怪异形式呈现出来的“我”的世界也未尝不可能。如果这是“我”的世界，那存在着其他的世界吗？比如妻子眼中的世界，儿子小 B 眼中的世界。难道这 37 年以来，我和妻子都是在各自毫无交集的世界中自以为是地互相对话吗？

也许我正处于昏迷状态，现在只是我的意识。但这点无法证明，因为我眼前这个世界过于真实——虽然也过于荒诞，A 想。

无法证明那就好好研究这个世界吧。如果想要研究这个世界，就首先得相信这个世界是真实的。

但身后的电梯的确一夜之间消失了。

A 来到地下车库，本来停着唯一一辆汽车的车库现在空无一车。他的车也消失了。

A 一摸口袋，汽车钥匙也不见了。也许是忘在了办公桌上。但汽车的确不见了。

嗯，消失事件愈发频繁了。对于现在的事情，我们无法发现得过早，但是一旦发现，就无法弥补这些事件。是不是平素对周遭过于疏忽了？过于专注自己的内心？干脆说自己过于沉迷自我。比如说他从来不会将自己写的小说从电脑里删除（A 只是写后存在自己电脑里而已，从未想过示人，但也从来不会将自己不满意的作品删除，因为他总觉得现在看着不舒服的东西没准几年后翻出来会觉得不错）。

A从地下车库回到大厦大厅，走到室外。闷热消失了。远处是冷冷的云朵。仔细望过去，云朵的每一个棱角都清晰可见——即便隔得很远。A 从来都未像现在一样觉得视力清晰有力——异常清晰，好似戴上刚配好的眼镜；异常有力，似乎某种力量正迫使他在这个世界中发现什么。每一处细节：不管是脚下烟头上的口红印还是天边云彩旁的一丝光芒，他都能看得清清楚楚。A 将手伸进大衣口袋掏手机。

大衣？明明是夏天来着，为什么会是大衣？

没错。A 穿着深灰色的大衣，站在万里晴空之下，一个初冬的早晨。

大衣里面放着一个手机，A 摸着感觉陌生，掏出来一看，是一部手机，边角的漆磨损得厉害——是个陌生人的手机。

难道我穿错了？错拿了别人的大衣？可是明明是夏天，为什么我会有意无意地错穿别人的大衣？A从大衣里找到一包香烟，上面印着他看不懂的俄文，抽出一支，点燃了。

呲——！

天空长长的，像一条赛道，又好似一条超越空间概念的桥梁，将一个世界和另一个世界悄悄地连接起来，而同一片天空下两个世界的人们却全然不知，当然，这也是某些人过时的臆想而已。

“为什么每天都带着这空瓶子？”小学老师将瓶子放在讲台上，微微生气的同时又无可奈何。

“里面是我的脾气。”小学生小B说。

“什么意思？”老师反问道。眼前这个小学生的冷静有令成年人焦躁的功效。

“我把我所有脾气都装在里面了，所以我就没有脾气了。”小学生小B回答道。

“那既然如此，为什么不把瓶子丢了。这样不就彻底没脾气了？”

“如果丢了，那我就没有自己的性格了。就是空壳了。”小学生拿起空瓶子塞进书包。

“回去告诉你妈妈，如果想让你成绩上去，光责怪我们做老师的是没有用的。也请她自己好好做好家长的教育责任，”老师盯着讲台上待批的试卷，小学生B走到教室门口，“比如说别制造怪胎。”老师轻轻地补了一句。

小学生小B在门口停顿了一下，出去了。

小学生小B住在一个高级公寓里，每天都有仆人将早餐端到他床上。他和妈妈住在一起，没有爸爸。

小B一回到家，妈妈就将冷冻好的橙汁放在桌子上。

小B喝了半杯，对妈妈说，

“妈妈，为什么我没有爸爸。”

“你曾经有过，但他现在已经不在这个世界上了。”妈妈继续看着厚厚的辞典，好像是某次欧洲旅行后带回来的，说是在德国黑森林地区的一间小店买的。

“今天老师说我是怪胎了。”小B继续喝着橙汁。

妈妈脸上浮现出一丝微笑，除了小B，没人能理解那是一种什么样的微笑。可能人类语言中形容笑容的词汇还不够丰富，如果一定要堆砌各种词汇来解释刚才妈妈的笑容的话，那便是：冷笑、微笑、嘲笑，同时有表现安详、慈爱、无私、可爱、自私、大度的情绪在里面。那种只对小B显露的笑容。一种只有小B才能读懂的符号。

妈妈将辞典推开。她还喜欢读超市广告的商品目录书，而且似乎越厚越喜欢。她常常在餐桌上铺满各种目录书，花花绿绿的印满了各种商品照片，从牛肉到电视机，还有大大的爆炸符号，上面印着难以置信的低价。宽频彩电 200 元？！高级牛肉 20 元？！更有密密麻麻细小的文字印在商品书的边角处。妈妈总是看得津津有味，还将各种文字和图片剪下来，做各种拼接。

“那今天要吃什么？”妈妈忽然兴奋起来，拉住小 B 的手。

“我都行啊。”小 B 说道。

“今天妈妈给你做好吃的！”妈妈站起来，走到厨房，开始煎牛排，“今天妈妈从超市买的新鲜牛排。”

“Sherry 呢？”小 B 左顾右盼。Sherry 是他们家的仆人。一个 20 岁出头的女孩。

“Sherry 今天和男朋友约会去了。”妈妈回头匆匆忘了小 B 一眼，两鬓乱发，从来没有过的形象。妈妈总是丝缕不乱的，小 B 想。

厨房里顿时间充斥着异香。一定是很贵的牛排才能发出如此香气扑鼻的气味。但又不是单纯的鲜嫩肉味，还附带着浓浓的香味，一种微微发汗的肌肤。

小 B 坐在露台的椅子上，等着在这里吃晚餐。晴朗的夏季傍晚，白色的大露台，落地窗的白色纱帘随风飘动，可以将学校里烦人的事情忘记。小 B 拿着空瓶子，确定盖子拧紧了，举起瓶子透过它看天空。即便被称作怪胎也无所谓了。

妈妈用大大的洁净的白盘子盛着鲜嫩的牛排。在露台餐桌上点上熏香，给自己倒了半杯红酒，又给小 B 倒上了苹果汁。在桌子中间的大碗中拌蔬菜沙拉，沙拉里面放着生马肉，鲜美无比。

“今天老师还说什么了？”妈妈一边拌沙拉一边问道。

“没什么。还说不让我再带瓶子上学了。”

“嗯嗯。妈妈打算明天再请一个姐姐来给我们做家务，你说好吗？”妈妈问道。

“可是 Sherry 才来了一个星期而已，她人不错。为什么要辞退她呢？”

“刚才 Sherry 给妈妈来电话了，说她这学期有个考试，不能打工了。”

“好吧。”小 B 吃了一口鲜嫩的牛排。

“那妈妈明天就找找看看！”妈妈又兴奋起来。

这时候一阵急促的门铃声，妈妈警觉起来，下意识地双手扶住餐桌，似乎大地马上要晃动一般。小 B 傻傻地看着妈妈。

“嘘，别出声。”

门铃持续不断。妈妈起进屋去开门。

猫眼里是望去是一个穿着黑西装的男人。

妈妈打开一条门缝，

“您是？”

“太太，请让我进屋，有话对您说。”

“有点不方便，能在门口说吗？”

“隔墙有耳，我就简单说一下，希望您能听懂：超市停止印发商品目录了。”

妈妈愣愣地将门关上。这时从门底缝里塞进一张细长的白色名片，上面写着：

全国超市运营协调委员会

调度员　M M M

电话：222449500

要出事了！

妈妈背靠在门上，面无血色，紧紧攥着名片。

第二章

没有定论的错乱

妈妈晃过神来，马上切断家里的电源，跑进卧室从床头柜翻出一张银行卡，又随手抽了一条毛毯，跑到露台上拉上小B的手，从消防梯上急窜而下。

“妈妈，怎么啦？”

“没事没事，跟妈妈跑就是了！”

不要相信所有人。一旦打开了这种思维，千万不要相信你所听所见到的东西。

妈妈带着小 B 跑过空荡荡的大街小巷，跑过灯火通明的办公大楼。时间在正常地流逝，但妈妈总觉得有东西从背后闪烁而过，而自己开始对自己的狂奔产生了怀疑。为什么要跑?

妈妈从口袋里拿出手机，记录下名片上的电话号码：222449500。

“小 B，记住这串数字。接下来，你什么都不能相信，必须记住这数字。”妈妈一边跑着一边将手机屏幕放在小 B 面前。

“记住的话就意识就不会错乱！”妈妈带着小 B 跑着，来到一个分叉路口中央的 ATM 机前，左顾右盼，插入银行卡，然后取出一万元钞票。分了一半给小 B。

“这是 5000 元，你放在最安全的口袋里。妈妈给你买的衣服上肯定有带拉链的口袋，一定放在里面！”妈妈边说边将 5000 元对叠塞进小 B 外套胸口的拉链口袋里。

“儿子，听好：从现在开始，你和妈妈要分开来跑，妈妈从 ATM 机的左手边跑，你从 ATM 机右边的路跑。跑的时候要用尽全力，而且千万不能回头看，最最重要的是：一定要把那一串数字记住！那是一个电话号码，但想必到时候你也不会知道它是号码，但好歹要把数字记下来！”

妈妈用力搂住小 B 的脖子，在小 B 脸上疯狂地左右亲吻。然后将脸紧紧地贴在小 B 脸上。在任何一种世界里，分别都只能有几秒钟。

“儿子，记住……”妈妈对儿子说，“快跑！”

小 B 疑惑地跑着，刚开始还不住地回头。

“快跑！”妈妈在身后大吼，“快跑！”

小 B 回正头去，越跑越快，直到听不见妈妈的喊声。

妈妈望着小 B 被黑暗吞噬的身影，将没有一丝力气的身体从地上拉起来，用失去精神的意志拖着自己跑在迷惘的道路上。

为什么要跑？小 B 觉得好累。

不要相信所有东西！

一个声音在小 B 的头顶回荡。这段路虽然平时并不常走，但还算有点印象，属于走一次就绝不会迷路的地段。但小 B 已经无法确认他自己正在跑着的原因了。是逃离某种东西？还是在锻炼身体？

他不知道。与其说忘了，不如说他想不清楚，他不知道前因后果，他不知道为什么他会听信一个疯女人的话带着 5000 块钱在逐渐暗下去的街道上狂奔。

与此同时，妈妈在另一条街道上狂奔，嗒嗒嗒，左脚高跟鞋跟忽然断了，她将高跟鞋脱去，扔在一边，光着脚继续跑。街道两旁的路灯渐渐亮了起来，不一会儿就将这条街道照明。但不远的前面是从四面八方涌来的黑暗——那是尽头的十字路口。

巨大的十字路口，除了妈妈所在的街道静静地亮着等外，其余三条路都黑漆漆的。

妈妈喘着气，捋了一下鬓角的乱发，眼前隐隐约约可以感知三条巨大的伸向未知的马路。远远的，远远的，可以听到三条黑漆漆的马路深处传来巨大人流的脚步声：每个方向都有，噼里啪啦噼里啪啦，好像是周一早晨的上班人流。但这巨大的脚步声又似乎不是刚刚才出现的，而是似乎一直在存在着，只是妈妈几秒钟前才刚刚感知到。也许是刚才慌张跑步造成的剧烈心跳掩盖住了这隐藏在厚厚黑暗后的声响——庞大而又隐藏在黑色幕布后急匆匆的脚步声。好像掀开厚厚的幕布就会震耳欲聋。

这是不恰当的一天。

渐渐地，面无表情的人们汇聚到十字路口中心，每一队人都托举着一个平躺着的小男孩，一动不动，和聚集在这里一言不发的所有人一样，面无血色。

那是小 B。每一路人都托举着一个小 B。

只能有一个结局。

妈妈开始为这样的结局感到无奈，路人纷纷将小 B 放在地上，接着纷纷原路返回。留下一个倒在十字路口中央的小 B.

这时妈妈清楚地看到小 B 的脖子架在了一扇门的门槛上，双脚搁在了另一个门槛上。一扇门的门楣上印着大大的鎏金汉字“無”，另一扇门的门楣上印着鎏金的汉字“雾”。

两扇门之间的地毯上绣着金色的‘WU’字样。一切都在情理之中。

由于之前不断地奔跑，这时的妈妈已经筋疲力尽，她知道一个力量将要对目前的事情做一个交代，因为小 B 已经倒在了两扇门之间，一切虽然都没有定论，但在接下来的任何一秒内都可能将眼前的事实确定为定论。

不行！这不能是结局！

妈妈想着。这不是结局。

小 B 和妈妈在路灯昏暗的小路上跑着。小 B 手里攥着妈妈给的 5000 块钱。

决不能让小 B 离开我！妈妈想着，紧紧拽着小 B 的手。

如果当时他没有离开，如果当时我阻止他！

妈妈感到小 B 越来越轻，手里攥着的他得手也柔软得如同新毛巾一样。小 B 问妈妈。

“你是谁？为什么要带着我跑？”

“小 B，我是妈妈！电话号码，记得吗？”妈妈赶紧掏出印着“全国超市协调委员会的名片”，可是才发现上面的油印字早就面目全非了，好像被手掌的热度给融化了。

四面八方顿时安静下来。道路完全消失了。妈妈牵着小 B 的手，似乎站在了某个狭窄到无法挪步的山尖上——但这也是猜测，因为四下漆黑一片。

妈妈发现手里并没有攥着小 B 的手，小 B 不见了。

“小 B ！”

一丝声音都没有。黑色静静地压下来。

那一天从来就不应该存在。

风和日丽的那一天，8 年前的一天。在伦敦的利物浦火车站。A 站在车站前用套着黑色毛线手套的手指夹着一条万宝路，烟头上火星一闪一闪。难得的好天气。A 打开报纸，两眼漫不经心地在报纸上扫视，对此时的 A 来说，每一个字母都无法在脑中形成单词，就是毫无关系的 ABC 而已，虽然英语很流利，但现在他只能看懂的是图片。因为 8 年前的这一天，A 正在伦敦利物浦车站口等着一个女孩。

如果不是用满满的期待等着那个女孩的话，那一天的阳光就没这么清凉光彩，那一天的空气也就没那么通透可爱。穿着淡蓝色棉质短大衣的她，踏着咖啡色的短跟皮鞋出现在车站门口。人流再混乱，A 一眼就认出了那个女孩，洋。

洋小跑着来到A面前，一头黑色的长发和美到无法形容的微笑。不为别人，就朝着A跑来。A永远也忘不了那一幕——慢镜头一般，阳光洒在黑发上。

“久等了！”女孩微笑着穿着气，胸口微微起伏着。

“完全没有。今天好自由啊，就我们两个。”A扔掉烟头，不管是工作还是论文，统统都与自己无关了。现在有的就是清爽的初冬空气。

他俩在路边的咖啡桌旁坐下，点了两杯拿铁，轻快地聊着英国的经济以及LadyGaga.再没有比和洋在一起更能放松了。不用刻意地寻找话题，随便说点什么，他俩就能一拍即合。一切都如清澈的流水一般，轻松自如，但也无法再来一次。

他们在泰晤士河边踱步，用面包屑喂鸽子；被泰晤士的河风吹拂着，在阳光下的游船上吃着蔬菜鸡肉沙拉喝着蓝莓汁。游船上轻轻地播放着Moon River，每张圆桌旁都满满地坐着游人，幸福地欣赏着泰晤士河畔景色——市政厅、大本钟、议会大厦……

他们坐上“伦敦眼”，那座巨大的摩天轮。等到座舱缓慢爬升到最高点，他们就可以看到熙熙攘攘的伦敦市景了。

“我说，”洋对A说，“在伦敦眼的最高点，不想许个心愿吗？”

“我更想和你有个更长久的约定。”A看着洋的脸——A忽然感到自己在人生中最好的日子里遇到了最好的洋。

“什么约定？”

A微笑着，等着座舱默默地爬到最高点。

“我希望，”A看着眼前这位长发女孩，单膝下跪，打开戒指盒，“能随你去任何一个世界。”

女孩觉得，这与其是求婚，不如说是比求婚更沉甸甸的托付。这份托付也许很沉重，但更让女孩感到一阵——不，不是一阵，是延续几生几世的温暖，在摩天轮的最高点，透过初冬的阳光，轻轻地触碰了女孩的眼角旁的泪腺。

女孩一下子扑进了A的怀里。

同一座舱的游客虽然没听懂这对亚洲情侣刚才说了些什么，但看到这一幕，都心领神会地鼓起掌来，微笑着祝福说，“Congratulations！（祝贺你们！）”

半个月后，女孩去意大利参加一个美术馆项目，乘船去西西里岛的时候，遇到海难，永远沉没在了地中海。

A在报纸上知道了海难。他知道自己必须和女孩去同一个世界。

但孤独的A觉得如果自己在伦敦结束自己也无法摆脱那种深深的孤独感——失去了洋的世界只可能是孤独的。A打算前往洋的出事地，幻想着那里便是去见洋的唯一入口。

他带上准备好的——还未来得及给洋戴上的结婚戒指，洋最喜欢的《呼啸山庄》，护照和信用卡，登上了开往意大利的客轮。

碧波荡漾的地中海海水。

A 望着深不见底的海水出着神。倒影中是那天在伦敦利物浦车站奔向 A 的洋。

就这样吧。天空再蓝，那也是蓝得悄无声息。

A 跳了下去，冰冷无比的海水，瞬间灌透了他的五脏六腑，被洗得干干净净。他沉甸甸地往下沉，往下沉，在失去了阳光的深海里感受被丢弃在另一个世界的绝望。

洋，你在哪?

我在这儿。A！

我在这儿。A！

一个年轻的短发女孩紧紧地握着 A 的手。A 微微睁开双眼，窗外是碧绿的青草，白色的薄纱窗帘随风拂动。

我到底在哪儿?

“你在自己家啊。”短发女孩抚摸着 A 的额头。

“我家？你是谁？”

“我是你的……”短发女孩伸出手背来，手指上戴着结婚戒指，“半个月前你才向我求婚的。”

一瞬间，A 的记忆全部被塞进了他原本空空的脑袋。

“对对对，你是德干！我想起来了！”

A 忽然意识到房间内的所有细节都亲切异常。放着鲜花的花瓶是半年前他去希腊旅行后带回来的纪念品，挂在墙上的纺织物是他和德干去土耳其旅行时买回来的，还有这放在床头柜上的照片——A 和德干在伦敦时候拍的。

一切又都回到了手中。一切又都一目了然。

什么都不缺少的 A 从床上坐起来，看着眼前的名叫德干的女孩，心里却隐隐的不安着：就这样？一切又都回到了手中?

这时，客厅的门铃响了。

“是谁在这个时候造访？”德干嘟囔了一句。

这个时候？A 看了一眼墙上的时钟，现在可是上午 10 点多钟，为什么不是一个好时候?

A 摇摇晃晃地走向客厅，这时德干正好关上大门往回走。

“刚才是谁？”A 问。

“哦，上门推销的，被我轰走了。”

A发现德干手里攥着什么。
吃午饭的时候，A无意间看到德干慌忙朝垃圾筒里丢了什么进去。
趁着德干进厨房洗碗的间隙，A在垃圾筒里找到了被揉皱了的一张细长名片。

全国超市运营协调委员会
调度员　M M M
电话：222449500

本能地在脑中记住那串号码后，A又将名片揉皱了扔回垃圾桶。
“我出去走走，”A站起来，伸了个懒腰，“躺了半个月，四肢都没力气了。”
德干赶忙跑了过来，拉住A的手，
“不行不行，才刚醒来，得多休息。”
“那我就再院子里走走，行吗？”A妥协道。
“不嘛不嘛，在家陪陪我行吗？好不容易的周末。”德干将脸贴在A胸口。
“外面天气这么好，为什么不能出去走一下？”A有点生气，一屁股坐在沙发上。
“这样才好嘛，”德干脸上冒着水气，眼线有点花了。“我去给你煮茶。”
德干走进厨房。
A忽然又想起了那串号码，出于好奇拿起电话拨通了。
漫长的待机音，逐渐被厨房里传来越来越响的开水沸腾声音掩盖。
就在A将把电话挂上那一瞬间，听筒里传来了精神饱满的一声，
“喂！您好，这里是全国超市运营协调委员会。”
A赶紧把耳朵凑上去，
“喂……”

第三章

伦敦利物浦车站

“把电话放下！”德干满脸是被融化了的黑色的眼线，湿漉漉的头发贴在脑袋上，两手举着一把菜刀，刀尖直勾勾地对准A，“把电话放下！”

“这是怎么回事？喂！德干！”A倒在沙发上，不住地向后靠。

“把电话放下！”

“我放下了，放下了！你看，我放下了，我们好好的行吗？”

“你哪儿也不能去。你只属于这里，这间屋子，听懂了吗？”德干拿着菜刀径直走过来，将刀尖抵在A的喉结处。A连吞咽口水都不行。

“知……知道了。”

“我是你的妻子，妻子！你听明白了吗？看，看看！这是你给我买的结婚戒指，看看清楚，睁大你的眼睛！”德干向A晃动着手背，“你只属于这里，即使不属于我，你也只属于这里。”

德干用刀尖指着窗外。窗外风和日丽。

过了不知多久，两人都累了。手里的刀耷拉着，德干有气无力地低垂着脑袋。

“到底怎么了？”A用平稳下来的语气问道。

“你在外面藏了情人，我都知道。”德干淡淡地说，两眼僵僵地盯着前方，好像前面有一个吸人精气的黑洞。

“我……”A的记忆再次瞬间膨胀：在市中心买了一套高级公寓，一次性付完全款。好像还有朋友C，对对对，怎么把他忘了。C刚同妻子离婚，现在只能定期去见儿子。儿子，对对对，儿子B……那串电话号码，是什么来着，完全不记得了。导致今天德干接近发疯的局面一定就是由于自己在外面有了情人：对，一定是这样！如果自己能不犯这个错误，生活一定会是完美无瑕的，至少会是平平静静的，就不会像现在这样！但现在挽回还来得及，一定还来得及，让德干稳定情绪，然后去市中心和情人一了百了，然后带着德干去海边散心——一切都会好起来的！

A想着，微笑了一下。走到德干身边，抚摸着她的乱发，将她的头贴在了自己的肚子上。刀从德干指尖滑落在地板上。桄榔！

A捡起菜刀，走进厨房。沏了两杯大吉岭红茶，放在托盘上，在其中的一杯中放了两块方糖。德干喜欢加糖——A记得很清楚。

但总有点什么不对劲……

他看着厨房窗外长长的天空，如同赛道一样，初冬的天气，晴朗、微寒。A发现厨房餐桌上面躺着一包香烟，小小的，上面印着看不懂的俄文，反面是符拉迪沃斯托克的旅游图片，挤在狭小的烟盒空间上。A将俄罗斯香烟拿起来，发现已经被开了一个小小的口子，里面已被抽走了一根香烟。A抽出一根，点燃。

桌上有一部新手机。

从未见过。

德干一直就喜欢新产品，A想。大大的触屏，很新的款式。

A用指尖触碰了一下，屏幕桌面上出现了一个长发女孩的照片，从来没见过。

这是我的手机？A迟疑了一下，用力吸了一口烟，在肺里憋了很久才放出来。头晕得厉害，完全没法有逻辑地思考。但的确从未见过这个长发女孩。难道就是我的情人？我已经把情人长什么样都忘了。应该去问一下德干，她应该知道我到底发生了什么才躺了这么久。可是现在德干的情绪如此不稳定。这又是为了什么呢？还有那个超市委员会，到底是干什么的？

A正想将烟掐灭，环顾四周发现没有烟灰缸。于是走到水池边，打开水龙头，将烟头掐灭在水池里。德干也从不抽烟，那这一盒烟是从哪儿来的呢？难道在我昏迷的这段时期有人来过？是C？刚离婚的C来探望我？但C也绝对不像是抽这种烟的人。细小的香烟，嗯，绝无可能。难道是其他男人（或女人？）？对，对，这应该是女烟。A走到桌边将烟盒翻过来查看，尼古丁含量很低，而且细小的烟八成就是女烟了。也就是说很有可能在我昏迷期间有女人来过，而且可能在这个厨房的桌边坐了一会儿。

A想了想。用托盘将两杯茶带到客厅。客厅空无一人。

德干不见了。

去哪儿了？A想。将红茶放在茶几上。看看窗外的院子，空无一人，院子的小门也好好地关着。去哪儿了？这是一间平房。A对这座房子的记忆也突然填进了他的脑袋。如果德干要从这个屋子出去，就只能通过客厅的门，再经过院子的小门。但A在厨房待了几分钟，足够德干走出去了，同时还能将门关好。自己没听到任何声响应该是当时在深度思考的缘故。A走回厨房，拿起那部新手机触碰了一下，照片上的女孩完完全全是陌生的。A越想越头疼，于是拿起俄罗斯香烟和新手机，放进短上衣的口袋，刚想打开客厅的门，电话响了。

A拿起电话：你好。

“您好，这里是新世纪家庭主妇俱乐部。您妻子正在回家途中，她将为您做一顿可口的午餐，请您坐在沙发上耐心等候。”一段自动语音，说完电话就断了。

奇怪的电话，A想。但他还是坐到了沙发上，想看看这通电话到底是不是恶作剧。

过了很久，德干也没有出现在门口。

A站起来，走到门口，刚想开门，电话铃又响了。A叹了口气，走回去，拿起电话。

“您好，这里是新世纪家庭主妇俱乐部。您妻子正在回家途中，她将为您做一顿可口的午餐，请您坐在沙发上耐心等候。”电话挂断。

同样的电话，一定是恶作剧！A想着，径直走到门口，手还未触碰到门把手，玄关上方的天花板吊顶碎成无数片掉了下来。A被砸了个正着，但天花板上的装修材质都很轻，所幸没有伤到。

这时，德干笑容满面地从厨房走出来，手里捧着一个大蛋糕，上面插着两个数字形状的蜡烛："3"和"7"。

“生日快乐，亲爱的。”德干说。

“德干……你没事了？刚才是怎么了？今天是我生日？”A一边拍着脑袋上的白灰，一边问道。

“当然了，亲爱的，怎么能把你自己的生日给忘了呢。”

A无奈地耸了耸肩，看着窗外的云朵，天空变得很长很长。

37岁生日。没错，的确是37岁。

一根烟还没有结束，初冬的伦敦散发着新印报纸的墨香，虽然都是些无关紧要的街谈巷议，但仍旧让人想扑在制工粗糙的报纸上一口气读完上面每一个字，连“数独”也全部做完。A买了一份报纸，坐在车站口的咖啡座上。这一年A刚满20岁。他即将要为一件自己曾经做过的事情付出代价，至于是哪一年做的什么事情，A并不清楚。A仅仅是被警告了一下而已。警告的形式是一张塞进他房门的小纸片。上面写着：

我们一直在关注着你，请你做好思想准备，你在目前为止的人生里犯了一个错误，这个错误将会在近期被弥补，弥补的形式是你为此付出代价。请于X年X月X日到伦敦利物浦车站等候，我们会给你提示。

一开始A严重怀疑这接近恐吓一般的信息的真实性。所以他错过了第一个提示日期。错过提示日期的第二天，A接到了一通自动语音电话，意思是说作为惩罚，他的手机将会被停机。电话一结束，A的手机真的被停机了。当天下午，A的门缝里又被塞进一张纸片，上面写着新的提示日期。A决定照办了。

A忧心忡忡地坐在车站门口。人流穿梭不息，哪一个才是给我带来提示的人？他们属于什么组织，会一直关注我这么一个普普通通的留学生？更重要的是，我将付出什么代价？难道是被狙击？A想着，忽然神经质地将脑袋从报纸上弹起来，将附近所有屋顶扫视了一番。A想了想，将咖啡钱留在座位上，卷起报纸夹在腋下，刚站起身，听见清脆的银币撞击瓷杯的声音，发现咖啡杯里掉进了一英镑的硬币，用细线系着，细线另一头穿过一张黄色纸条，纸条已经被咖啡染湿一角。A将纸条取出来，打开一看：

马上走进车站，车站一层靠你左手边的花铺有答案。

A将纸片留在咖啡杯里，心想万一自己遭遇不测这可以给警方留下点线索。走进车站，A径直走到左手边的花铺，铺子主人是个年轻的白人女性，系着绿色围裙。A走近那个女人，女人立即问他：

“请问您是要什么花？”

“我不知道……”A犹犹豫豫地带有一丝期盼地望着铺主。

“那祝您好运！”铺主说。

A要走不走地站在铺子旁边，提示着提示地点给他一点提示。A再一次望了一眼铺主人，铺主人报以微笑，“祝您好运。”

这时迎面走来一个高大的黑人，穿着半旧不新的西装，一巴掌拍在A的肩膀上，

“能借个火么，老兄？”黑人边说边左摇右摆地踏着地面，同时掏出一根白晃晃的烟放在嘴里。

“我有急事。”A说着头也不回地向前走，虽然他并不知道自己该去哪儿。

黑人一巴掌抓住A的肩膀，将他扯回来一些。A的心都快跳出来了，本能地迅速四下张望寻找警察的身影。两旁经过的行人压低了头迅速绕开。

“我知道你有打火机，老兄。别这样嘛。”

A抖抖索索地把手伸进大衣，暖烘烘的口袋深处，躺着一个打火机。A将打火机掏出来，凑近黑人待点的香烟。

“这就对了嘛，老兄。”黑人原地晃动着。

点了烟，黑人深吸了一口，吐出烟来。“谢了，老兄。”黑人吸着烟大步跨开了。A感觉大衣里的衬衣已经完全汗湿了。将手伸进口袋，发现多了一个手机。拿出来一看，是一部边角已经磨损的老式手机。这时电话响了。A迟疑了一下，不打算接电话。

不如将手机交给车站的失物认领处。A想着，往车站服务区走去。人流匆匆，迎面走来无数各种肤色的人们，有抹着艳丽唇红的女人，也有大汗淋漓的胖子，有背着双肩包的旅行客，也有身杆细长的上班族。人流中有个一头黑发的亚洲女孩迎面走来，在高大的人群中显得弱不禁风，在人影中若隐若现。穿着短靴，黑发齐肩，若有所思的样子。

这时A手中的手机又响了。A本能地低头看了一眼，等抬起头来，女孩已经不见了。A努力寻找那个美丽女孩的身影，就是找不见。遗憾之余只能继续寻找失物招领处。

“嘿！过来！”一个声音朝A大喊，A朝声音望去，是安迪。同修一门课的安迪。A拨开人群朝安迪走去。

“我好像被人监视了。”A将安迪拉到一边，两眼四下张望。

“怎么可能？你确定？”安迪将耳机摘下来。

“是的。你这些天去哪儿了？为什么一直缺课？”

“我去了一趟地中海。意大利那儿。”安迪说着将大背包重重地砸在地上，从背包里取出一张被反复折皱的地图出来，上面密密麻麻地印着意大利地名。

“看，就是这儿，”安迪用手指着地图，“西西里岛那一带。”

“西西里岛？”A重复了一遍，觉得似乎自己去过这个地方。

“听着安迪，我的确被人监视了，我们先离开这里，让我把这件事从头到尾告诉你。我大概也只能告诉你了。”

“哇哦，貌似是一件不可思议的事情。你是间谍么？听起来很刺激。”安迪将地图放进背包，又吃力地背起沉重的背包。

“的确不可思议。我还收到了许多暗示。我周围，至少这车站里有许多监视着我的人。”A一边走一边对安迪说。

这时，远远的，在车站出口，齐肩黑发的亚洲女孩一闪而过。

“等等，”A低低地咕哝了一句。

“怎么了？”安迪问道。

第四章

无法再来一次

A没回答，两眼望着前方，似乎将那女孩定位住了，着了魔一般向出口处小跑过去。

“怎么了，老兄？”安迪跟着跑起来。

女孩在车站口站了一会儿，似乎看到了车站外的谁，朝那人跑了过去。车站外阳光刺眼到近乎一片苍茫。

A的手猛地被谁紧紧抓住了，A回头一看，是安迪。

“老兄，你今天是精神出问题了么？”

“没、没……”A喘着气，两眼望着车站口，女孩早已跑不见了。

车站口苍茫一片，A开始恍恍惚惚，满头大汗的他低头看看手中的破旧手机，又抬头看看远处，又目光呆滞地看了看安迪。两耳开始轰鸣，他仍旧不知道自己什么时候会付出什么代价，只是车站的人流开始变得稀疏，车站高耸的天花板开始熄灭顶灯。

啪！啪！啪！一盏灯一盏灯地熄灭，传来深远的回声。车站玻璃穹顶外传来隆隆雷声，声波重重地拍打在玻璃上，一切都岌岌可危。

一个大大的微笑浮现在A的嘴角，绝对是胜利的微笑，A从一旁的自动售票机屏幕上看到自己的反光，他自己无法明白为什么自己会有一个大大的微笑。安迪扶住A，陪他坐在车站大堂的长椅上说了一会儿话。

这时车站大堂空空荡荡，只剩下A和安迪。

“老兄，我得去坐下一趟的火车了，这是今天的末班车了。”安迪站起来，拍了拍A的肩膀。

“可你不是才从西西里岛回来么？何况学校还在上课。”A抬起头。窗外的黑云滚滚，完全将车站外的世界吞噬得一干二净，雨点开始砸向玻璃窗。

“对，但我还得去一趟另一个地方，不久就可以回来上课了。你要多保重。”安迪边说边将胸前的背包带系紧。闪电铺天盖地地投向车站穹顶，在空荡荡的大堂内传来震耳欲聋的回响。说完话，安迪向A做了一个告别的手势，匆匆冲进站台，巨大的电子屏幕上显示着一块一块的方格，反复变换着位置。

沉寂、沉寂、沉寂。

黑暗中，妈妈绝望地喊着。

现在必须要找到 C！

妈妈现在已经失去了小 B，所以不能再失去自己了。周围的黑暗压过来，压过来，重重的黑暗，在诉说着现实，那种无法再来一次的沉重的现实。这不是游戏，这是活生生的黑暗，一旦被吞噬将无法再来一次！

沉寂、沉寂、沉寂。

天空又长又黑。说它长，纯粹是由于这条巷子狭窄异常，只能弯曲着胳膊，头上漆黑的天空看不到一颗星星。C 紧紧地抱着她。无法再来一次的末日感沉甸甸地降落在他们头上。她头顶散发出的香味让 C 更觉得孤独。

"即使这是最后一次拥抱，你也一定要好好地抱着我。"她将脸深深地埋在 C 的胸口。

C 的胸口上下起伏，但他没有说话。

远处，河的对岸，隐隐约约的，是欢乐的人群，举杯相庆、载歌载舞，投射在水面上，灯影阑珊。

"那本应该是我们的欢乐。" C 象征性地朝声音的方向抬了下头。

"这样不也很好么？"她抬起了头。

C 在她的额头上吻了一下，无可奈何地将手隔在了她的脸与自己的胸膛间。

"我该走了。" C 两手摸着墙壁，缓缓地朝小巷出口处走去。她望着缓缓移动的黑影，觉得自己所爱的人是多么的陌生。

"你是让我回去么？回到欢乐的人群中去，然后永远不再见你？"她问道。

C 缓缓地走到河边，看着远处水面稀疏的灯影，好像是已经被烧黑了的柴火里残存的火星。"我想要画你，在我的毕业作品里。"

"以这条黑夜中黏稠冰冷的河流作为背景，" C 继续说，脑海中浮现出美术系的绘画室，"我无法想象这么一个没有你的画面。一幅没有风景的风景画。"

"我需要你。" C 回头看了看黑暗中的她，她也缓缓走出黑暗的小巷，远处的火光微弱地在她的脸上柔和地铺展开来。

"我知道，但伦敦的学校快要开学了。我不能一直待在普罗旺斯。"她低低地说道，一阵柔和的河风拂过两人的双鬓。

"我们从没有分开过，七年以来，从来没有。" C 死死地盯着漆黑的河面。

"快，别说这些了。再不去参加晚会，就要结束了。"她深吸了一口气，勉强微笑着看着河对岸。

"我不想去了。你去吧。" C 将手插进上衣口袋。

他们参加的法国留学生交换项目将在这次晚会中结束，许多对情侣在哭泣中拥抱，但C怎么也想不通，这次晚会也成了C和她的分别仪式，而且谁也不知道这会不会成为他们的分手仪式。

“你回国后，要好好地画我，一定要得到一个优等。”她从后面走近C，静静地抱着C。

“如果，”两行热泪不停地灌进C的嘴角，“如果你不和我回去，我也不想画了。”

“我需要你为我坚强。”她静静地说道。

“我爱你，洋。”C转身，紧紧抱着她。

第二天，飞往伦敦的航班起飞了。

坐在伦敦大学图书馆巨大的落地窗边，暖暖的阳光将书页的纹路都照得清清楚楚。阳光又将洋用手支撑着脸颊、交叉着双腿看书的形象从头到脚地勾勒出一圈细细的金线。一丝细发在洋头顶慢动作地飘动。最后，金光在洋的皮鞋尖上以一个小小的光球结束。

洋将厚重的书推到一边，开始一封一封拆看她刚收到的信件。她的眉间有一种东方女孩特有的清秀，除了额头处有一块小小的凹陷，她的面容让人觉得是一幅平静的水墨画：有好看的细细的笔触，也有朦胧的如烟的长发。

洋用左手撑着左脸颊，右手的细长手指在大小不一、五颜六色的信封中来回穿梭：这些信封都各尽其极地展现它们来自不同国度的风采。淡蓝色的信封像是来自希腊，土黄色的信封像是来自土耳其，洋心里暗暗地想着，但事实上，往往是淡蓝色的信封来自埃及，土黄色的信封来自冰岛。

有一封小小的白色信件。封口用精巧的白色细穗编成的绳结扎着。洋将信封拆开。里面是一张厚厚的纸片，用精美的笔锋写道：

洋：

你一切安好？我是C的叔母。C在X年X月X日过世了。如果你能抽出时间，请回国参加他的葬礼，我们也想见你一面。

国内起风了，请注意保暖。

安静的图书馆，勾勒着洋的金光消失了，鞋尖上那个小小的光球也消失了。不知不觉中，洋已经将手中的信纸揉烂了，所有的静谧都消失了，空气在图书馆上空铺开，所有的书架变得无穷巨大，洋已经无法看懂任何一个字母了。她觉得好痛，好痛，真的好痛。她觉得，自己已经死了。

“他还没来得及画完，”C 的姑母说道，“虽然我从未见过你，但一看就知道画的是你。”

洋站在姑母身旁静静地看着 C 的遗作。

“现在一看，还真的像哪。”姑母苦苦地同时又饱含着幸福地笑着。

窗外是逐渐离开的亲友们，都低着头，互相搀扶着钻进汽车。

“他很小很小的时候，父母就离婚了。听人说他爸去了中东的一个国家，他妈一点音讯也没有，”姑母说着，“我那弟弟，嗯，就是 C 的爸爸，本来也是个害怕孤独的人，但也能狠下心来把 C 一个人留在国内。”

洋走到画前，抚摸着画布，由于颜料已变干，摸上去高低不平。人像主要部分已经完成，就差最后的色彩修饰了，而背景部分的河流及树林还只是寥寥的轮廓，只有洋知道，画中的河流就是分别那晚漆黑的河流，如今，河流成了画布上淡淡的几笔，丝毫不见当时的凝重。如果 C 带着轻松一些的笔触离去，洋倒是可以放心一些。

姑母将披肩拉低一些，室温显然下降了。

“要喝点茶么？”姑母问道。

“咖啡可以吗？”洋从葬礼结束到现在的第一句话，由于好久没说话，声音显得很低，洋清了清嗓子接着说，“我去厨房吧，您要茶么？”

“麻烦你了。那就红茶吧，正中间的碗柜里就是。咖啡豆的罐子就在红茶旁边，抱歉，我们家好久没有磨咖啡豆了。”姑母抱歉地微笑着。

“嗯。”洋微以微笑回复道。

洋走进厨房，发现 C 的姑父正慌忙用厚实的手掌擦拭眼睛。洋轻轻地说了一声，

“姑父，您要喝点热的么？外面，开始下雨了。”窗外是淅淅沥沥的冬雨，院子里的树叶尚存。

“你知道 C 是怎么死的么？”姑父向洋摇了摇手，示意洋他不需要喝任何东西。

“姑父，我们能过些时候再说这个事么。”洋开始用手捂住嘴。

“我知道你一下子很难接受，我和 C 的姑母，更难以接受。”姑父微微颤抖着用两只大手掌支撑着他高大的躯干，在厨房的餐桌旁坐下。

洋背对着姑父，慢慢地给电水壶灌满水，取下咖啡豆，放进咖啡机上的研磨器，开始磨咖啡豆。

“我们知道你很爱 C，这让我们更难过，”姑父说，“本来只有我和姑母两人悲伤，现在又让你也一起悲伤了。”

洋默默地从碗柜中取出茶杯、茶碟和调羹，依次摆好，将开水倒进茶杯和咖啡杯来暖杯。

“C 总是说着你。”姑父抬头望着窗外，好像 C 就坐在窗外的树梢上一般。

“他，”叔父抹了一下眼角，淡淡地笑了一下，“要是放在以前，我肯定说不出这样的话，但我想让你知道，洋，他真的很爱你。”

洋背对着叔父的背脊忽然垂了下去，双手捂着脸，呜呜地，沉沉地，像是捧着撕扯着心脏的疼痛，哭泣着。

叔父自责地摸了下脑门，站起来双手扶着洋的肩膀让她坐下，自己将茶和咖啡泡好放在桌上。

“会过去的，会过去的。”叔父自言自语地说。

飞回伦敦的航班上，洋盯着窗外漆黑的天空，裹紧毛毯，头靠在冰冷的窗上，想了许多无关紧要的琐事，又想了无数遍C说话的声音，但怎么也无法确切想起来。她下意识地抬起头望着过道，正好与经过的空姐目光相交，空姐问洋是否需要帮助，洋想了想，要了一杯橙汁。“请加冰。”她说。

她很悲伤。但坐在飞机上的她已经忘记了她到底为了C的哪一点而悲伤。

她不知道这一切是否应该发生。认识C，爱上C。

回到伦敦的学生宿舍自己的房间，洋脱去衣服走进卫生间淋浴。她闭上双眼，让热水包裹着自己和自己的意识。她感觉自己的过去以及C一道被这流水冲去了。

卫生间门外响起了脚步声。闷闷地，是踩在薄地毯上的声音。

洋猛然睁开双眼，不停地将脸上的水抹去，同时关上了水龙头。

的的确确是脚步声。而且就在卫生间门外自己的卧室里。

洋的心突突跳着。她踮着脚踏出淋浴房，取了墙上挂着的浴巾裹在身上。门外的脚步声消失了。洋屏住了呼吸。

就这样过了很久。脚步声没有再响起。

洋用湿着的手悄悄地伸向卫生间门把手，忽然，门外的脚步声再次响起了，更加焦躁，像是在狭小的卧室内来回踱步。

洋将手伸了回来，悄悄地退回淋浴房，一手捂着胸口的浴巾，另一手举着一个大大的沐浴液瓶子。

洋的心马上就要从喉咙口跳出来了。什么批判理论什么社会学统统忘掉了。

脚步声再次消失了。

洋坐在马桶盖上等着脚步声再次响起。这次她等了更加久的时间，而门外一直保持着安静。

洋举起大瓶子，强忍着将快要蹦出来的心脏咽回去，一手轻轻抓住门把手，然后大喝一声将卫生间门打开跳了出去。

狭小的卧室内空无一人，除了投射在窗玻璃上的她自己的影子。

竟然忘了拉窗帘。洋走到窗前将窗帘拉上。窗玻璃上反射的她自己的影像，忽然，影像朝自己咧开嘴笑了一下。

可我并没有在笑！

洋站在窗前，再一次聆听狂跳着的心脏。

她赶紧将窗帘拉上。坐到床上。她左顾右盼，房间内空无一人。

第五章

夜

“可能是最近过度悲伤的缘故，”学校的心理医生说道，“不用着急。我遇见过许多和你一样的人，没事，你并没有生病，少喝令神经紧张的饮料，多参加课堂讨论以及学生会活动，我想你会好起来的。”

洋向心理医生道了谢。走出心理诊室，呼吸了一下清冽的空气，看了看湛蓝的天空，感觉心情舒畅了许多。经过学校的拐角，想买一杯卡布奇诺，但转念一想，还是买了一杯热牛奶。

接下来的几个晚上，脚步声每次都在洋淋浴的时候断断续续地响起。没有任何征兆地忽然响起，又毫无征兆地忽然消失。

一周下来，洋已经筋疲力尽了。

“我这是怎么了？”她再次去找心理医生。

“我建议你这几天搬到要好的朋友家去住，和别人住兴许会让你少紧张些。”心理医生又给她开了一些放松神经的处方。

洋住进了朋友家。朋友琮是个与洋同龄的年轻女孩，比较爱热闹，所以爽快地答应了洋。

琮并没有租住在学生宿舍，而是租了一间相对宽敞些的公寓。公寓不是很大，但比起洋的小宿舍，已经大了不少。

两个人点了大大小小几个熏香蜡烛放在茶几上，坐在大枕垫上吃着刚做好的意大利面，喝着热腾腾的汤。

“这样就好多了不是吗？”琮大声说道。虽然只有下午 5 点钟，但伦敦的冬夜已经将整座城市吞没了。

吃过晚饭，洋将盘子端到厨房，厨房就在客厅旁边，中间隔着一个迷你吧台。

琮斜躺在地上，背靠着沙发腿，将讲义拿起来看。

“知道吗？”琮漫不经心地一页页翻过去，“从我这个角度能直接望到圣保罗大教堂的圆顶。”

“真的吗？我看看。”洋湿着手跑过去。

“你得像我这样躺着。”琮给洋让了个位置让她挤过来。

“真的。”洋欣喜地望着窗外。

圣保罗大教堂的圆顶在灯光效果的装扮下，于夜空中格外奇特，静谧地矗在远方，美得出奇。洋看了很久，想到了普罗旺斯的那条河流，和C分别的那条河流。今晚的夜空如同那条河流一般，漆黑漆黑，却美得出奇。如此漆黑的夜，何处来的那种吸人的美丽，洋自己也不清楚，可就是流连忘返地盯着大教堂上方的夜空，直到琮用胳膊肘顶了顶她。

“喂，看好没有，我可被你压痛了。”琮将洋从她身上推开。

她们收拾好茶几，靠在沙发上聊天。琮给洋倒了一小杯红酒，自己则喝着瓶装金酒。

“不看书了，明天的讨论课能行吗？”洋喝了一小口红酒，浓郁的味道在巨大的玻璃杯内慢悠悠地回荡，看来是能催人入眠的饮料。顿时间，原本不大的房间似乎舒展阔张了。

“你觉得呢？我只是觉得那个美国女生，叫什么来着，哦，算了，反正就是贱货一个。除了同那个德国讲师黏黏糊糊外就什么都不会了。你知道吗，她每次上德国讲师的课都坐在第一排，露着大白腿给他看，高跟鞋还半掉不掉地挂在脚尖。”

洋微微笑了一下。

“你不说点什么啊？连附和都没啊！”琮感到不可思议。

“是，她是有点那个什么。”

“岂止是有点？是那个什么什么到极点了！”琮在沙发上跳起来，金酒差点洒出来。

“是是是，别激动。”洋不停地拍琮的肩膀，还揉了一下琮的脸。

琮将长发理到身后，然后点了一支烟，

“喂，抽不抽，我前男友从俄罗斯带回来的。”琮将烟盒递给洋看，烟盒上印着符拉迪沃斯托克的旅游图片。

洋拿过烟盒端详了半天，觉得挺漂亮，又将烟盒还了过去。

“挺漂亮的，我不抽。”

琮吐了一口烟出来，用戴满了戒指的手将香烟塞回涂着红色唇彩的嘴，在包里东掏西掏起来，拿出一包Kent香烟。

“这个呢？”她将烟盒放到洋面前。

“当然也不抽啦。不是挑牌子，是我根本不抽烟。”洋笑着将琮的手推开。

由于只有一间卧室，一张很窄的单人床，洋打算自己睡客厅沙发。琮不同意，说第一次来得让客人睡好些。洋再三推辞，琮从房间橱柜里取了一块毯子丢到沙发上，脱掉外衣自己钻了进去，同时光速一般地点了一支烟，说：

“晚安，你看我都睡下了。”

洋笑着叹口气，只好进卧室去睡。

“哎哎哎，慢点。”琮在身后喊着。

“怎么了？”

“把烟灰缸递给我。”

琮的床虽然不大，但床垫松软异常，洋在被窝里感到全身彻底放松了。窗帘稳稳当当地垂落在地板上，从窗帘缝隙中可以隐约望见窗外的夜色。伦敦睡着了。

明天课上会讨论福柯的理论，是什么来着？一点也想不起来了，洋感到紧张，自己明明很仔细地读过书了。嗯，应该是太累了，明天醒来就会想起来的。

泰晤士河水在这座陷入漆黑的城市的某处湍急地流淌。巨大、饱满的水面丝毫不会因为黑暗和安静而停下步伐，它毫无顾忌地将厚实的身躯塞过横跨着的一座又一座大桥。

急促的脚步声。踏在房门外的地板上。咚咚咚咚。

洋猛然睁开眼睛。

咚咚咚咚。

她下意识地屏住呼吸，一动不动地躺着。哦，没事，客厅里是琮。我不是一个人住，我住在琮的家。应该是琮起来上厕所什么的。

咚咚咚咚。听起来像是有人在客厅来回踱步。

琮在干什么？不像是去上厕所。倒像是在烦躁地踏着脚。

“琮！怎么啦？”洋喊了一声。

卧室门外没有回应。

咚咚咚咚。仍旧急躁的脚步。

洋连动一根手指的勇气都没有了。平躺着，本来想蜷缩起来，但发现自己已经没有力气了，她希望自己就这么睡死过去。她开始后悔刚才大喊了一声。

正在工作的大概只有自己的耳朵了。脚步声非常杂乱，更像是好几条腿的什么东西在外面转着圈圈。

琮在哪儿？

过了很久，脚步声突然停止了。

洋仍旧平躺着，死死地望着漆黑的天花板。

又过了很久，应该是很久，一点声音也没有。

洋缓缓地转动脑袋，开始观察周围的环境。她后脑勺的枕头已经被汗湿了。

“琮！你在吗？”她压低了声音喊了一下。

没有回答。

洋将自己的脑袋往右侧转动了一些。

“洋！我需要你！”C躺在旁边，两眼乌黑地喊道，脸上反射着月光。

洋顿时觉得感觉不到自己的身体了。

她只能隐约听到自己似乎发出了啊啊的声音，C 就躺在旁边，面对面，没有气息，但真真切切地面对着自己，大声喊着，

“洋！我好爱你啊！”

他的脸凑得好近，脸上的光惨惨的：他就剩一个头。

“啊——！”洋像在抖落一身的蜘蛛一般四肢狂乱揉着，仅存的一点清醒意识让她看到自己发了狂的躯体、听到自己如同快被挤扁了的老鼠的嚎叫。浑身的毛孔都打开得大大的，她似乎看到自己胳膊和腿上密密麻麻布满了黑色的粗孔，用手一摸真真切切、坑坑洼洼。她开始揉乱自己的头发，她看到试衣镜里月光下的自己：被拉长了的脸上面无血色，密布着黑色的粗孔。

她好像一个刚才枯井捞出来的老女人，用干枯的手在空中挥舞。仅存的一点意识让她去找电灯开关。

在哪儿？在哪儿？

为什么没有开关，没有灯么？是没有灯么？

啪！

灯亮了。

琮睡眼惺忪地在打开的房门口看着洋。

“姐姐，你梦游么？”她不耐烦地问。

卧室一片狼藉。床单处于极度褶皱的状态，一半已经从床垫下扯出来掉在地板上，上面是一块一块潮湿的汗渍；试衣镜扑倒在地，不知是否已经碎了；枕头已经被扯烂，里面的绒毛掉了一床。洋呆呆地坐在床上。

“喂！洋！”琮走上前去抓住洋的肩膀不停地摇晃她。

洋如梦初醒地“嗯”了一声。声音带着疑问。

“刚才怎么了？”琮环顾着卧室一边问道。

洋没有回答，径直走到倒了的试衣镜前，慌忙将镜子扶起来，在镜子里从头到脚检查自己的身体：白白净净，一个黑孔也没有。她又奔到床边，不停地掀开被子、床单，寻找 C 的脑袋。一无所获。

“你一直在客厅睡觉？”洋瞪着琮问道。

“那还用说？我可是被你给闹醒的。”琮抓了抓头发，但有点被洋神经质的样子吓到了。

“可是，刚才，你没听到脚步声吗？”

“全是你大喊大闹的声音。你到底怎么了？明天陪你去看心理医生吧。处方呢？医生不是给你开了处方了吗？明天去买药好吗，我陪你？”琮将洋脸上的乱发向两边捋开。

洋抓住琮的手，抖抖索索地问，“你真的一直在客厅吗？”

“真的。”

“什么都没听见？什么都没看见？”洋将琮的手捏红了。

“没有没有没有！你这是怎么了？”琮不耐烦地站起来，抓着洋的手把她拉进客厅。

“你看，能有什么？”琮用手上下左右指着，“整整齐齐安安静静。”

琮打开窗户，点了一支烟，看了看坐在沙发上的洋，半关心半不耐烦地将烟盒丢给洋。

“香烟能让你沉着一些。”

洋看了看烟盒，迟疑了一下，慢腾腾地伸手过去拿。

“哎呀。”琮看了不耐烦了，走上前去取出一支烟塞在洋嘴里，

“吸。”琮说，同时将打火机递近香烟。

洋吸了一口，烟从鼻孔和嘴角呛出来，不停地咳嗽。

“第二口就好了，”琮坐到沙发上，看着窗外的夜色，“现在才凌晨3点，过一会儿我陪你睡，就睡客厅。”

“我不想睡了。”洋将烟丢进烟灰缸。

“你看到什么了？”琮看了看洋。

“我看到C了。”

“你的男朋友？那个已经去世了的男朋友？”琮盯着洋。

“是的。”洋抬起头看了看琮，琮倒吸了一口冷气。

她们喝了许多红酒，看了一会儿电视，可是只有一个频道还有节目，而且播放着黑白默剧。她们聊了一会儿换季的衣服，然后准备再睡一会儿。

琮陪洋睡下后，洋翻来覆去睡不着，摸摸索索起来上厕所。

C站在墙角，一声不吭地看着洋。

“哇！”洋向后弹了出去，双腿不停地蹬着铺在沙发上的床单。

C一声不吭地站在墙角看着洋。客厅没开灯，但窗外射进来的月光将C勾勒得真真切切。

洋发疯了一般不停地摇着琮，琮一动不动，嘴唇紧闭。C身后的窗户开始泛起白光，逐渐勾勒出C的轮廓，而他的面容却渐渐模糊。

“吃早饭！喂，吃早饭了！”卧室门被不停地敲着。

天花板和墙壁被照得亮亮的：天亮了？洋发现自己仍旧平躺在暖烘烘的被窝里，试衣镜好好地立在墙边。她用手摸摸床单，干的；她又坐起来看看身后的枕头，没坏。琮站在门口，手里拿着锅铲，嘴里叼着烟。

“我昨晚把你闹醒了吗？”洋慢慢地坐起来，将头发捋顺。

“吵醒？我可是一觉睡到大天亮啊。你不也是吗？”琮得意洋洋地吐了口烟眯缝了眼睛，不知道她在得意什么。

洋走到餐桌边上。餐桌上摆了三副餐具。

“还有谁？”洋问琮。

“你看谁来了？”琮在餐桌旁坐下，手朝卫生间指了指。

C 的脑袋从里面飘了出来。

第六章

国家画廊

（上）

沉寂沉寂沉寂。

必须要找到 C。

妈妈绝望地摇着脑袋。不是这样的，不是那个时候。

沉寂沉寂沉寂。

心理医生给洋重新开了处方，并叮嘱她一定要及时取药。

“我开始有点为你感到担心了。”洋临走前医生加了一句。

从药店出来，洋和琮走到人头攒动的大街上，望着热闹的街道，洋感到安心了许多。

“从今天下午开始一直到周末结束我都没有课了，我现在去找一个朋友，晚上一起回家做饭，答应我？”琮用手捧着洋的脸。洋点了点头。

但绝望一旦开始，便会向源源不断地墨水一样将所有的一切染成一种颜色。

洋在三明治店里吃了点东西，看着玻璃窗外来来往往的行人，她从包里拿出一支笔，又从立着在餐桌上的广告卡夹里抽出一张留有许多空白的顾客调查卡片，在上面记下一些自己的状况：

X 年 X 月 X 日，晴，X 街，吃了鸡肉培根三明治，略微头痛，感到些许恐惧，银行卡里有 10000 英镑。

写完后，洋发现这张顾客调查卡片是由“全国超市运营协调委员会”印发的，上面印着淡粉色的十多道问题。

“全国超市运营协调委员会”？这是什么委员会？

卡片的下方写着一串电话号码：222449500

洋用手机拨出这串号码，电话那头传来待机音，却久久没人接听。洋将卡片放进包里，看了看旁边桌上的广告卡夹，发现并没有“全国超市运营协调委员会”的调查卡片。

走在大街上，忽然脚底一阵疼痛，好像什么东西卡在皮鞋里了。洋用手扶着路灯杆，脱下皮鞋，发现里面卡着一张名片，上面写着：

全国超市运营协调委员会

调度员　M M M

电话：222449500

她拿着名片，站在人流中左顾右盼。是有人故意放进去的么？我被这个委员会盯上了么？她开始怀疑地看着来来往往的行人，她甚至觉得迎面走来拿着一串气球的小男孩都十分可疑。他们很有可能雇一个小孩来干这种事，洋想着。她走到泰晤士河边，沿河有许多游客在拍照，河中不断有载满了游客的游船经过。洋拉高了上衣领，河风将她的头发捋到脑后，天空飘了几片雪花。

今年的雪有点早。雪花稀稀拉拉地落了下来。如果不仔细看并不容易注意到。欢闹的游客们更不会注意到了。如果C在，就可以和他静静地沿河散步了。C？不不，经历了昨晚（是昨晚还是什么时候？），我已经不敢想了。但C到底是怎么去世的？洋开始后悔当时拒绝听C的叔父讲述C的死因了。如果他还活着，我希望他能好好地来见我，洋想着。

洋穿过一条小巷，经过“伦敦地牢”。当年的地牢如今已成为了恐怖游乐场，门口站着许多扮成僵尸的工作人员散发传单、招揽顾客。游乐场的出口处时不时冲出来惊魂未定的游客，而入口处仍旧挤满了排队的游客。

“哇吼！”一张苍白的血淋淋的脸挡在洋的面前，“年轻的女士，我打算将你拖进地牢！哇吼！”

“谢谢，我今天不想去地牢。”洋勉强笑了一下，匆匆绕开“僵尸”。她并没有感到这有什么好玩的，甚至觉得这是一个非常不道德的恶作剧：在经历了昨晚（昨晚？）的那一幕幕以后，谁都不愿意将恐惧看作是一种娱乐了。

“那你也没得选！”“僵尸”笑着拉住洋，“你就是那个被选中的。”

“走开！”洋将“僵尸”推开，迅速向前走。

“年轻的女士，快进来，快进来，今晚魔鬼们邀请你在地狱同他们共饮！”

“你可真是细皮嫩肉啊！”

“作为吸血鬼的我想在你香气萦绕的脖子上咬一口，只一口！”

越来越多的“僵尸”、“吸血鬼”、“鬼魂”聚拢过来，七嘴八舌越说越快。各种“血肉模糊”的手、爪子伸向洋。

“走开走开走开！都给我滚开！”洋捂着耳朵，努力冲出重围。

一个血淋淋的手将洋的挎包扯了下来，洋一生气，回头就给那个血手的主人脸上一巴掌。“鬼怪僵尸”们开始露出愠色，有点不客气地拉扯洋。洋觉得事态不妙，开始大喊“救命”。可是周围的游客和行人只觉得洋八成是在配合“僵尸”们的玩笑而已。洋边努力向前走边同无数只手扭扯着。天空中飘着的雪花变多了。

忽然，洋的一只鞋被蹬掉了，“僵尸”们一哄而上，洋得以冲出重围。

其中的一只“僵尸”拿着洋的鞋子说，

“哦哦哦，看来你的鞋子都想来地牢啊！”其余的“鬼怪”们起哄般地大笑。

雪花“啪啪啪啪”地掉下来，数量迅速地增加，大块大块的。洋这才发现这些并不是雪花，而是一张张名片，她用含着泪水的眼睛模模糊糊看到地上无数张名片上印着：

全国超市运营协调委员会

调度员　M M M

电话：222449500

名片越来越密，开始铺天盖地地落下来，刷刷刷！顿时间屋顶上、街道上、每个人的头上都落满了白色的名片。飘落着的名片之密集，已经让洋看不清一步以外的东西了。游客们惊恐地四散逃走，“鬼怪”们也惊恐得东躲西藏，丢下了洋的鞋子。洋脱下大衣顶在头上，捡起自己的鞋子，跑进了一旁的车站。

车站里挤满了为了避开名片雨的人们。

有一些扮成鬼怪的工作人员也躲进了车站，但他们只是远远地看着洋，等洋转身在人群中用目光搜索那些“鬼怪”时，他们都一个个惊恐地钻进人群中跑了。洋在墙边的板凳上坐下，发现自己已经泪流满面了，可能是刚才被欺负了，不知不觉中已经哭了很久了，她用手掌侧面抹着眼角和脸颊，说不出的感觉，忽然“哧哧哧”地哭了起来，越哭越厉害，这么些天以来，自己不知不觉已经被丢在了永远走不出的迷宫里，她想念C，想念所有自己曾见过的人。车站外大雪纷飞一般飘着越来越多的白色名片，车站里的人们望着外面，指指点点，议论纷纷。

幸好还有琮，洋想着。

但是曾经的惬意感已经全部消失了，由于C的死，一切都变了。C死以后，似乎伦敦也变了样，变得陌生而充满敌意。面色苍白的洋觉得室外的温度无限下降，她已经感觉不到自己的双脚了。地面又冰又硬，好像永远也不可能被任何东西踏破。人们开始纷纷离去，默不作声地钻进热烘烘的咖啡馆、地铁车厢、药店，似乎已经对刚才的名片雨失去兴趣了。忽然一个“吸血鬼”站在洋的面前，洋吓了一跳，正准备咒骂驱赶“它”，“吸血鬼”对洋说了一声，“跟我来！”拉着洋的手狂奔过月台，撞到了好几个刚端着咖啡从店里出来的人，洋只听见身后传来零星的咒骂声。“吸血鬼”的手掌好暖，洋想着，尽管浑身冻得发抖。也可能是由于紧张得发抖，她想。

有一瞬间，洋似乎觉得“吸血鬼”将忽然抱起她像一阵风一样飘越月台中间的铁轨。但“吸血鬼”没有一跃而起，而是加快了脚步，带着洋穿过了车站奔到大街上，左躲右闪地穿过马路。洋发觉名片雨已经停了，不仅停了，似乎车站外根本就没见着下过名片雨的痕迹。她根本来不及向面前这位“吸血鬼”发问，只能匆匆看下脚下、再匆匆看着“吸血鬼”的后脑勺。他们狂奔到一个书店，“吸血鬼”熟门熟路地领着洋穿过塞得满满的书架，走过狭窄的过道，在乱书中找到一个简易铁质楼梯，“当当当”几步走上去，另一手拉着洋，洋跟在后面“当当当当”也半拉半就地走了上去。

上面是一个天花板极低但面积不小的餐厅，坐满了用餐的客人。“吸血鬼”走到一张靠窗的小桌旁坐下，拉着洋也坐下。洋喘着气，压低着脸，满脸疑惑地看着“吸血鬼”苍白的脸。“吸血鬼”摘下头上的套饰，脱掉宽大的黑风衣，丢在地上，显露在洋面前的是一个穿着圣诞节毛衣（至少是去年的）的画着白色浓妆的大男孩，脸由于画得苍白外加抹着沉沉的眼线，根本无法看出他本来的相貌。

“嘿 Sherry！一杯啤酒，一杯？”大男孩用两眼看了看洋。

“任何热的东西。”洋吃惊地发现自己如此顺畅地融入这个奇怪境遇中去。

“那就一杯热茶，随便什么茶都行！”大男孩对着至今未出现的 Sherry 喊道。

不一会儿，一个身材高瘦的围裙女孩挤过背贴着背的客人，来到大男孩面前。

“新找的女孩？”Sherry 笑着说道，用手在围裙上擦了两下。

“对。一杯啤酒一杯热茶，”大男孩看了眼洋，继续对 Sherry 说道，“我这样很帅吧。”

“嗯，把你的脸在狗屎堆里蹭两下你都是最帅的。”Sherry 说着挤过人群走向吧台。

“你是亚洲人。”洋说了一句。

“对。”男孩开始拖鞋，将皮鞋丢在地板上，伸直两条长腿，十根脚趾不停地动着。

“为什么要带我来这儿？”洋想了想，“我根本不认识你。”

“我只认识这家餐馆。”男孩开始抠脚趾缝。

“我是说你为什么要抓着我的手一路狂奔？或者这么问，你怎么知道我在车站，又为什么这么匆匆忙忙带我一路跑过来？”

“我没有带着你一路跑过来，是你自己跟过来的。”男孩对着端着啤酒过来的Sherry眨了下眼。

“你！”洋气得用拳头砸了下桌子。

“喂喂喂，小心，啤酒洒了。”男孩赶紧用嘴凑上去喝啤酒。

“你的茶一会儿就来。”Sherry转身时对洋说了一句。

“哦，谢谢……”洋看了一眼Sherry，“这个人是谁？我不认识他，你能告诉我他是谁吗？”

“他？”Sherry瞧了瞧男孩，笑着走开了。

“好吧，告诉我，到底发生什么了？”洋觉得这些天的怪事能从这个奇怪的男孩口中得到答案。

“什么发生什么了？我怎么知道你生活中发生什么了？”男孩将啤酒喝掉一半。

“OK，那你看到刚才的名片雨了吗？你不觉得奇怪吗？”

“名片雨，什么东西？”男孩用餐巾擦着嘴，随即将它在手中揉成一个球。

“算了。似乎你很了解我的样子，你想告诉我什么吗？”洋将一条腿架到另一条腿上。

“我不认识你。只是刚才看你可怜，带你来喝点东西。”

“如果是这样的话，我就告辞了。”洋愤愤地站起来，踏着步子走开了。

“你认识他吗？”男孩忽然沉静下来，眼睛盯着桌面，一只伸在洋面前的手用手指夹着一张照片。

“是谁？”洋不耐烦地问男孩，并不去看照片。

男孩抖了下照片。

洋拿过照片，一张拍得很好的照片，但貌似是抓拍的，说是偷拍照也未尝不可。被虚化的背景前是C，望着某个方向，正从耳朵里摘下（或是正在往耳朵塞）耳机，大概是在某个公园里，模糊的背景似乎是郁郁葱葱的树木。

“C！”洋拿着照片重重地坐下，“你是谁？你到底是谁？能把脸上的妆卸了吗？”

“我认识C，前些天我见到他了，就在海德公园的湖边。”男孩将最后一点啤酒喝完。

“我现在很晕。”洋用手扶着额头。

“可以理解。但照片中的C的确是他本人，而且你必须相信我，这张照片是我几天前在海德公园拍的，千真万确。不过我无法带你去见他，因为他并不认识我。”

“不可能。”洋呆呆地摇着脑袋。

“是他。你听着，”男孩压低了声音，抓着洋放在桌上的双手，“我不能总在你左右，但这几天你不能离开伦敦，我需要和你做一些事情。这里很安全，但也不适宜你我一起久留。”

（中）

“如果你是在跟我开玩笑，我建议你现在就停止；如果你是什么间谍之类的，我建议你不要来找我，我只是个学生。”洋两眼噙着泪，“C已经死了。”

Sherry将茶杯放在洋面前，男孩做个手势示意她先回避下，Sherry心领神会地悄悄走开了。

“我理解你的心情，”男孩继续揉着纸巾团，不停地用纸巾擦拭嘴角，“现在请你自己离开吧。我们在一起太久了会带来危险。”

“我不敢相信会有你这么卑劣的人，”洋一边站起来，一边哭着，“拿别人的悲痛开玩笑。”

洋走到楼梯口，回头朝男孩喊了一句，“而且这个玩笑又大又愚蠢！”

餐馆忽然安静下来，所有人都朝洋望过去，但随即又恢复了喧闹，大吃大喝、欢声笑语。

洋走在大街上，感觉穿着单鞋的脚冰冷无比，她边走边哭，两旁的行人都不住地朝她看。一个老妇人走近问她是否需要帮助，洋抬起头泪流满面地说了声“谢谢，我没事。”老妇人轻轻地拍了下洋的肩，走开了。

她只是觉得，世界上只剩下她自己了。

“你怎么了？”琮在手机那头问道，“现在在哪儿？天全黑了。”

“我也不知道。”

“告诉我怎么了？”手机那头传来琮打火机的声音。

“我现在就回来，不用担心我。”洋挂断电话，洋裹紧了大衣，伦敦的夜风让她觉得自己穿得过于单薄了。她路过一家挤满印度人的外卖店，里面飘出陌生的暖烘烘的餐饭的味道，一个看上去刚剃完满脸胡子的印度人从里面跨了出来，只穿着一件衬衣，像是在Soho一带的银行工作，手里提着一个装着热腾腾食物的纸袋。差一点撞到洋。

“哦，对不起。”印度男人说了一句。

“没事。”洋裹紧了大衣继续走。

“你是洋小姐么？”印度人问道。

“这么问很奇怪，洋是我的名不是我的姓。”洋疑惑地看着印度男人，“你怎么会知道我的名字？”

印度人走过来：“你要吃点东西么，我看你冷得发抖。而且你得跟我来一趟。”

紧接着一辆白色的面包车开过来，上面写着大大的租车电话号码，车门被移开，里面坐着一个腿长长的男人，看不清脸。印度人把手放在洋的肩膀上，洋感到那只手忽然用力抓着她，她根本无法逃开。

“进去，快！”印度人迅速地说了一声。

面包车里面的长腿男人伸出长长的胳膊一把抓住洋的外套，一下子将她拉进车厢，印度人跟在后面随即进了车，将门“砰！”地移上，汽车马上开了起来。洋进了车这才发现长腿男人就是今天下午扮成吸血鬼的那个那男孩，脸上仍旧涂着白色的妆。男孩一把将洋拉到自己身边，冰冷的手拂过洋的脖颈，狠狠地在洋冰冷的嘴唇上吻了一下。洋呆呆地仰望着大男孩的脸，她吃惊地发现自己并未觉得不自然。

“我跟你说过我们要做一件事情。”大男孩对印度人挤了下眼，印度人从衬衣口袋里掏出一张纸来，交给洋。

大男孩让洋自己坐起来，读纸上的内容，上面写着两个字：我在。洋发现那是C的笔迹。

“C在这儿，在这座城市。但我不确定他会不会马上离开。”大男孩说着，“这是朋友，达达。”

印度人伸出一只大手掌，但洋并未和他握手。

“你要带我去哪儿？”洋问道。

“去国家画廊。”印度人凑上来回答道。

“我完全不明白了。”洋对大男孩说。

“我们现在也不怎么明白。”大男孩望着车窗外迅速后移的霓虹灯。

车来到国家画廊外，洋发现这个时候本应该是黑灯瞎火的画廊院子现在灯火通明，而且聚集了许多人，像是某种集会。

“他们在做什么？”洋左右问着正在一蹿而出的大男孩和印度人，随即也跳下车，面包车在他们身后一下子开走了。

大男孩和印度人像是左右护卫一般拨开人群，带着洋走进大喊大闹的人群，人们挤在院子里手中拿着大把的钞票，踮着脚看着画廊石头台阶下摆放着的长桌，从手中的白色大纸杯中喝着烈酒，和身旁穿着长筒袜的女孩们大声聊天。院子四处由火把照亮，火焰在冬天的大风里“呼哧呼哧”地跳着舞。有几个穿着黑色短裙的黑发女孩迎面走来，

由于人声鼎沸，其中一个女孩不得不扯着嗓子问大男孩一行三人，

“你们有票吗？”女孩画着浓浓的烟熏妆，脸色苍白，吸了下鼻涕。

“有。”大男孩从裤兜里把票掏出半截。

“你们跟我们来。”女孩说着转身向画廊台阶下的长桌走去，她两旁的其他女孩拨开拥挤吵闹的人群。

洋看了看大男孩，大男孩点头示意，一行三人跟着女孩们向长桌走去。

“看来这些人有票！”

“真是有钱！”

两旁的人向洋他们三人投去嫉妒的目光。

“到底怎么回事？”洋低低地问大男孩。

大男孩没有回答。

他们三人跟着做引导的女孩们来到画廊石阶下的长桌旁，女孩从长桌上拿起一个烛台，上面三根长蜡烛燃烧着。“拿出你的票。”领队的女孩说。

女孩接过大男孩手中的票，用蜡烛将三张票点燃了，丢在长桌上。桌面反照着火光，不久三张票都成了一小团灰烬，又马上被风吹跑了，留下三张小小的黄色纸条，似乎由于高温被黏在桌面了。

女孩用戴着皮手套的手将三张黄色纸条拿起来，仔细看了下，和两旁的其他女孩商量了一下，似乎是在鉴定票的真伪。忽然转身，高举着三张纸片，对着嘈杂的人群喊道，

“我宣布：这三人获得离开这个世界的权利！”

人群顿时间沸腾起来。不管男人女人们都高举着手中的酒杯或是钞票，大声高呼“万岁万岁！”

“我知道在场的每一个人都愿意离开这里，但是你们看，不是每个人都能买到票；更不是每个人都能买到真票，”领头的女孩对着人群大喊道，人群瞬间安静下来，只留下女孩的说话声和回音，“售票活动将于某个时候停止，但现在还不能公布！我要你们知道的是，每增加一个购票成功者（不论他或她是否买到真票），票价都会迅速窜高。也就是说，随时都有可能手攥大把钞票的某些人只能迅速退出，然后继续留在这个世界！”

人群炸开了锅，人们纷纷丢掉酒杯和聊天伙伴，握着大把的钞票冲向长桌。已经有几个购得真票的人发了疯地向人群高声吼叫。大男孩把洋拉到一边，躲开发疯的人群。

“这到底是怎么回事？我们买票去送死么？”洋问道。

“很难解释清楚。”

“人们先在长桌两头处买票，然后来到长桌中间验票，是这样的么？”洋自己发问道。

“没错。长桌两头各有几个女孩售票。我们三人的票是我提前弄到手的。继续向你

介绍下，这是我朋友，真的朋友，达达，也是工作朋友。"

印度人再次向洋伸出手。

"你能不能现在就把事情说清楚，我完全没明白！什么买票了、什么夜晚闹腾的国家画廊了、什么去另一个世界了……还有你，你到底是谁？"洋追问大男孩。

印度人再次被洋无视，默默收回了手。

"这个世界出问题了。"大男孩忽然沉静下来，看着狂躁的人群。

洋愣愣地看着大男孩。

"或者是说，现在这里聚集的人们是唯一发现这个世界出了问题的人们，"大男孩继续说道，"你知道，一旦发现周围的一切都出了问题，人们是一刻也不愿在这里停留的。"

"那我们该怎么办？我们去另一个世界？"

大男孩没有回答。只见人群中不时有狂喜的人在长桌旁跳着跑着，也有懊恼至极的人不停地捶着桌子：他们花光了所有的积蓄。人们只清楚：买到真票也好，假票也罢，自己只有一次机会，反正都是花光所有积蓄的事情。自己只有在购票的时候才知道票价，所以有许多人准备付钱时发现自己的钱根本不够。任何道听途说的票价都没有参考价值，因为票价飙升的速度无法预测，即便预测到也无能为力。人们不知道什么时候长桌中央的那个女孩会宣布"停止售票！"的消息，也不知道目前票价是什么状态，只能挤破脑袋孤注一掷。因为下一秒就可能是停止售票的时候。

"那什么时候会停止售票？"洋问大男孩。

"其实票早已没了。我们的票是最后三张，"大男孩说，"你看，那个秃头男人，刚才已经狂喜地买到真票了，现在又开始哄抢买票了。他是个托儿。还有那个女人，带着小孩，也是个托儿。只是大部分人都太着急了，人又很多，所以根本无法注意到这些事情。"

"那我们为什么要来这里？我们也是这出戏的一部分？"

"票必须要得到公证才有用，所以不完全算演戏。我们过来只能算是顺便帮某些人一个忙而已。其他的票早在三天前在国家画廊的地下室卖完了，悄无声息，那些人才是真正的有钱人：说实话真不情愿和他们一起去另一个世界。"

"那为什么还要假装售票。"

"算是继续捞钱吧。因为举办这个活动的'某些人'需要很多钱。一旦揭穿，我们都会被这群人给撕烂的。"

这时一个抹着烟熏妆的女孩走过来，"你们去地下室。"说完就走开了。

大男孩三人悄悄绕过人群，走到画廊石阶的侧面，那里有个矮小的门，大男孩敲了几下，门开了，三人钻了进去。

开门的是白天餐馆里的Sherry，一身黑色套装，和白天的打扮截然不同。

“嗨，达达！”Sherry朝印度人笑了一下。

Sherry带着三人走到一扇木门前，用钥匙打开，里面漆黑一片，Sherry用手电筒照着，显露出一条通往地下的长长的石阶。

“另一个世界？”洋问道。

没人回答她。他们在向下的石阶上走了很久，一股扑鼻的深幽的青苔味从两旁的石壁上泛出来。洋看了下手机，已经完全没有信号了，琮应该急坏了。最后他们来到另一扇木门前，四人停下。

“接下来，你们就得去见‘某些人’了。”Sherry深吸了一口气，勉强微笑道。

Sherry将门推开了。三人走了进去。

一间巨大的石头房间。

房间尽头摆着一张桌子，上面有一个淡蓝色的水晶灯，这里唯一的亮光。桌子前站着一个小男孩。

“你妈妈呢？”大男孩问道，之前的镇定消失了。

“在这儿呢，”一个女人从桌边的黑暗处走来，“小B，快到妈妈这儿来。”

小男孩没说一句话，立马乖乖地跑到女人身边。

阴影笼罩着女人的脸，显露在水晶灯下的手露出白皙的皮肤。

女人的脸似乎转向了洋，静静地看了她许久。洋看不清楚女人的脸，只觉得她的手白莹莹的。

“您好，女士。”大男孩说了一句。

“好不好我也不清楚，只要小B好就行了。小B你说是不是啊？”女人的手轻轻抚摸着小男孩的头。小男孩一动不动地看着洋。

“接下来，我们该怎么离开？”大男孩问道。

“先别着急，让我再看看你。”女人阴影笼罩的脸说道。

空气沉默了很久。

大男孩有点不知所措，虽然脸上画着恐怖的白妆，但无法掩盖一个男孩的稚嫩。

“好了，你们原路返回。”女人静静地说道。

“等等，女士。”洋突然发问道，“您应该是个知道很多的人。那您也许能帮我解释为什么昨晚我看见了我的前男友？他叫C。”

女人没有回答。大男孩也安静着。印度人悄悄用手指抵了下洋的胳膊肘。

“你们现在原路返回。”女人再次说道。

“女士，请回答我！我知道您知道很多！”洋向前走了一步，女人微微朝黑暗中退了一步，黑暗将她的手也遮盖住了。

“现在原路返回。”女人在黑暗中说道。

大男孩瞪了洋一眼，接着和印度人拉着洋往门边走。

洋体察到了警告，安静下来，一起朝门走去。走到门边，大男孩拉开门，洋转身朝房间那头说：“谢谢您，女士。”女人在黑暗中，只有小男孩留在桌边微弱的蓝光旁，一动不动地看着洋。门关上了。Sherry 没有等在门外。三人只好自己摸着黑走上台阶，大男孩走在最前头，洋在中间，印度人最后。他们走了很久，洋有几次险些绊倒。

终于，大男孩推开了地下台阶尽头的门，上到地下室的小屋。Sherry 侧躺在小屋的木板长凳上。印度人走上前去推了一下 Sherry，发现 Sherry 没有动弹。他将 Sherry 翻过来，发现她的半张脸没了，只有一个张牙舞爪的大窟窿。印度人“哇”地往后跳开了，Sherry 的尸体随即翻滚下长凳，被毁损的脸面向着洋，洋尖叫一声往地上摔，大男孩赶紧扶住她。

“到底怎么了，兄弟？”印度人冷汗直冒地问道。

“好像不怎么对劲。”大男孩声音颤抖着。

“这不明摆着吗！”印度人歇斯底里地说道。

（下）

这时通往地下的石阶深处传来急促地脚步声，“咚咚咚咚！”声响越来越大，隐约附着一个女人嘶喊的声音。

大男孩和印度人一跃而起将通往地下的木门关上，可这也遮挡不了越来越大的“咚咚”声。

“快离开这儿！”大男孩大喊。

说着拉上洋的手，打开通往室外的门，三个人跳了出去，洋还在门口脚滑了一下，男孩迅速把洋拉起来，随即将地下室小屋的门重重地关上。小屋的门刚关上，就被门里的什么东西疯狂地撞击着。三人跑到了国家画廊的院子里，这时已经空无一人，四面火炬的火焰仍旧熊熊燃烧着，只听见大风吹动火焰的“呼呼”声。三人不顾一切地向院子大门跑去，来到马路边上。路上一辆车也没有。三人就沿着泰晤士河狂奔着。

“去哪儿？”达达边跑边问。

“先去我的地方。”大男孩回答说。

“不行，我得找我的朋友。”洋说。

“先得确定我们现在到底有没有到达另一个世界，”达达打断说，“在这之前，你先别回去。”

他们沿河跑了一阵，行人和来往车辆变多了。于是他们拦了一辆黑色出租车，钻了进去，汽车朝着城东新金融城的方向开去，洋和大男孩并排坐着，达达坐在他们对面，三人一声不吭地默默相视。洋拿出手机，信号满格。她拨通了琮的电话。

“我差点报警了。”琮在电话里说，“你在哪儿？”

“我没事，就是遇到了一个朋友，在餐厅里说了很久的话。”洋回答说。

“好吧，要是今天你不回来了提前和我说一声。”琮把电话挂断了。

“是谁？”大男孩警觉地问道。

“我的朋友。”

“你确定她没什么变化？”

“应该没什么变化。好吧，现在能告诉我到底发生什么了吗？先是这个世界出了问题，再是刚才的那些事情，到底怎么了？”

“到我那儿再说。”

车在一个高级公寓停下，达达付了钱，三人下车，搭电梯到 15 楼，男孩和达达出了电梯左右看了看，再带着洋走消防楼梯，从 15 楼走到 12 楼。

“为什么这样？”洋不解。

男孩开了门，三人进了 1204 房间，达达把门关上。宽敞的客厅里放着一排矮沙发。男孩将把钥匙丢在门口的台子上。

“因为，”他把毛衣脱掉，只穿着里面的白色短袖，“我和达达从上星期发现，电梯会时不时地消失或是变换位置。”

达达从冰箱里取出两罐啤酒，丢了一罐给男孩，男孩单手接住，

“比如刚才我们从 15 楼出来的时候，你记得电梯门对面是什么吗？”男孩打开啤酒罐。

“我不记得了”，洋迟疑地回答说，两眼看着天花板，认真地回忆着，达达问他要不要喝点什么，洋没有回答。达达站在厨房耸了耸肩。

“对面是堵墙。”男孩说道，“但有时候我们出了电梯，对面是两扇电梯门。”

“有时候我们从对面的电梯里出来，而刚才我们走出的电梯门变成了墙。为了确保我们进入正确的‘1204’房间，我们想到了一个主意，就是走相对稳定的楼梯。因为据我俩观察，楼梯一次都没有什么变化。而电梯则一直在开玩笑似地变着。”达达给咖啡机里加满了水。

“我们都开始记不得刚搬进来时到底是有几架电梯了。”男孩说。

“是两架，我记得很清楚。”达达往咖啡机里加入咖啡粉。

“我当然记得。我只是做一个比喻。”男孩喝了一口啤酒。

“让人欣喜的是，刚才我们所见的电梯位置是正确的电梯位置。”达达看着咕噜咕噜作响的咖啡机煮着咖啡。

“没错。”

“真令人高兴。”

“是的。”

“万岁。”

男孩和达达一人一句地默默说着。但两人立即沉默下来，各自盯着眼前的东西若有所思。

“那……一切都好了？”洋打破了短暂的沉默。

“现在还不能下定论。”男孩拿起茶几上的一份杂志。

“你能把妆卸了吗？虽然你卸了妆可能会令我更失望。”洋说。

“不能。”

“为什么？”

“为了防止令你更失望。”

洋垂下肩，朝天花板看了一眼，摇了摇头，站起来走到厨房。

“咖啡？”达达从咖啡壶里倒出一杯咖啡在洋面前举了一下。

“你这儿有茶么？”洋转身问坐在客厅的男孩。

达达默默地喝着咖啡。

宽敞的落地窗外漆黑一片，洋移开落地窗，端着茶杯走到阳台，看着窗外的泰晤士河，黑洞洞的，只有沿岸星星点点的灯光暗示着这条河的腰围。大男孩也走过来，拍了拍洋的肩膀："如果你觉得这个世界开始变化了，那就是变化了。"大男孩说着，从口袋里取出手机，打开 GPS 功能，上面显示着经纬等分的一条条直线，"完全没用了。我刚问过达达，他的 GPS 也是同样问题。"洋打开她自己的手机，一样的结果。只见显示他们自己当前位置的小球在等分的方格的海洋中孤零零地一闪一闪。

“电脑网络上也是同样！”达达在屋里朝阳台上喊去。

“赶快离开这里！”大男孩突然喊道，拉着洋冲进屋子，“达达，这里快要没理由存在了！”

“没理由存在？”达达坐在电脑前不解地问，“如果这只是暂时的网络问题呢？”

“相信我，我遇到过同样的事情。这是来真的。”大男孩吼道。

他们冲出房间，发现电梯间里的电梯全部消失了，只剩下面面相对的两堵墙。

“走楼梯！”大男孩跑在前头，洋和达达紧随其后。

这是一个紧张而漫长的奔跑，他们不停地下楼再下楼。

“等等，”洋气喘吁吁地拉住大男孩的衣角，“我们……我们跑过三次 12 楼了，你看！”

大家往墙壁上的楼层牌望去：“12”。

大男孩继续往下跑，“跟我来！”

大家跑下去，抬头看楼层牌：“12”。

“可能是下面的楼层已经没理由存在了。”大男孩喘着气说道，“看来只有往上跑了。”

大家匆忙往楼上跑，抬头一看：“14”。

“我们越过 13 层直接到 14 层了。”洋说。

“不，这里本来就没有 13 层。”达达说。

“你确定？”

“确定。”

“再往上跑。”大男孩带头跑着。

“15 层！”大家异口同声喊着，手指着楼层牌。

“看来只能往上跑了。”洋脱掉鞋子拿在手里。

三人奔到 18 楼的时候，达达跑到电梯间看了一眼，

“这里有电梯了，而且位置正常。”

“赌一把，从这层电梯下去，说不准可以到达 1 楼。”大男孩对大家说。

大家面面相觑。突然不约而同地跑向电梯。电梯屏幕显示目前电梯厢停靠在 1 楼。

“说明至少现在存在 1 楼。”

大男孩按了电梯按钮，电梯厢慢悠悠地开始从 1 楼往上升。

2 楼、3 楼、4 楼、5 楼……

电梯屏幕上的数字停在“5”上。

大家盯了许久，忽然屏幕上数字一下子蹦到了“17”，然后是“18”。

电梯门打开了。

“我觉得不应该进去。”达达说。

“刚才的数字变化表明，现在从 12 层到 16 层都已经没理由存在了。我们现在下面只有 17 层了。”大男孩说。

“但是 1 到 5 层还存在。”

“现在还存在。”达达说。

“电梯厢经过消失的楼层后，在我们面前的这个电梯厢是不是从 1 楼上来的那个，我们无法辨认，说不定眼前这个电梯厢是另一个地方来的。如果我们上去，就可能永远无法到达 1 楼了。”大男孩说。

“我们先放个东西上去。”洋说着从包里掏出一个化妆镜，把它丢进电梯厢。这种

电梯的数字面板在电梯外，直接输入数字组合就能到达各个楼层。大男孩按了数字“1”，电梯门合上，屏幕显示电梯在往下。

“18”、“17”……“4”“3”“2”“1”。

看来5层也消失了。大男孩又按了数字“1”和“8”的按钮，电梯开始往上。

“1”“2”……“18”，这回3层和4层也消失了。

电梯门开了。化妆镜没了。

“最高是几楼？”洋问。

“21层。”达达说。

“全都往上跑，我们还一点时间。直接到21层！”大男孩叫上大家跑上楼梯。

大家跑到21层。洋又掏出一包纸巾，丢进电梯厢。

电梯往下，最后停在了“2”。

“现在向大家宣布，1层正式消失了！”达达双手向上举了一下：没辙了！

“我们该怎么办？”洋看着大家。

“不是没有办法。我们可以坐正确的电梯到2层的露台停车场，那里有个电梯能到达1楼。”

达达从口袋里找到一个口香糖，扔进电梯厢，然后按了数字“2”的按钮。

等电梯回到21层打开门时，大家短暂拥抱了一下，因为口香糖回来了。

男孩在面板上按了“2”，然后大家钻进电梯。电梯到达2楼，门开了。大家迟疑了一下，男孩先跳了出去，“应该没问题。”他回头说。

三人推开通往露台停车场的防火门，来到露台。在大男孩带领下跑到停车场的一间小门里，里面是一扇破旧的电梯门。大家进了旧电梯，下到1层。出了电梯，又推开一扇防火门，大家来到大楼的大厅。大家环顾左右，最后发现空荡荡的大厅出口外站着一个亚洲男人。那个男人似乎正在抽烟，手放在大衣口袋里。外面的天空长长的，早晨的阳光微弱地洒向这块充满着淡蓝色的冰冷大厅。洋不知道他们在大楼里跑了多久，也许是一晚上，因为阳光已经出来了；也许只有短短的几分钟：她已经失去了对时间的感觉。

三人走出大厅，经过抽烟的亚洲男人。男人朝洋看了一眼，洋觉得这个陌生男人散发着一种熟悉的味道。

“早上好。”洋对男人说。

“早安。”男人回答。

沉寂沉寂沉寂。

外面漆黑一片，似乎什么都不存在了。安迪乘坐的列车能在这么漆黑的夜晚跑么，

A想。夜晚？刚才不是白天么？A走到车站出口，看着车站外黑洞洞的一切。他开始回忆自己是怎么来到车站的。恐吓信上说是要让自己受到惩罚，可是到现在都不知道惩罚到底是什么。也许已经结束了，也许还没开始，也许，自己的生活本身就是个惩罚。

外面是过于空洞的黑暗，也许再往前踏一步就再也回不来了。他转身回到车站大厅，大厅已经开始渐渐暗下去，似乎要同车站外的黑色融为一体。左右两边的黑色慢慢压过来，A站在原地，无能为力。他似乎听到了一个女人的嘶喊，似乎是感受到了四面八方围拢而来的巨大脚步声。

惩罚开始了，他想。

等他接着往下想着的时候，德干把手放在他的肩膀上说，

“亲爱的，再不吹蜡烛蛋糕可没法吃了。”

“蛋糕？”A拍了拍头上的白灰，两眼看着眼前的生日蛋糕，“哦对，今天是我的生日。你是我的妻子，德干，我怎么会把这个忘了呢。”

“对，我是你的妻子，你是我的丈夫。”德干捧着蛋糕，微笑着。

德干将蛋糕放在桌上，A将蜡烛吹熄。

“37岁生日快乐！”

“谢谢，亲爱的。”

两人的笑容僵硬在脸上。

“我把蛋糕拿进厨房切一下。”德干说着，低着头捧着蛋糕进厨房。

“等等，”A说，“既然今天是我的生日，那就由我做主，我们今天出去吃饭。”

“可是，家里多好啊。”

“对对。”A回答说。

德干看了一眼A，慢慢转身进厨房。

A突然朝门口跑去，可是发现自己双脚沉重异常，德干赶过来抱住A的腰，A不停地扭动着。这时窗外，宁静的午后阳光下，一个小男孩跑过外面的花园。

“小B！”A朝着窗外大喊。他回头看那个死死抱住他的女人。

“亲爱的！亲爱的！”女人大喊。

A不停地扭动着，窗外刮起了大风，大风重重地撞向玻璃窗，整个屋子开始隆隆响动。

“你不应该这样，亲爱的！”女人口中吐着黑色的水。

A用胳膊肘撞在女人脸上，转身一看，女人的半张脸变成了漆黑一片的黑洞。黑水顺着残缺的嘴巴咕噜咕噜地流出来。外面的风越来越大，小男孩已经跑不见了。黑水从女人的身体涌出来，像硫酸一样腐蚀着她的身体，破坏了她的嘴巴，溶解了她的上半身，黑水现在正从女人身体的横截面汩汩地向四面八方涌去，所到之处，那里的物体就被黑

水吞噬。此时女人的两只手仍旧死死地抓着A的腰。A见势赶忙将两只手扔掉，双手落入黑水中立即就消失了。A跑到门边，黑水从身后迅速涌来。他一个劲地拉着门把，努力将门打开，门被紧紧地锁着，他不停地摇着门。风开始迅速狂暴起来，变成了飓风，将屋子仅剩的玄关吹成了白色的碎片旋转着上升。

小B！ A喊着。

小B！一个女人的嘶喊。

第七章

凯瑟琳大楼

门被拉开了，飓风像是集中了所有力气，全部冲向A的胸口将他往屋里吹，A狠狠地抓住门框，后面的黑水已经将玄关最后一块地板吞没了。A紧抓着门框的手在逐渐松开。A感觉自己是在吼叫着，但根本听不到自己的声音。

电话铃响了。

电话铃不停着响着，在狂风中显得坚定而清脆。A的手松开了，大风立刻将他捅进屋子，重重地摔在地板上。

地板？ A爬起来。

电话铃响着。屋子完好如初，没有黑水，没有大风。屋门好好地关着。A手忙脚乱地爬起来，浑身被汗水润湿了，接起电话，似乎现在只有电话能给他一些解释，

"喂！"A大口喘着气。

"您好，这里是全国超市运营协调委员会。请您于X年X月X日13时到达摄政公园。"一段自动语音后，电话挂断了。

现在是12时59分。A看了一眼墙上的挂钟。

不管怎么说，这是目前唯一能摆脱这里的办法。A走到门口，看了一眼门外柔和阳光下的花园。深吸一口气，握住门把，拉开屋门，跨了出去。

身后屋子的挂钟开始当当地敲响13时的钟声，屋门随即关上了。

这就是摄政公园。

远处跑过一个小男孩。

小B！ A喊道。

小男孩头也没回地跑向远处。A不自觉地跑起来，追着小男孩。小男孩在花园中忽隐忽现，将他带到了一座小喷水池前。

小男孩停下来，走到喷水池背面，A跟了过去。

一个女孩坐在水池边上看着书。午后的阳光洒向喷水池的水面，粼粼波光。

"洋！"A不敢相信自己的眼睛。

洋抬起头，朝A微笑了一下。

“洋！”A走上前去，“你怎么在这儿？”

“我一直在这儿等着你啊。”洋说。

“等着我？”

“约好的下午1点在摄政公园的喷水池见面。你忘了？”洋合上书，歪着头朝A笑着。“你看，你都迟到了10分钟。”

“我……”

洋走上前去，搂住A的脖子。

“还记得你和我在伦敦眼上的约定么？”洋问道。

“当然记得，我愿意随你去任何一个世界。”A说。

“那就好。”洋安心地把脸藏进A的怀里。

“但我要让你知道一个事实：这个小男孩是我的儿子。”A说。

“我知道。”

“你知道？”

“我知道。”洋像是睡去一般说着。

“我一直以为你不在了。”A说着。一股浓浓的难以捉摸的香味缓缓而来。

“我一直在。来，我带你来看一样东西。”洋说着，拉着A的手在喷泉边坐下。

“这是一本超市商品目录。最厚最全的那种。我把它给你，你把它好好藏起来。放在只有你自己知道的地方。我不认识的地方。”

“我不明白。”

“A，你爱我么？”

“我愿意随你去任何一个世界。”

“所以，就相信我。把这本目录带走。带到我们没有一起去过的地方。”

“你能等着我么？”

“我一直在这儿，一直在这儿。但你必须现在就走。我等你，”洋说着在A的嘴唇上吻了一下，“走吧。”

A抱着沉重的商品目录书朝摄政公园外走去。公园安静异常，空无一人，花香四溢。走到摄政公园门口，A回头朝公园望了一眼：午后静谧阳光下的花丛。

走出公园，行人熙熙攘攘，A觉得有点头晕。找了个街头小餐馆，一个意大利老头从狭小的窗口里递出一小杯咖啡，A把钱放在小窗口朝街的窗台木板上。

藏在哪里好呢？A喝了口咖啡，看着手里沉甸甸的目录书。这一切是为了什么？为什么洋在摄政公园？为什么我必须把这本书藏起来？A坐在街头的长凳上，想了很久。他望着来来往往的行人和车辆，看着红色的双层巴士夹在黑色出租车以及小摩托车之间。他看了看自己的衣服，白色的衬衣外面披了一件毛线开衫，衬衣上隐约有些汗渍，腿上穿的是一条白底淡蓝色线条的睡裤。

睡裤！？

A 穿着睡衣，抱着一本厚如字典的大书，手里拿着一杯咖啡，大白天坐在街头看着大街，好像刚刚起床一样的乱发印在街旁的玻璃橱窗上。刚才卖咖啡的意大利老头隔着街不停地斜眼看着 A，你来我往的行人时不时朝他看几下。A 想抽烟，非常想。他把咖啡放在身旁的板凳上，开始东掏西摸地找香烟。俄罗斯的香烟，对，我有俄罗斯香烟。

等等，我刚从家里出来。德干是我的妻子。

不对不对！

A 由于头晕，抖抖索索站起来，胸口捧着大书，一不小心把身旁的咖啡杯碰翻了，咖啡洒了一身，生怕身上的咖啡继续往裤子上流，他赶紧坐下，慌乱中从大书上撕了一页下来擦衣服。他不停地擦，衣服上的咖啡仍旧不停地往下淌，怎么也擦不干，无意间 A 看了一眼已经被擦皱了的书页，书页上沾满咖啡的字迹上印着，“全国超市运营协调委员会”。A“哇”地一声跳起来，将书页丢在地上，他不停地挠着乱发，不停地摸脸，旁边玻璃窗里反射着他的影像：胡子拉碴的。有多久没剃须了？有多久没理发了？他看着玻璃里自己的样子。

烟，烟，我要烟。

这时隔街小餐馆的意大利老头正在走过来。

那老头知道我需要香烟？太好了。A 对自己说。

老头佝偻着背，却步伐矫健地跨过来，手指攥着一个小东西。A 激动地站起来，他朝老头大喊，“谢谢！”

老头一把拎起 A，攥着小东西的手在 A 眼前晃着，

“看看看！这是什么？你别想骗我这个老意大利人！我在罗马见过的世面多了！你知道有种东西叫英镑吗？这里是文明社会，不用石子当货币！”老头一个劲地摇晃着 A，A 从没见过如此干枯如此有力的大手。

老头一把将 A 推倒在长凳上，将小石子丢在 A 的咖啡杯里，手一摊：

“2 英镑！”

A 知道这是在讹他的钱，但也没办法，已经有些行人停下来看他了。可是他左掏右掏，身上一分钱也没有。

“抱歉，我身上没有，我这就回去拿。你跟我走，跟我走，我回家去拿。”

老头一巴掌拍在 A 的脑袋上。自从小学以后 A 从没遭人这么对待过，他感觉自己是个什么都不懂的小学生。他歪斜着身子、顶着乱发愣愣地看着愤愤走开的老头。老头一边走一边用两条长胳膊在空中比划，口中用意大利语念念有词。

有两三个行人停下来看 A，街对面有好几个行人朝这里指指点点。更糟糕的是旁边

一个警察已经察觉到这里的问题了，双手架在腰间的皮带朝这里走来。

A觉得如果被警察询问的话多半会被带到警局，他赶紧抱起大书，头也不回地找了一条小巷子跑去。

我的家在哪儿？在哪儿？

或许我并不住在伦敦。或许是其他城市。曼彻斯特？纽卡斯尔？A感到全身无力，他并不清楚自己到底该怎么办。

钥匙。他开始继续摸遍全身找钥匙。如果有钥匙大概就能想起来自己住在哪儿了。

开衫口袋里有个名片一样的东西。刚才并没有摸到它。

A掏出来看了一眼，是一张电子门卡。上面印有他的照片和门卡所属的楼房。

太好了！A内心充满了希望。卡上面写着：

凯瑟琳大楼。

凯瑟琳大楼。A心中默念着。怎么过去？一个金发的男人走过来，A冲过去问。

“请问凯瑟琳大楼怎么走？”

“光我所知道的就有3座凯瑟琳大楼。你是指哪个区？”

“我不知道！”A挠着乱发。

“这就是问题。我想你最好问一下那边的警察。”金发男人指了指站在巷口正往这边走来的警察。

A见状拔腿就跑。警察忽然抽出警棍大吼一声“站住”朝这边奔过来。

A拐了好几个弯，在密如渔网的小巷中乱窜。他不认识任何路，只是为了甩开警察。A跑了很久，跑得上气不接下气，刚想靠在墙壁上休息一下，看到巷子一头慢悠悠走来一个女警，A赶忙掉头走开了。

刚一转身，撞到了一个高大的黑人。

“喔喔喔喔，别急兄弟。”那人说着。

“对不起。”A说着急着要走。

“别急。”黑人拦住了A。

“你要干嘛？”A恶狠狠地瞪着黑人。

“我要帮助你。”黑人忽然安静地说。

“什么意思？”

“我知道凯瑟琳大楼怎么走。”黑人掏出一支烟塞在嘴里，“借个火，兄弟。”

“我没打火机。你怎么知道我要去那儿？”

“我只是知道怎么去凯瑟琳大楼，”黑人咬着香烟，“跟我来吧。”

“我现在更想要一杯咖啡，能给我一杯咖啡吗？”A忽然说道。

“没有咖啡，没有打火机，什么都没有，你得先跟我来。”

他们走了很久，A发现天空拖得很长，一道长长的飞机云在小巷狭长的天空中拉出一道淡淡的白色中线。

“这是一个错乱的时代，你没跟上自己的思维，就会被永远埋葬于此。”黑人走在前面，忽然冷静地对A说，发光的后脑勺在前面上下颠簸。

“你为什么要帮我？”A说。

“这个得问你自己。”黑人说着伸出胳膊拦住A。

“怎么了？”

话音刚落，一辆摩托车“嗖”地从两人面前飞过。

“交通安全。”黑人朝A看了一眼。

他们经过一个小酒吧门口，黑人将A朝远离门的位置拉了一把，门“咣”地被踢开了，一个满脸通红的醉汉摇摇晃晃撞了出来。

“你怎么知道？”A问。

“先别说这些，我们需要到达凯瑟琳大楼。从现在算起只有1小时的时间。”

“我只是回家，时间限制？”

“我们将会经过前面那个路口，路口左边有一堵矮墙，我需要你躲到那儿，然后听我命令。”

“什么意思？”

A刚发问，黑人就开始跑起来，而且越跑越快，朝着路口冲去。

他一脚刚落上路口的地面，地上开始飞溅起烟尘来，石子飞迸，同时远处传来噼里啪啦的声音。黑人一蹦一跳，用双手护着脸，回头朝A大喊，

“蠢货，快跑起来！”

A迅速跑到矮墙后蹲下。黑人不顾一切地朝路口前面的大楼跑过去。A似乎看见大楼上面有一个字母“C”。大概就是凯瑟琳大楼了。他听到“嗖”“嗖”的声音划过他脑袋上方的空气，一阵又一阵的热浪从矮墙前面的路口涌过来。

是子弹，A对自己说。黑人正在朝着不断朝自己发射子弹的大楼飞奔过去。他在干什么？！

A背靠着矮墙，双手抱着脑袋，他告诉自己现在做这个姿势再合适不过了。他感到背后的矮墙时不时闷闷地“咚咚”，震动两下子。矮墙快被打穿了。

忽然所有的声音都消失了。浓厚的空气在缓慢地弥补刚才被子弹击穿的无形的伤口。对面的大楼死气沉沉。

“哦啊！”一声传来。声音回荡在路口和大楼之间。

A仍旧一动不动。

“哦啊！蠢货！往这儿跑！”黑人蹲在在大楼下的台阶石头扶手下朝A喊道。

“该死！我跑不动！”A仍旧坐在矮墙后，他的腿不停地哆嗦，丝毫使不上力气。

“遭雷劈的蠢货！”黑人大喊。

“我们这是在干什么？”A大喊。

“我们得闯进你的房间！”黑人尽量放低声音喊道。

“我听不清！”A的声音带着哭腔。

“我们得进你的房间！”黑人用尽全力喊道，“这下满意了吧？太好了，这下所有人都知道我们该死的小计划了，你满意了吧？连后面那座大楼里端着机枪的该死的家伙都听见了，满意了吧？”

“机枪？”A差点没哭出来。

“赶快过来！现在那群人正在换弹夹。他们的弹药补给在大楼的地下室，他们蠢到无法轮流射击！我们现在有……”黑人看看手表，“2分30秒的时间冲进去！”

“你怎么都知道？”A喊。

“2分15秒！”黑人怒气冲冲地喊道。

“我有个主意！”A喊道。

“什么主意？”黑人大吼。

“我不回房间了！”A说。

“2分5秒！”黑人气得不行，“该死！”他一拍大腿，左右看了看，又看了看时间，还有1分钟40秒的时间大楼又该吐子弹了。

他边跑边喊，“朝我这儿跑！”

A爬到墙外，看着黑人朝这儿跑了，他连滚带爬地往前扑。

“我来了！”A喊道。

“快！”黑人刚一招手，就被马路上一辆卡车撞飞了。

卡车一下就开跑了。

A跑过去。

“快进去，蠢货。”黑人的肚子已经瘪了进去，好像上下身体之间仅仅是一层被血染红的白衬衣连接着。

“好好好，”A满脸苍白，眼泪铺满了整张脸，“到底发生什么了！？”

“就一件事：冲进你的房间！”黑人的口里泛出鲜血。

“至少告诉我你叫什么？”A的脑子快炸了。

“D……”黑人不作声了。

黑人的手表正在滴答。

滴答、滴答、滴答！

50秒！A的脑浆快要煮沸了。他摘下D的手表，快步跑上石阶，推开大厅的玻璃门。

第八章

答案？

（上）

A看了看门卡，1204。来到电梯门，按了楼层号，“嗒嗒嗒嗒”地按着开门按钮。电梯开了。A走进电梯。还有30秒。

电梯屏幕上显示着楼层：2、3、4……

12层到了。

A走出去，踩在厚厚的过道地毯上，默默地数着房间号，1202……1204。

他掏出门卡，房门被解锁，他转动门把手，门开了。

A永远都不应该打开这扇门。

A走了进去。门自动关上了。他这才发现洋交给他的厚厚的商品目录不见了。

一定是刚才丢在街上了，他想。

这个狭长的房间很小：一张单人床，靠墙的书桌和一扇窗户。房间里静悄悄的，听不见一丝声响。但他能感觉到，一些捉摸不透的声响被一种“膜”隔开了。这间小小的房间里，“曾经”轰轰烈烈地发生过什么。“曾经”？也许可以叫作“将会”。不不，我不清楚。A不停地自言自语。他不知道为什么一进这间屋子，无数想法似乎在这里等着他一样一下子都朝他扑过来。他打开房间内的一扇白门。

是卫生间。

卫生间的镜子里是一个蓬头垢面的男人，穿着睡衣，喘着粗气。

自己竟然脏成这样了，A想。A关上卫生间门，在里面洗了个澡。

外面的房门开了。虽然水花声很大，但A清清楚楚地听到外面的房门开了，似乎是有人从外面的过道走进屋来，但没有关门声。A赶紧把水龙头关上。他穿上衣服推开门。

洋坐在床上，头发湿漉漉的，身上裹着浴巾。而房门关得好好的。

窗外是漆黑的夜空。仅仅是几分钟前还是白天。

“洋，”A脑袋晕晕地走过去。

但洋没理会他，仍旧静静地望着窗外。

“你刚才不是在摄政公园吗？”A坐在洋边上。

洋没有理会A。

A想将手搭在洋的肩上，但他却直接摸到了墙。

洋仍旧望着窗外，时不时地环顾四周。她好像受到了惊吓。

洋从床上站起来，直接穿过了A。洋走过A时没发出一丝声响，就像这间屋子一样，如同在真空中一样。

“洋！”A朝洋喊道。

洋走进了卫生间，对着镜子吹头发。A跟到洋的身后，镜子里没有A。

这到底是谁的房间？A疯狂地向左顾右盼，他走到书桌旁，书桌上只有社会学理论和福柯的书，没有一张他与洋的合影照。可A清楚地记得他们在伦敦拍了很多照片，而且就在楼下印度人开的店里冲洗过照片。

这也许是洋的房间。我应该从没去过她的房间，A想着，边想边在屋子里踱步。

照眼前这个情形，我不应该属于这里，这个世界不容许我留下任何痕迹的样子。A开始回忆他所经历的所有事情：在审计事务所上班，和一个女人结了婚，有了一个儿子小B，又离了婚。

那么现在我是什么？A边想边在地板上坐下。地毯湿乎乎的，可能是刚洗完澡的洋在屋子里走动弄湿的。地上丢着一双皱巴巴的长袜和一本厚厚的社会学书。A躺倒在地板上，不知道他来到洋的屋子有什么意义。

一本书。

A抬起头。一本厚厚的书躺在洋的床底下。看上去很眼熟。趁着坐在床上的洋扭过身去，A忽然俯下身子，从床底下掏出那本厚厚的书。

是那本商品目录。

怎么会在这儿？

A左顾右盼，上半身钻进床下，微微翻开几页，觉得就是之前洋交给自己的目录书。

是同一本吗？A想。

这时屋子的门开了，进来了一个男人，上身穿一件精神的短大衣，头发丝缕不乱。趴在地上的A从床底下爬出来，抬头一看，发现那个人是C.

C，处于这个空间的C.

C走进屋子，把外套丢在洋的床上，吻了下从卫生间走出来的洋。

可是刚才在摄政公园洋不是说要一直等着我么，A想。

洋换上了出门的短装，当着C的面穿上长筒袜，C披上外套，跟在洋身后走到门口，洋把右手交给C，C轻轻托着，洋弯下身用左手取矮跟鞋，穿上左脚的鞋，将右脚鞋放在面前，向前走一步的同时穿上了右脚鞋子，此时C已将房门大开，两人如同跳交际舞一般，轻盈地转出门去。

A被留在了房中，趴在地上，呆呆地望着房门。

不知过了多久，A从地上爬起来，又俯身将床底的目录书掏出来，捧着书坐在洋的书桌前。到底是怎么回事，A想。

这时候，房间中央的地板忽然塌陷了下去，露出一个黑漆漆的深洞，虽然是骤然塌陷，但A一点声响都没有听到，仿佛一切都发生在太空。A赶紧望了望窗外，伦敦正处于午后，晴空万里。深洞里面除了黑暗就是黑暗，什么都没有。

“A，我在这儿，亲爱的。”一个女子的声音说道。

A左顾右盼，但声音似乎只能从洞里传来。A趴在洞沿往里面看。

“亲爱的，快下来，我在这儿等你。”女声道。

“你是谁？”A朝洞里喊去，但声音没有回音，只发出在狭小房间内的闷闷的余音。

洞里沉寂了一会儿。

“我是洋。”

A愣了一下。

“不可能！你不可能是洋，洋刚从这个房间出去，还有，我刚在摄政公园见过她！”

“那你怎么解释那两个洋？”

A被问住了。

“如果你之前两个洋都无法辨别的话，你又怎么可以断定我不是洋？”

“这到底是怎么回事？这个世界是怎么了？到底是要我做什么？”A大喊道。

“不需要做什么，来就是了。带着你手中那本书。”女声道。

“我怎么过来！？”A朝着洞吼道。

“抱着书跳下来，跳到我的身边。”女声道。

“不不不，不行，太危险，我不干！”

“跳，跳吧，亲爱的，这个深洞不会伤害你，它是真实的，但它是你的世界，它不会伤害你的。跳吧，快！”

“你为什么不……不出来？”A的声音颤抖着。

“我，我在这儿等着你，亲爱的，只消你轻轻一跃，我们就在一起，然后，然后我已经在这里准备了出口，我们将从这里的出口一起去属于我们的世界。”

“我怎么相信你？”

“记住，这个洞，是你的世界，它不会伤害你的。”

A闭上双眼紧抱目录书，脚下一松：一种前所未有的绝望感，全身开始准备以足以甩掉灵魂的速度下冲。

下冲开始……

沉寂沉寂沉寂。

大男孩一言不发地开着白色面包车，脸上仍旧是白妆。洋和印度人达达坐在后排，各自默默吃着单人份的披萨，喝着早餐店里买来的今晨第一拨咖啡。车厢里弥漫着咖啡和肉馅的香味。

“哪，你倒是说点什么，喂！”印度人达达拍了拍开车的大男孩的后脑勺，“从凌晨到现在一句话都没说，再说要不要换我来开啊，你已经开了一小时了，好歹到后座来喝杯咖啡。”

大男孩头也没回，照旧开车。

洋在挡风玻璃后视镜里看了看大男孩的眼角，黑色的烟熏妆实在太碍事了，很难看出他眼角细微的变化。

“出什么事了，到底？”洋从后面递给大男孩一小杯拿铁，轻轻地问道。

大男孩沉默了一会儿，没回头，

“把咖啡放在变速档后的杯槽就行了。”大男孩说。

洋向前俯身放好咖啡。

大男孩用左手摸索着副驾驶的柜门，摸了半天没找到把手。

“想找什么？我来找。”达达吃下最后一片披萨，喝下最后一口咖啡，抹了下嘴。

“里面应该有包万宝路，红的。找到后放一支在我嘴里。”大男孩仍旧盯着前方。

达达弓着身子趴到副驾驶，找到万宝路，顺手推了下车载点烟器，放了一支在自己嘴里，又放了一支烟在大男孩嘴里。

“不用那个，”大男孩说，“有打火机没？”

“真是麻烦。”达达嘟囔了一句。

“喂，先别折腾抽烟了，解释下到底怎么回事，这个世界？还有我们现在要去哪儿？”洋说道。

达达给大男孩点上烟，坐回自己的座位，给自己也点了，摇下车窗，伸展四肢，在后座半躺倒地放松着，朝窗外吐了一口烟。

车里又是一阵沉默。

“我们可能必须得换一个世界了。”大男孩吐了一口烟。

达达望着大男孩的背影，又把目光投到了窗外。

“昨天晚上，昨天晚上我们不是已经获得离开这个世界的票了吗？”洋问道。

“昨天晚上，有人捣乱，我们离开这个世界的计划被破坏了。”大男孩说。

“我不懂，昨天不是拿了票，进了国家画廊的地下室，然后见了一个女人吗？虽然后来我们的确是逃出来的。”

“我的意思是，昨天晚上我们本不该见到那个女人的。”大男孩说。

洋和达达都睁大了眼睛。

“什么意思？到底什么意思？”

“虽然我之前从来没有使用过那种离开这个世界的票，但我多少有点概念，获得离开这个世界的票以后，就应该来到类似国家画廊这样的博物馆地下通道，然后接受最终评审委员会的审定，最后就能打开通往另一个世界的门，踏一步过去就行，从被审查到最终踏过门，最多也就十分钟的工夫。”大男孩吸了口烟，马上吐出来。

“但是昨天我们却遇到了一个女人。”达达理清思路一般自言自语道。

“而且旁边还有一个吓人的小男孩，一句话不说，直勾勾盯着我。”洋浑身冒冷汗。

“我也从未见过那个女人，但她却说要多看我一会儿。”大男孩道。

三个人沉默了一会儿。

“也就是说从 Sherry 带我们进那扇门之前的流程还是正确的。”达达说。

“那个女人把入口堵上了。”洋说。

“总之不管怎样，先找到组织者再说，”大男孩说道，“另外，有件事我得坦白。”

达达和洋不由凑了过去。

“那三张票不是我买的，是名为‘全国超市运营协调委员会’的组织给我的。”

白色面包车继续在狭窄的马路上行驶。没过多久，大男孩将车停在马路边。

“下车。”大男孩说道，边说边戴上一副墨镜。

洋和达达下了车紧随其后。

三人进了一个小型超市，是某家大超市的便捷商店，店门上方大大的商标旁斜插进一个手写体样式的‘express’。三人进了小超市，大男孩熟练地在货架中左拐右拐，随手在一个货架上拿了一包海盐味道的薯片，拆开边走边吃，最后来到超市最深处的一个小门，大男孩用长胳膊推开，一脚跨了进去，达达和洋像两条鱼一样游蹿进去。

里面黑漆漆的，只有一盏泛着白光的壁灯照亮了墙脚那可怜的一小块地方。应该是一个类似走廊的地方。走廊并不长，在走廊右手边的尽头处有一个小门，门上一张铜牌朝着走廊横着，上面写着：

全国超市运营协调委员会下属办事处

三人走到门前。这是一扇上半部分为毛玻璃的老式办公室门，门把是亮着淡色银光的球形门把，三人的影像在球形门把上被扭曲成了比目鱼。大男孩伸手转动了球形门把手。门锁上了。

“一般不这样。”大男孩自言自语道。

不一会儿，走廊出口的门开了。一个声音说道，

“哦，来了？”

那个人影走到走廊壁灯下，大家才看清楚这人的面貌。

一个五十多岁的男人，有点驼背，穿着一身淡蓝色工作服，胸口插着各种形状和颜色的笔，口袋上有个银色的金属号码条，上写着：“222449500”。中年男人一手拿着一个棕黄色纸袋，一手拿着一小杯咖啡，刚从外面买早餐回来的样子。

“第一次见你这么早出门。”大男孩擦了擦鼻子说道。

“是你第一次来这么早。”中年男人把大男孩挤到一边，哗啦哗啦从口袋里掏出一大串钥匙，一次命中地挑到正确的钥匙，插进球形门把手，哗啦哗啦转了几圈，门开了。

中年男人用背一拱，门推到墙上，用手肘碰了下墙上的电灯开关，办公室里的日光灯开始当当当地一盏一盏亮起来。屋子很小，所以一下子就弥漫着油乎乎的多拿滋和浓咖啡的味道。

中年男人一边放下手中的早餐一边说，

“第一次这么早来找我，必定有什么大事。”说完朝大男孩奇怪地笑了一下。

“是关于……”大男孩开口就被打断。

“别别，先介绍下那个女孩是怎么回事。”中年男人坐在自己的铁制办公桌前，靠在靠椅上，喝了一口咖啡，吃了满满一嘴的多拿滋。

“哦，她啊，她是被选中的人，其中有一张票是给她使用的。”达达回答道。

“被选中的？”中年男人扬起眉头看了洋一眼，“我怎么没听说过被选中的人。”

大男孩俯下身子，压低了声音说道：

“之前那三张票，我被吩咐过的，有一张是为了她而批下来的。”

“被谁吩咐的？我怎么不知道。你在这里唯一的信息来源不就是我嘛？”中年男人左右扫视了眼前这三个人。

“我……”大男孩刚要争辩，中年男人忽然伸手捂住了大男孩的嘴，用眼神示意他不要再说话，然后做出“请稍等”的手势，迅速撕了一张纸片，在上面写道，

“这里已经被发现了，晚上 8 点在伦敦塔桥见面。”

中年男人把纸片在大男孩眼前晃了一下，然后利索地用打火机烧了。

“所以，不要稀里糊涂地办事，一切都得听我吩咐嘛！”中年男人突然提高音量说道，拍了拍大男孩的肩膀。

三个人一头雾水地从超市里走出来，上了车。

"怎么办？"达达问道。

"只能今晚8点去问个究竟了。"大男孩发动了汽车。

晚上8点的伦敦，灯火通明，五颜六色的灯光铺满了伦敦的天空、地面与河流。泰晤士河面上华丽的游船如同鲸鱼中的贵族一般，高傲地来往于河面。伦敦塔桥被打上了肃穆的紫色，古老塔楼里的古老故事，似乎将在今晚汩汩流出。

白色的面包车停在桥面的路边，大男孩一行三人下了车。大风将大男孩的长风衣吹向身后，露出胸前的黑色贴身长袖衫；达达戴着黑色的棉质手套，把腰间的皮带扎紧；洋将淡咖啡色短大衣裹紧在胸前，不停捋着额前被风吹乱的头发。

大男孩看了眼手表，指针稳稳当当地指着8.

不远处的塔下面，一个男人在朝他们挥手。

三人朝男人走去。

"正准时。我喜欢。"白天的那个中年男人笑了笑，拍了拍大男孩的肩膀。

三人被领到桥塔下边的拐角，中年男人朝马路左右看了看，然后打开桥塔的木门。

"进来。"中年男人对三人说道。

（中）

伦敦塔桥上的桥塔里面原来是这番光景：原以为早已变成便于游客参观或是成为管理员监控室之类的地方，其实却在墙壁上插着火把，一副中世纪的样子。中年男人从墙上拔出火把，摆了下脑袋，示意大家跟在他后面上石阶。三个人紧随中年男人走上狭窄的螺旋上升的石阶，由于空间很狭窄，脚步声并没有在撞击石墙石阶后发出回声。走了没多久，估计高度已经到达了桥塔的一半，从一扇小石窗中透进一丝外面的城市之光。又走了一会儿，到达了螺旋石阶的尽头，尽头处一扇崭新的防火电子锁门，中年男人从屁股口袋里掏出一张卡片，在门把上迅速地刷了一下，门把上亮起了绿灯信号，中年男人推门进去，大家也纷纷跟了进去，门自动关上。

"好了，到底发生什么了？"大男孩进门就大声问道。

"等等，"中年男人说了句，然后迅速地从口袋里掏出一个类似汽车遥控钥匙的东西，拇指按着"钥匙"对着房间的天花板和四个角落"扫射"一番，然后双击"钥匙"，整个房间一下亮了起来。

暖光灯、落地灯、射灯以及各种装饰灯将整个屋子照得没有死角，一间现代派起居室。

“你住这儿？”印度人达达问中年人。

“先告诉我们到底这个世界出了什么事？”洋问道。

中年男人看了三人一眼，然后缓缓在沙发上坐下。

“事情再急也不能没有教养。除了他以外，你还有你，你们也都没有报上自家大名，也没问过我的姓名。”中年人将腿搁在茶几上，指着达达和洋。

“达达，洋，”大男孩指着达达和洋，然后又指着中年男人道，“他叫霍普。”

“你好，霍普。”达达和洋小声说道。

“这几天好像发生了什么事，我们这里的秩序正在飞速消失。”霍普说道，示意大家坐到沙发上。

“我们去了国家画廊，”大男孩有些汗颜地说道，“本来是可以离开的，但一个来历不明的女人和小孩挡住了我们的去路，Sherry 被杀了。”

“Sherry 她……”霍普吃了一惊，小小的眼睛第一次睁大。

“是的，情况很不妙。”大男孩低着头看着地板。

“有接到通知谁将成为接替她的信使吗？”霍普用手撑着脑门问道。

“暂时还没有。我觉得有必要先弄清那个女人的来历，那个女人应该就是大乱秩序的主因。”大男孩抬起头，强打起精神说道。

“我觉得你有必要弄清楚我们本来的秩序，”霍普掏出遥控“钥匙”，对着大男孩身后的墙按了一下，墙开了，里面是一个保险柜，霍普站起来，走到保险柜旁，摆弄了一会儿，保险柜开了，里面是一本厚厚的超市产品目录书。

霍普抱着书坐回沙发。

“见过这个没有？”

大男孩、达达和洋面面相觑，然后纷纷摇头。

“翻到牛肉广告页，对，先找畜牧肉类，对，”霍普指示大男孩去翻书。

“这是什么？”大男孩一边翻书一边抬头问道，“你让我在这个时候去找折扣券？”

“没错。看到折扣券没有，牛肉折扣券？”霍普问道。

“有。”

“日期？”霍普接着问。

“8 月 5 日。”

“哪一年？”霍普有点不耐烦了。

“20……2007 年，2007 年 8 月 5 日。”大男孩说。

“所以说，怎么可能会有牛肉折扣券和牛肉广告？”霍普下结论道。

“2007 年 8 月，英国爆发了口蹄疫，从 8 月 2 日以来全国甚至整个欧洲都处于恐慌中，英国的牲畜肉和奶产品被欧盟禁止出口。8月5日的宣传页怎么可能还会大卖牛肉？”霍普说道，“这本超市产品目录书是由‘全国超市运营协调委员会’编纂的辞典，完整汇编了每年的产品目录书。这本辞典本该是最权威的，但现在看来，至少从2007年8月起就出了问题——而且很有可能是被人动了手脚。”

“或者可以说，从2007年8月以来，这本辞典就是被人随意篡改的假货了？”达达说道。

“没有比这更坏的结果了。所以前不久，我们已经停止印刷辞典了。”霍普望着窗外道。

大男孩将整本辞典前后啪啦啪啦翻了好几次。

“他们在跟踪我们？”大男孩抬头，一字一顿地问道。

“我想是的，”霍普从胸前的口袋中掏出细框眼镜，拿过超市产品目录辞典，翻到牛肉的那一页，“我不知道是谁有这么大的本事做到这一点的，但应该是从高层方面入手的。”

“高层有人叛变？”大男孩问道。

“叛变没叛变我不清楚，本来某个世界是真是假就是相对的，我们只是从一开始听从了高层的指令而维护现在这个世界的真实性而已。”霍普从裤子口袋掏出眼镜布，细细地擦着。

“如果原先这个世界的秩序从2007年8月以来就被改变了，那现在，坐在这间起居室里的我们又是什么存在？”洋忽然开口道。

“说实话，我也不知道。我只知道我的最好的一个同事为此牺牲了。他叫D。”霍普将擦好的眼睛再次戴上。

大男孩猛地站起来，捂着嘴。

“不舒服吗？卫生间在那间门里。”霍普赶忙指着一扇门。

大男孩冲了进去，里面传来呕吐的声音。

“到底怎么了？”洋站起来跑到卫生间。

霍普走到开放式厨房取出杯子，灌了一杯自来水。

“感到眩晕？”霍普对擦着嘴走出卫生间的大男孩问道，洋不停地摩挲着他的背。

“有点，不知怎的，突然就……”大男孩拿起杯子喝了一口。

“第一次这样？”霍普问。

“第一次这样。”大男孩答道，说完停顿了一下，因为霍普的小眼睛自此再也没有眯缝起来。

沉寂沉寂沉寂。

妻子在厨房里准备早餐，她将咖啡粉放进咖啡机中，加入清水，轻触开关。煎蛋在平底锅中微微作响。洁白的厨房中，百叶窗外射进轻柔的阳光。一切有条不紊。

A放下手中的报纸。

“今天去哪儿走走？”A抬头对妻子说。

“好啊，先去画廊转转，再去水族馆？”妻子答道。一身素色的连衣裙。

A笑了笑，走到妻子身旁，在妻子脸颊上吻了一下。

餐桌上是最新鲜的鲜花。一切有条不紊。

吃过早餐，A开着车，两人来到位于东区的画廊。画廊里展出的是C的作品。C一直很踏实，三十岁出头在圈子里已经有了牢固的地位。C是A夫妇最好的朋友。

“今天C不在，我们就随便看看吧。”妻子对A说。

“听你的。”A淡淡地笑了笑。

一切有条不紊。

这时一个戴着细框眼镜的中年男人向A夫妇走来。

“你好，A先生、太太，”中年男人从上衣内袋里掏出一张名片，“我叫霍普。”

名片上写着：

全国超市运营协调委员会
调度员　M M M
电话：222449500

“M M M是我的工作代号。”霍普笑了笑，扶了下眼镜。

“你好，霍普先生。请问有何贵干？”A看了看名片，说道。

“您妻子看上去好像不太舒服，”霍普微笑着说道，“需要找个地方坐下来吗？”

A看了看妻子，的确面无血色，满脸是汗。

“不……不用，”A太太摇了摇头，“我们早些回去吧。”

“请稍等，”霍普示意二位留步，“我有样东西要给你看。”

说着，霍普拉开黑色皮制背包的拉链，从里面取出一本厚厚的书。

A太太的眼神忽然变得惊恐万分，两眼睁得大大地。

“您好像知道这本书。”霍普笑呵呵地将书朝A太太递过去。

“不，我不知道。身体、身体有些不舒服。”A太太将脸转过去，尽量埋进A的怀里。

“不，您知道。”霍普忽然异常严肃。

“霍普先生，请你退后，我太太不舒服。”A说着扶起妻子，转身就走。

“您走便是。我只想提醒一句，A先生。您现在在‘洞’里，一个通向某个更深的地方的‘入口’。”霍普朝着远去的A夫妇说道。

A回头看了看霍普，耳边响起了汽车碰撞的声响，声响异常巨大，以致他想要双手捂耳；同时，异常刺鼻的香烟味闯入鼻腔，伴随着威士忌的味觉。A定了定神，只见霍普表情严肃地站在那儿，似乎不像是开玩笑。

霍普看了看A，转身离开了。

“那人是谁？好像认识你。”A扶着妻子坐回汽车。

“我不认识他。怪人一个。”妻子微微喘着气说道，脸上的汗珠已经不见了，几缕头发仍旧濡湿着贴在额头，眼神清醒多了。

“那是回家还是在外面吃点午餐？”A把手搭在方向盘上。

“吃不下。我带你去个地方吧。”妻子说。

“你指路，我来开车。”A说。

他们开车来到一座大厦。上面用英文写着“凯瑟琳”。

“还记得这座楼么？”妻子指着大楼问道。

“没什么印象。”A说。

妻子嘴角微微扬起。

“我们进去，我慢慢对你说。”妻子把手温柔地搁在A的肩上。

两人乘电梯来到12楼。妻子从口袋里掏出印有凯瑟琳字样的磁卡，刷了一下1201房间的门，推门进去。

“我在伦敦时候的房间。”妻子带着A走了进来。A环顾了下四周：书桌、椅子、丢在地上的社会学书和长筒袜。

妻子突然把A推倒在单人床上，铺着鼓鼓囊囊的粉色被子的床发出“吱嘎”的声音。弹簧上下震个不停。

A诧异又兴奋地看着妻子，感觉妻子好像忽然回到了二十出头的学生时代。虽然妻子一直保养得很好，同学生时代没有多大差别，但此时的妻子的两眼里放着稚气的光芒。

“怎么了，突然这样。”A微笑着抚摸着趴在自己胸口的妻子的头发。

妻子默不作声，低着头安静地解开A的裤子，开始用嘴包裹A的下体。

A感到一阵无力的兴奋，身体渐渐陷进床垫中一般。学生时代偷情一般暖洋洋的兴奋感让A的下体异常有力。香槟喷射出来。

两人紧紧地抱在一起很久。接着，妻子起来穿上衣服，提上长筒袜，替A将衬衣领子翻好。妻子将脚伸进高跟鞋，A先走出房间，妻子望了望空房间，将房门关上。

两人手挽着手来到1202房间。妻子刷卡后推门进去。

屋子里面是伦敦摩天轮的车厢内部。

“还记得这里吗？”妻子拉着A的在厢内转了一圈，面对面的两条双人座椅，窗外是伦敦的景色。

“你在这里说过爱我。”妻子双手搂住A的脖子，温柔地亲在A的嘴唇上。

说完，妻子退后躺在了座椅上，缓缓张开了双腿。

A感到头脑一阵空白，一下进去了。

泰晤士河在下面静静流淌。A替妻子拾起了地上的内衣。妻子调整了下长筒袜，拉着A的手走了出去，门关上了。

妻子又刷开1203的房门，推门进去。

“这儿，这儿你也记得吧？”妻子拉着A的手坐到了。一间小小的咖啡屋。

“地上掉了一枚硬币。”说着妻子背过身，弯下腰，露出了毫无阻拦的下腰。

“我来帮你。”A一步上前，紧贴着妻子的后腰。

两人走出1203房间，门在身后关上。

A站在走廊，紧紧地抱住妻子，吻在妻子唇上。

“我爱你。”A对妻子说。

妻子将脸埋进A的胸膛。

他们来到1204房间。妻子刷门前回头朝A微笑了一下，A也回报以微笑。

门被缓缓地推开了，里面的空气冰冷冰冷的，像是空调温度过低的夜总会，黑色在里面凝重得无法动弹。妻子和A走了进去。

是星空下的河流与树林。妻子和A朝河走去，脚踏在夜晚的草地上，脚底感到凉凉的。

河水声在黑夜中显得异常分明，A的眼睛开始适应夜晚的亮度，渐渐看清了河边的青草与河对岸的树叶颜色。走过一个矮矮的小丘，A与妻子来到河边。

如果不是有星星，很难看清有一个人躺在河边。一个赤身裸体的男人，双手放在脑后，两脚放松一般地自然伸直，似乎在仰望星空。

妻子忽然转身要走，A拉住妻子的手。

“你来了？”男人保持仰望星空的姿势，开口道，声音懒懒的，似乎已经恭候多时了。

“怎么会有别人在这儿？”A问道。妻子将脸转向另一边。

“过来吧。洋。”男人坐了起来，面对着A与妻子说道。

“你在啊……C。”洋缓缓把脸转向C，静静地说道。

夜风开始将树林的枝叶弄乱，散落的树叶飘落在林子里，沉寂无声的林子。

C站起来，向A伸出手，

“你好，老朋友！”

A疑惑地望着C，一个赤身裸体的陌生人这般热情地朝自己打招呼还是第一次。

“为什么你会在这儿？”洋盯着别处，问道。

“我一直在这儿。”C爽朗地笑着，摊开双臂。

“不是的，肯定不是这样的。请你离开这儿。这不属于你。”

“你认识他？”A问。

“我不会离开这儿的，除非我能带走他。”C缓缓地举起长长的胳膊，指着A。

“想都别想！”洋朝C吼道。

“什么意思？”A更加疑惑了。

C低头笑了笑，边笑边摇头。向前一步走到A身旁，用胳膊绕着A，

“老朋友，我们走。”

洋冲上前，从口袋里掏出一把匕首，扎进了C光溜溜的背脊。

（下）

C栽倒在了草地上，干燥的草发出了沉闷的声音。

C的脸压在地上，背上插着一把制工精细的匕首，看不见伤口，刀刃同皮肤天衣无缝地结合着，只隐隐约约地淌出几滴黑红色的血来。两手手心向外地倒在地上的C一动不动。

“洋，你这是怎么了？”A赶忙向C跑去。

洋一把抓住A的手，“没时间了。我们必须离开这里。”

说着，拖着A跑近河流，一跃跳了进去，A发现河水只没过膝盖，两人蹚水过河，上了岸，潮湿的裤子粘在A的小腿上，步伐变得沉重起来。

“我们去哪儿？”A不解地问道。

“离开这里。”洋头也不回地拉着A走进了漆黑的树林。

“不，你得先向我解释。”A一把将走在前面的洋回来。

“我说了没时间了。”洋忽然朝A大叫。

“解释！”A大吼。

洋气急败坏地看着地面，晃着脑袋，头发由于出汗粘在了脸上。洋一跺脚，说，

“别问了！”

“我在摄政公园遇到了你，”A捧住洋的脸，说，“我遇见了一个小男孩。对，没错！然后、然后你给我一本厚厚的书，让我带走，说你会等着我。你让我把书带到……带到

一座大楼，名字我记不起来了。然后，我又在大楼的房间里遇见了你，你……你和一个男人一起走出了屋子。然后，然后我被命令跳下一个深洞。”

洋睁大了眼睛。

“你都记得？”洋问。

“是否是记忆中的情节还是我单纯的幻想。但一切就发生在昨天一样的时间里。”A一股脑地说着。

“那你是否还记得什么？记得‘昨天’以前的事情？”洋忽然用冷静的声音问道。

“我不知道。我只知道在你杀死那个叫C的裸体男人之前，我们一直都好好的！”A说道，“洋，告诉我。到底怎么了？”

“你再想一想，你还记得什么吗？‘昨天’以前，任何事情，任何细节，只要有一丝映像都可以，还记得吗？”

“我不知道，真的不知道。”

洋将脸朝后缩回，情绪缓和下来，似乎心中落下一块石头，而眼角也像留有一丝失望似地蜷起了一些皱纹。

“不记得，也没关系。”洋用手抚摸了一下A的额头。

“现在请向我解释！”A推开洋的手。

“解释什么！”

“解释你为什么要杀死那个男人！解释我为什么会在‘昨天’的摄政公园里遇见你，解释我为什么要跳下一个深洞！还有画廊里那个名叫霍普的人，他是谁？一切的一切！”

洋泪流满面，掩面痛哭了一会儿，继而似乎想挽回什么似的两下擦干眼泪，吸着鼻子，双手捂着口鼻，让心情镇定了一会儿，清了清沙哑的嗓子。

“这些……你会明白的。这些都不重要，”说着把脸朝向一边。

“不重要。至少应该觉得躺在河对岸那个男人死了是一件不能被称作‘不重要’的事情吧！”

“一切都发生得太快！”洋半自言自语道，“但你必须跟我来，因为河对岸已经不属于我们了。”

A顺着洋手指的方向望去，河对岸黑漆漆一片，看不见草地、看不见星空，也看不见倒在地上的男人。

“我们，现在属于那儿。”洋又指向树林深处的黑暗。

A看了一眼，咽了口唾液，然后看着洋。

“相信我。”洋抬头看着A。

A半信半疑地将手交到洋手里，洋微微地握紧，脸上露出了似乎因失去什么而感到心痛的眼神。两人缓缓走向树林深处。

沉寂沉寂沉寂。

印度人达达、洋和霍普围坐在大男孩的床榻周围。窗外的天空开始由淡蓝色变为浅黄色。

霍普看了看手表，皱了下眉头。

“怎么了？”达达问道。

“他已经睡了，为什么还不醒来？”霍普说道。

“什么时候上床睡觉的？”洋问道。

“他大概是昨天晚上九点多睡的。”霍普向大家指着自己的手表。

“现在是……下午 4 点。”洋看了下墙上的钟。

“19 个小时了。他睡了 19 个小时。”霍普站起来，背着手，走到客厅，又走回来。

仍旧涂抹成吸血鬼妆扮的大男孩熟睡的脸上，没有一丝匆忙的神色，只是浅浅地睡着。

达达走到厨房，从碗柜中取出一个玻璃杯，从冰箱里拿出一盒牛奶，倒了大半杯。洋也走到厨房。

“牛奶？喝么？”达达问。

“谢谢，不用，”洋开始朝咖啡机里倒咖啡粉，“他以前这样睡过么？”

“你终于和我对话了，”达达微微一笑，“没有，他从来没这样睡过。他睡眠时间很短，有时甚至几乎不睡觉。精力旺盛也罢、不愿睡觉也罢，总之常常凌晨才睡。这次很反常。”

“要不叫个医生来？”洋问。

“我也是这么认为的。但也有可能他只是累了，需要睡这么久。再说，我觉得霍普好像对他这么长时间睡觉是有预料的，只是没料到睡这么久罢了。而且我总觉得霍普在期待着什么。”达达喝了口牛奶。

“但不管怎么说 19 个小时也太久了。”

“我相信你第一次来英国时，为了倒时差也睡过这么久。”达达说道。

洋下意识地回忆了下自己刚来英国时的景象，觉得达达说得有道理。

霍普从大男孩卧室里走出来，揉了揉眼睛，又将眼镜戴回去。

“现在怎么办？”洋问道，将一大杯咖啡递到霍普手中。

“差不多可以吃晚饭了。今晚我们出去轻松轻松！”霍普喝了一口咖啡，忽然神色轻松起来，不拿咖啡杯的那只胳膊还前后摆动了几下。

洋看了眼达达，达达看了眼洋。

“怎么忽然这么放松。”达达笑道。

“不放松怎么行！”霍普放下咖啡杯，前后甩着手臂，深深吐出一口气，“接下来就要严阵以待了。”

大家沉默了几秒。

“虽然没怎么听明白，但至少现在应该放松。”达达开朗地笑道，露出雪白的牙齿。又从柜子里翻出一瓶单一麦芽威士忌，用手指捻了三个玻璃杯出来，一并放到厨房桌上。

“你怎么知道我的私藏的？”霍普捶在达达肩上。

达达笑着捂着肩膀，“一见到你就知道你像是有好酒的人。”

达达在三个杯子里各斟了一点，三人一饮而尽。抹了抹嘴，三人交换了下眼神，又不约而同地朝大男孩的卧室望去。正好夕阳将最后的阳光以最大的光束射进厨房，一切都金光闪闪：威士忌瓶子和里面的威士忌、威士忌杯、霍普的细框眼镜、洋的耳钉、达达的牙齿。

达达和洋先走出屋子，霍普确认似地最后看了看空荡荡的客厅和厨房，太阳迅速将最后的阳光收回。屋子里顿时间暗了下来。霍普将门关上。门外传来霍普锁门的声音。

暗暗的，空无一人的客厅和厨房。

静静的，大男孩的卧室。

霍普三人走出塔楼（霍普的屋子在塔楼顶端），从塔楼旁的行人扶梯走下塔桥。桥下停着一辆 MG 的 GT 款汽车，看样子有些年头了。霍普打开车门让大家上车，达达坐到副驾驶座，洋坐在后排。霍普将车开上大街。

车里没人说话。

“怎么都不说话？”霍普透过后视镜看看洋，又对旁边的达达说，“你，说点什么。介绍一下自己什么的。”

“我？我嘛，我叫达达，大家也都知道了。我出生在孟买，三岁时跟父母来到伦敦。帝国理工毕业。毕业后成了一名软件工程师。”

“开发什么？”霍普随口问道，其实并不是很关心，只是想让对话继续下去。

“先是参与了一个儿童学习软件的工程，那个工程是由一系列软件构成的，可以从各个方面引导儿童进行自学。作为商业开发是很成功的，所以在金融城那一带买了一套靠泰晤士河的高级公寓。算是年轻有为了。后来又参与了一个项目。那个项目是也同人类行为研究有关，但其实是为了解决更深层次的潜意识问题。激动人心是很激动人心，但不是商业开发，至少到目前还无法进行商业开发。更有趣的，是因为这个项目是秘密进行的，所以能被选中进入开发组，我当时也是得意了好一阵子。”

“后来呢？”霍普问道。

“后来这个项目流产了。其实我们那一部分进行得还挺顺利，但似乎是上面来的要求，要紧急叫停。原因不明。”达达把目光移到了窗外，把胳膊架在窗前，继续说道，

“后来他来了。就是现在躺在你屋子昏迷不醒的那个男孩。他说需要我的帮助。那

是平安夜的晚上。我一人坐在办公桌前，望着电脑屏幕发呆。因为你知道，那个秘密项目被叫停，我忽然觉得似乎被抽走了所有力气一样。保安带来一个大男孩，就是他。因为我们公司管理很严，凡是外来人员都是由保安陪同进来交到要会见的人面前的，更何况我所在的部门曾是重要研发部门。大男孩说需要我的帮助，想要开发一套软件，来解释一些意识和行为的问题。当时我百无聊赖，半开玩笑似地答应了他。”

“你们共同开发出什么了？”洋问。

“什么都没开发成，”达达把目光移回车内，“因为意识和行为都太复杂了。”

霍普笑着摇了摇头。

“但是我们得到了一个重要的答案。”达达把目光放到了霍普脸上。

“是什么？”霍普问。

“意识，或者说潜意识，是有‘入口’和‘出口’的。”

“什么？”洋问。

“也就是说，意识是有切入点的。它虽然平行存在，但存在被干涉的可能性。”达达说道。

霍普默默地开车。

夜幕降临。酒吧、餐馆、路灯、霓虹灯、车灯如同调色板上的颜料，混合成一幅抽象的水彩画。人们或三五成群，或行色匆匆地走在路上。大大小小的酒吧门前排满了酒客，餐厅里泛出柔和的暖光，里面人头攒动。

霍普将车停在一家名叫“独行者”的法国餐馆前。三人走进去，门口的服务员为他们开门。三人走进去，里面同样人头攒动，服务员在其间身轻如燕般地手举托盘、时而俯身询问。

三人被引到一张小圆桌前。

“三杯法式马汀尼。”霍普一坐下便说。

服务员微微低头致意，微笑下转身飘走了。

不一会儿，三人面前各摆了一杯深红色的马汀尼。

“为了我们牢不可摧的友谊。”霍普先举杯。

“我和你才认识两天而已。”达达笑道。

“为了我们牢不可摧的友谊。”霍普重复道。

“好吧，”达达举起杯子，“为了我们牢不可摧的友谊。”

“为了我们牢不可摧的友谊。”洋也举杯。

三人干杯，各自喝了口。

酒一进入口腔，便产生了莫不可言的化学反应，这种味道带有强烈的喜悦，但又不张扬，只是默默地将这种呼之欲出的喜悦感带给口腔，继而带给食道，在胸腔留下暖暖的兴奋感。

“我的朋友，”霍普拍了拍达达的肩膀，也看了看洋，“我需要大家的共同努力来面对即将到来的挑战。说得做作些，就是：这个世界需要我们三人来帮助。”

“如此突然。”达达笑道。

“如此突然。”霍普肯定道。

三人吃了热乎乎的龙虾奶油汤，嚼着鲜嫩多汁的羊腿肉，又尝了酥软的焦糖布丁，喝了高级蒸馏咖啡。都吃得红光满面。初冬带来的阴冷被一扫而光。

“说说你吧，”霍普用咖啡杯微微指向洋，“几乎没怎么和你说过话。”

“我？”洋左右看了看霍普和达达，“说起来很奇怪，我也是无意间遇到达达和大男孩的。”

“‘半绑架’式的遇见。”达达插嘴说。

“对，的确是‘半绑架’。但似乎我现在的生活必须和你们牵扯在一起。因为我自己也遇到了许多怪事。”

“什么怪事？”霍普示意服务员再倒些咖啡。

“我的，”洋抿着嘴唇，“我的男朋友在不久前出了事故去世了。”

“我很抱歉。”霍普碰了下洋的手背。

“然后我就发现，也许是我的幻觉，我所在的世界发生了变化，至于是什么变化我也说不清。总之，后来大男孩说我们得离开现在这个世界，但前天晚上我们似乎没能离开。总之，我现在头脑一片混乱。”洋说着摸了下额头。

霍普向正在给自己杯里倒入咖啡的服务员点头示意，然后把身体前倾，压低声音对洋说：“我知道，发生这种事情任何人都会感到困惑。你的精神没有崩溃，这已经很难得了。我只要你记住一点：无论发生什么，一定要信任那个男孩。”

这时候，餐厅里的客人开始渐渐离席，默默地离开，服务员的人数也逐渐减少。最后就只剩下霍普三人围坐在一起了。其他的灯都一盏接一盏熄灭了，只剩下霍普三人圆桌上的台灯还亮着。

似乎连最后一个服务员也不见了。

餐厅的玻璃窗外漆黑一片，见不到拥簇着的车灯，或是行人，真实的一片漆黑。

霍普用餐巾擦了下嘴，“看来是时候了。”

说着，丢下餐巾，签了一张支票，起身就走。达达和洋跟在后面。

来到餐厅外，霍普摸黑找到了自己的汽车，大家钻了进去。车灯照亮前方的道路，霍普深吸了一口气，发动了引擎。

汽车开回了塔桥桥下。大家钻出汽车，霍普从汽车座下掏出一把手电筒。三人借着手电筒的光亮，“嗒嗒嗒嗒”地从扶梯走上塔桥。霍普用大串的钥匙哗啦哗啦打开塔桥厚厚的木门，拿起墙上的火把，三人马不停蹄地继续沿着旋转石梯往塔顶跑去。来到霍普的房门口，霍普将火把放到门口的支架上，掏出门卡刷了一下，房门电子锁信号灯显示绿色，发出嘀的一声。大家走进客厅，跑到大男孩的卧室。

床单整整齐齐，没有人睡过的痕迹。大男孩不见了。

大家冲出卧室，将客厅、卫生间和厨房都找了一遍。

“怎么办？”洋气喘吁吁地问。

“看来只能这样了，”霍普喘着气在沙发上坐下，“洋，你得相信我。现在只有你能把男孩找回来了。说不定也能解决其他一些问题，比如这个世界的问题。”

“我该怎么做？”

“你去到男孩的卧室，关上门，不要开灯，然后，嗯……脱去所有衣服。放心，我们不会进来的，你要把门锁紧。我们会在客厅里等你。”

“这是为了什么？”

“你进去就知道了。大男孩曾经这么做过。但他出了状况，你现在得找到答案。”

“为什么是我，我对这种任务没什么经验。”

“……你去了就知道了。”霍普示意洋立刻进卧室。

第九章

一丝不挂

洋深吸了一口气，望着大男孩曾经睡过的床铺。她拉了拉自己上衣的下摆，看着自己的脚尖，感到这些天发生的一切和她即将做的事情荒唐无比，毫无逻辑，而自己竟然还对这种荒唐的行为抱有希望。洋想到这，转身抓住房门把手，想就这么走出去然后对霍普说这一切都是个玩笑，她只想回家收拾东西，然后离开英国。

但转念一想，这真的只是个玩笑么？大男孩公寓的电梯的确一层一层地消失了；在国家画廊的院子里，的的确确有上百人是那么一回事地想要离开“这个世界”；叫Sherry的女孩的脸，真真实实地被咬掉了一半。还有那个奇怪的女人带着一个奇怪的孩子。

这一切真的只是个玩笑么？

还有，大男孩到底去哪儿了？

洋努力回想着过去几天发生的一切。就在前天，她第一次遇见了大男孩，为了逃离“这个世界”，然后遇到了奇怪的女人带着奇怪的孩子；第二天逃离公寓后遇见了霍普，于是就来到了霍普所住的桥塔，大男孩从昨晚睡到今天下午，今天晚上，他不见了。

事情自从前天开始，变得蹊跷起来。

或许前天以前就已经是一个蹊跷的世界了。

也许大男孩正是来搭救自己的。他努力在向我解释为什么“这个世界”是出问题的。

就算是拯救大男孩也应该尝试一下。

洋又深呼吸一次，拉了拉衣服下摆。然后开始将大衣脱去，铺在床上，细心地叠好。接下来是衬衣，她从胸前的纽扣解起，仔仔细细地解开所有的纽扣，衬衣敞开的地方露出了她淡色的文胸。洋又将左右手腕的纽扣解开。将衬衣脱下的时候，洋闻到了一股淡淡的汗味，混杂着一点狐臭。这才意识到自己从前天起已经三天没洗澡了，更何况这三天一直在外奔波。最后，她解开裙摆，脱掉长袜：长袜右脚大脚趾处已经磨出一个洞，两只大脚趾指甲里藏着黑黑的东西，似乎是长袜棉线和外面灰尘的混杂物，钻到指甲缝里，外加出了汗，形成了黑黑黏黏的质感。

我是个脏女人，洋想。

但大男孩从未停止保护我过。

他还吻了我，洋回忆道。

洋将内裤脱下，丢在床上。随后，熄灯。

整个空间处于一种莫名其妙的黑暗中。是一种自造的、半强迫的黑暗。窗外没有透进一丝光线，似乎外面的世界已经处于完全的黑暗了——至少他们回来的时候没有看见任何带光的东西，连一个人都没遇见。也许霍普的担心是有道理的，洋感到一阵慌乱的紧迫感。

洋开始觉得皮肤发冷，她双手抱在胸前，冷风从周围渐渐靠近，摩擦着她油腻腻的皮肤。她感到光着的脚板下被干干的东西刺痛了，走了几步，发现是草。

草?

她慢慢蹲下来，尝试用手摸，一蹲下，屁股就被草扎了一下，痛得很。她赶紧站起来。

我这是在哪儿，洋想。

又一阵风吹来，洋顺着风出来的方向看了一下，发现在远处有一个浮动着的银色虫子。原本不大的卧室竟然在黑暗里产生了如此之大的空间。由于只能看到一条浮动的银色虫子，洋踉踉跄跄地往那儿走去。走了很久，那条浮动的虫子还是远远地微微动弹，还是那么大。洋这才意识到，自己正在一个巨大的黑暗空间中。

洋又走了很久，渐渐地，银色的虫子开始变得平坦起来，最后，在它身上泛起了小小的波浪。原来是照在河水上的月光，自己一直在河边宽阔的草地上走着。

虽然太不现实了，但看到了河流与月光，洋的内心平静了许多。她静静地沿着河流走着，脚板已经习惯了草地的触感，甚至开始感受到青草的鲜嫩了；河风袭来，虽然微微有些凉意，但让人心旷神怡。光着身子走在这样的景色中，有种异常轻松的愉悦感。

走了一会儿，洋找了块泥地坐下，慢慢将脚伸进河水。河水有点儿凉，但感觉得出很清澈。洒在水面的月光如同银色的碎片装点着洋的小腿和脚尖。

这里似乎除了草地、河流和星空外什么都没有。洋想了一会儿，觉得不如先洗个澡再说。于是她咬了咬牙，缓缓地让自己的下半身浸到河水中，河水很凉，但是给皮肤非常舒服的触感，两条腿在水中，似乎开始变得细长，皮肤也看上去完美无瑕起来。洋尝试慢慢坐下，让水没过胸口。当冰冷的河水没过乳房的时候，她感到自己快要同这河水融为一体了。一丝不挂的她在一丝不挂的世界里，似乎自己的整个思维都一丝不挂了。她感到这么多天以来混乱的大脑开始变得清晰起来，可以不慌不忙地进行思考，但思考需要材料，而大脑中的材料似乎也被洗涤、冲走，一下子就什么都不剩下了。

她只剩下一个意识：这条河流、这片草地和头上的星空就是她自己。洋望着星空，缓缓躺下，让河水抚摸她的后脑勺，头发在水面上散开。如同一个晶莹剔透的发光体，无忧无虑地漂浮在永无止尽的河流中。

这种无意识仅存在了几秒钟，因为洋忽然意识到，她曾经来过这里——在现实的世界中。她微微皱起眉头，从水里站起来，左右观察。

这里是普罗旺斯的乡村。

就在不久前，C 同她在这里吻别。就在这条河流的对岸，欢快的人群还曾围着篝火吃着喝着。她在这儿和 C 分别，回到了伦敦。

这是她同 C 诀别的地方。

洋望着晶莹剔透的水面，两眼模糊了，好像有源源不断的冰水从体内汩汩流出，止也止不住。不自觉中，她已经双手掩面，放声大哭了。但她自己也知道，这哭声并不悲戚，而是自然的声响，是她自己的声响，是她自己的意识，不受到任何人打扰的意识，甚至不被自己的悲痛感所打扰。

她在至纯的自我意识中哭泣。

这是她欠 C 的哭泣。

沉寂沉寂沉寂。

霍普和达达在客厅的沙发上坐了很久。低矮的布沙发已经让达达半个身体陷进去了。

"她进去多久了？一点声音都没有。"达达忽然开口。

"算不上太久，如果我们所处的世界还正常到能用我们所能理解的时间衡量的话，理论上我们可以说她进去了两个小时。"霍普摘下眼镜，用衬衣前襟擦拭镜片。

"已经这么久了。为什么没动静？"

"我们在这里是听不到任何'那里'的声音的。"

"那里？"

"对，"霍普站起来，走到开放式厨房，打开咖啡机，把里面的咖啡渣倒进垃圾桶（晚饭前洋用咖啡机煮过咖啡），放入新的咖啡粉，倒入水，开始煮咖啡，

"那里是我们无法理解的地方。"霍普说。

"我不明白，"达达从沙发上直起身，"你让她进屋，她就能找到答案？"

"这我也不能肯定，但答案只能在那里找到。"霍普两手撑在厨房桌上。

"之前大男孩对我说过，我们的世界即将崩溃，他是从你口中知道的么？"达达问。

"告诉你也无妨，"霍普看了眼咖啡机，咖啡正一滴滴流进玻璃咖啡壶中，"他是我们的特派员。"

"特派员？"

"而你应该就属于特派员的助手之类的角色。我们从不过问特派员在执行任务时会雇用什么样的助手。反正我只掌握我的特派员。"

"你是他的 Boss？"

“方便你理解的话可以这么说。但我们没有特别的层级概念，而且之前我和他也没见过几次面，他也只知道去之前的小据点来找我。大多数的时间里我只负责编辑和印刷超市商品目录。”

“等等，太多信息了，而且毫无逻辑。”达达站起来走到厨房。

“给，”霍普倒了一杯热咖啡给达达，“超市目录就是之前我们提到的那本，但是出了问题，你也知道，所以我们就停印了。”

“还是不明白。”

“我需要你不明白，因为你开始明白了的话，你会无法接受的。”霍普给自己倒了一杯咖啡。

“我更希望能明白。”

“你要我从结论说起还是从根源说起？”霍普喝了一口咖啡。

“都行，内容太多了，无所谓。嗯……那就根源吧！”达达眼睛都发亮了。

“你根本不存在。”

“什么？”

“你根本不存在。”霍普重复了一遍。

“是说整个事情发生之时我还没出生？”达达问。

“不，”霍普往咖啡里加了点糖，“我是说：你从一开始就没存在过。”

达达愣了几秒钟，嘴巴长得大大的，继而从那张僵了的大嘴中发出了一声，“哈。”

“你在逗我，哈，你在逗我，”达达笑着，晃着脑袋，时而朝霍普胸口打一拳，“你在逗我。”

“我说过你会接受不了的。”霍普说。

“不不不，这不是接受不接受的问题。这是因为你在这个时候跟我开玩笑。这是个玩笑。”达达摊开双手。

“如果你想好受些，我可以告诉你：不仅是你，这个世界上所有的人都不曾存在过。除了我和大男孩。”

“这不公平。你开了个荒唐的玩笑，却不自嘲，这不好玩。”达达有些生气。

“这是事实。你，嗯，怎么说呢，你是一个意识，不，连意识都算不上，你是意识自发的衍生品。比如游戏中的人物，一旦被程序设计出来以后，会根据游戏中的环境变化而自己行动，这就好比 AI.”

“真会说笑。我可是出生在孟买、年年优等生、读过帝国理工的高材生；我有兄弟姐妹，从小到大我有许多回忆，而他们也一定在许多地方经历了许多事。”

“那都是意识的衍生品。虽然不可思议，但你本身就是意识为了创造‘这个世界’所产生的，至于你自己又产生了意识，那就更是自发性的了。‘这个世界’就是由一个意识产生的，它只负责将‘这个世界’延续下去，而你的产生以及你意识的产生，只是千千万万个衍生品而已，目的是为了让‘这个世界’看上去更‘真实’。讽刺的是，这个所谓‘真实’也只是意识自认为的‘真实’。”

“如果就像你说的那样，那为什么你却是真实存在的？”

“我是个介入者。我所做的工作就是让‘这个世界’维持下去。但现在‘这个世界’已经快要崩溃了，告诉你也无妨。”

“你之前一直在编辑的超市商品目录又是为了什么？”

“它是维持‘这个世界’的工具。”霍普说。

“荒唐！”达达拍了下桌子。

“那是你作为意识的衍生品的意识所认为的，你的理解仅此而已。你的逻辑，如果有形状的话，就相当于是显微镜下的微生物的思维。你无法理解更大意义上的世界是如何运动的。”

“有道理。”达达气呼呼地吐出一口气。

“你可以当我在开玩笑，我不强求。但你必须理解这一点，或者把我所说的当作一种可能性，以后的任务中，我需要你有这种意识。”

“讽刺，”达达冷笑道，“刚才你还努力让我认为我是不存在的，我和我的意识是衍生品来着。”

“的确是讽刺。但这就是事实——虽然‘事实’本身是否存在我也不清楚。”

“根据你这么说，那你是从哪儿来的呢？你凌驾于‘世界’作为你的载体？”

“打开你的思维，微生物，”霍普放下咖啡杯，两手在空气中比划，“你所知道的只是‘这个世界’。”

“那你所存在的世界是什么样的？”

“和‘这个世界’基本一样，毕竟‘这个世界’应该是我所在世界里的意识创造的。我们无法阻止意识产生新的世界，而我所要做的就是维持‘这个世界’的正常性，当然，是以我所在世界作为标准的。我们唯一的原则就是：一旦世界被创造，就要被维持其正常性。但问题是，你也知道，‘这个世界’从2007年开始就变得不正常了。我现在所要做的，便是找到创造‘这个世界’的意识。”

“所以你把任务给了大男孩？”

“是的，一开始只是让他做一些侦察的工作，因为我不想弄出太大动静。他也只是作为侦查员和适当的介入者进行工作的，而且他还不知道超市商品目录的作用。目前看，他一人无法完成这项任务。更糟糕的是，他失踪了。”

“那你又是听从谁的命令？”达达问。

“全国超市运营协调委员会。我是协调员之一，也是总顾问。在那里，大家叫我

M M M。”霍普掏出一张名片给达达。

“我的天，我太晕了，我去躺一会儿。”达达摸着额头，倒在沙发上。

“还有一点，在我们意识到‘这个世界’出现问题而停印超市商品目录后，似乎创造‘这个世界’的意识也意识到自己被怀疑了，所以才有了许多不正常的举动，使得‘这个世界’加速了崩溃。”霍普将剩下的咖啡倒进水池。

达达没有说话，睁大着呆滞的两眼望着天花板。

窗外漆黑的世界里刮起了一阵风。

洋感到一阵寒冷，双手护胸，从河里起来。她走上岸。

一个白花花的背影。洋吓了一跳。

一个光着身子的男人面朝下倒在岸边，背上插着一把匕首，但没有血流出来。

放在往常洋一定会魂飞魄散地跑开，但不知怎的，她平静地走上前，跪下，把男人微微翻过来一些，露出他的半张脸。她将粘在男人脸上的泥土抹去。

是C。

洋头脑一热，继而脸色苍白。下意识地将C抱在怀中。

“你原来一直在这里！”洋把脸颊紧紧贴在C的脸上。C一动不动，脸颊冰冷。

大风吹得远处漆黑的树林如同在地狱里挣扎着的灵魂。在这一片纯粹的精神之地，悔恨会加剧，会让大地震颤，会让失去之痛动摇世界之基石——再没有比精神更纯粹，也更具有毁灭性的了。

洋抱着C在风中哭泣。

“有人在哭，”A忽然停下来，对身边的洋说，“我听到有人在哭，就在我们刚才所在的河流边上。”

“那是你的幻觉，这里只有我们。”洋头也不回地在树林中走着。

“我清清楚楚地听到了！”A朝河流地方向望去，但实际上只能看到茂密的树木。

洋停下脚步，静心一听，果然听到了哭声。

“你在这等着，我去处理一下。”洋说着，原路返回，朝着河流走去。

A跟在后面。

“我让你等着，你就等着。这里虽说是属于我们的地方，但最终归我管。”洋转身用手推着A的胸口。

洋盯着A的眼睛，慢慢后退，手保持着指向A的姿势，退后几步才开始转身离开。

洋走出树林来到河边，远远地，看到河对岸跪着一个裸身的女孩，怀里抱着裸身的C。

洋！

第十章

相遇、全面陷落

抱着C的洋听到踩着草地的脚步声，抬头望去，发现河对岸站着一个女子，长发被大风吹得张牙舞爪。

洋和洋隔岸对视着。

裸身的洋借着河水的反光，终于看清了河对岸女子的面容：她的眼角微微有几道皱纹，很浅，头发长长的，穿着一身连体裙装。整张脸异常熟悉又有些陌生，因为那是十多年以后的洋。

十多年以后的洋在河的那头，与A在一起。

裸身的年轻的洋在河的这头，与死去的C在一起。

“还是这个结局。”微微有着皱纹的洋自言自语道，两眼空洞。

“是你做的吗！是你吗！”裸身的年轻的洋朝着河对岸大喊。

“没错。是我，也就是你自己。”微微有着皱纹的洋说道，话音被大风一下吹到了河对岸。

“难道你不爱C吗！你不是深深地爱着C的吗！你不是希望他还活着的吗！这不都是你所希望的吗！”裸身的年轻的洋跪在地上，紧紧地抱着C，头发被风卷起又甩下，泪痕已经布满了洁白的脸颊。

“我是爱着C，千真万确。我希望C还活着。但他确实已经死了。”微微有皱纹的洋说道，“但他不应该来这里，这里不属于他。”

“你过河来！你来看看C的脸，好像刚刚陷入了睡眠一般。我的肌肤紧紧地贴着他的肌肤，但我感受不到他的体温，我多么希望他能回到我的身边，我多么希望我能早些找到他！你到底做了什么……”年轻的洋哭喊着，最终哽咽着说不出话来。

“我无法过来。一旦来到河的这边，就无法回到彼岸了。”微微有皱纹的洋静静地说着，“C的到来，已经将我创造的这片天地毁坏了一半。你所在的那一半就是被C所毁坏的。我去不了彼岸，你也来不了彼岸。C只属于你那里，我，只属于我这里。C已经死了，没错。这么多年以来我一直深深地爱着C，也没错。但他终究是走了，在我最需要他的时候走了。我们当年就是在河的对岸诀别的，也就是你现在这个年纪。”

“但是，这一切都被你自己给毁了。”年轻的洋说道。

“没错，但C不死，”有皱纹的洋忽然哽咽了一下，“如果C不死，我就什么都不存在了。我现在好好地，我有A陪着我。”

说着，微微有皱纹的洋回头看了下身后的树林。

“你又遇到了心爱的人？”年轻的洋在风中颤抖着。

“是的。你后来又遇见了A，他对你很好。”有皱纹的洋说道。

“他现在在哪儿？”

“就在我身后的树林里。好了，就到这里，我们就在此分别，从此再也没有交集。我会和A继续朝着树林的最深处走去，而你，如果现在放弃C，就可以彻底从这里出去，回到你自己的世界。”有皱纹的洋说。

“C已经死了。”年轻的洋说。

“那你就更应该放弃他。”有皱纹的洋说，说着转身朝漆黑的树林走去。

“你真能安心地同A走在树林里，把C冰冷的尸体丢在身后吗？”

有皱纹的洋停下脚步，头也没回，一句话也没说，走进了漆黑的树林。

太阳照进了客厅，照在了躺在沙发上的达达。霍普在厨房里煎蛋，旁边的咖啡机呼噜呼噜地煮着咖啡。自从昨晚洋进入卧室以后，到现在已经8个小时了——如果根据墙上的钟来计算的话。

达达微微睁开了眼睛，鼻翼动弹了一下，眼球在眼皮下滚了两圈，将魂魄收回了，猛吸一口气，眯缝着两眼抹着口水在沙发上坐起来。乱糟糟的头发。达达低着脑袋，胳膊架在膝盖上，就这么呆坐了几分钟，然后又深吸一口气，他闻到了新鲜的咖啡香味。

“早上好，微生物，不存在的意识，意识的衍生品。”霍普低头煎蛋，瞟了达达一眼。

“没错，我是意识的衍生品，但一大早醒来，胃口还是很好。”达达边伸懒腰边向厨房走去。

霍普将煎好的鸡蛋盛在盘子里，达达发现盘子里还有热腾腾的香肠、和西红柿，达达刚要动手吃，霍普又在盘子边上放了一小块三角形的烤面包。

“你结婚了么？”达达边大口嚼着煎蛋边问。

“我有两个刚到二十岁的女儿，”霍普边说，边把自己的那一份摆到达达旁边。

“不和她们在一起？在大学？”达达问。

“对，在伦敦，在我的那个世界里的伦敦，都在大学里。”

“她们知道你的工作？你向她们解释过？”达达问。

“当然没有。她们只知道有一个在出版社工作的爸爸。呵呵呵。”霍普笑着，揉揉鼻子。

这时，他们身后的卧室门里传来了女人咳嗽和走动的声音，听起来是光着脚踩在地板上。霍普与达达对视了一下，赶紧放下手中的刀叉跑到卧室门口。霍普轻轻敲了下门。

“是你吗，洋？”霍普问道。

“是我，咳咳咳，”洋不停地咳嗽，鼻子有点儿塞，“我穿上衣服就出来，麻烦能同时在外面准备些热茶之类的东西吗？我怕是感冒了。”

“好好好，”霍普走开一步又转身对房门说，“找到大男孩的下落了吗？”

卧室门后面一阵沉默。

“没……没有。但我看到了C。”

“C是谁？”达达问霍普。

“那个C怎样？”霍普问房门。

“死了。”房门说。

霍普停顿了几秒，转身走到厨房。

卧室门开了，洋裹着大衣从里面出来，面色苍白。

“但我有种感觉，”洋吃力地走到厨房桌边，爬上高脚椅，“我有种感觉，大男孩也不会回来了。”

霍普将热茶放到洋面前，大吉岭红茶热腾腾的浓香把洋的寒冷驱赶走了一半。

霍普背过身，对着水池洗洗弄弄。

“你说的那个C是怎么死的？”霍普问。

洋把茶杯停在嘴边，垂着眼睑，一言不发。

“这信息对我们很重要，洋。”霍普背对着洋，仍旧在洗洗弄弄，但有一种令人心情凝重的不自然。

“被……我杀死了。”洋说。

达达在一旁睁大了眼睛。

“被十多年以后的我。她就在‘那里’。”洋接着说。

霍普停下了手中的活，仍旧背对着洋。

“为什么是我？”洋把头埋了下去。

“大男孩的线索一点都没有吗？”达达问。

洋默默地摇着头。

霍普的背影渐渐蜷缩在一起，扶着水池边沿的手将亮黄色的毛巾攥在了一起。

“你让我失去了一个特派员！一个优秀的，特派员！”霍普猛地转过身，把脸贴近洋的脸。洋如同一只落水的小狗，苍白、瘦骨嶙峋、眼睛由于惊恐成了两潭被吸干了的水池。

“我……我……”

“没辙了！没法子了！这样没法干了！”霍普甩着毛巾，抽打了几下厨房桌，随后两手一摊，语调渐渐变弱。

洋惊恐了几秒钟，继而苍白的脸颊迅速变得通红，眉间皱紧，两手托着茶杯一下砸在桌上。

“我不难受吗？你以为我就不难受了吗？为什么不把我的心情放进来考虑？我刚才在那里又再一次感受失去爱人的痛苦，为什么把所有责任堆到我头上？”洋吼道。

霍普用手指了指洋，欲言又止，然后走出了屋子。

幸运的是，外面的世界看上去还是正常的。

霍普差点忘了前一天晚上那陷入漆黑的世界了。一切似乎在迅速陷入无底的黑暗与沉寂后，恢复了正常。也许前天晚上什么事情都没有发生，也许一切也都已经发生了。

霍普走出桥塔，甩上木门，走下塔桥，进入一个条狭窄的街道，所有的天空如同漫长的跑道，一直向着未知的方向延伸着。没有人会知道世界朝着什么方向发展，连霍普也不清楚。他走完了空无一人的街道，来到门窗紧闭的银行大街，边走边看着头顶那条狭长的蓝色天空，似乎只有那里的空气是清冽纯净的，又似乎在害怕一抬头发现那条天空不在了。的的确确，那片天空在昨晚变成了无尽的黑暗。

走完银行大街，霍普又拐进一片闹市中的居民区，一户接着一户地挨着，有些地方两户人家隔得太近，以至于似乎无法完全推开窗户。家家户户都被不明所以的灰色笼罩着，所以有一户人家窗口的鲜花显得格外鲜艳。

霍普停下来，静静地看着鲜花，从上衣口袋里摸出一包香烟，夹到嘴唇边，有一瞬间他感到了大地在脚下不停地震颤，但随后这种感觉就消失了。

原来自己没带打火机。打火机掉在哪儿了，不得而知。但这是第一次发现自己开始遗忘事情，难道是因为大男孩的死而破坏了自己的镇定吗？或许自己也成为这次混乱世界的受害者？一切的一切开始在霍普脑海里翻滚。他再一次感受到了大地的震颤。这是在向谁表达不满的样子。

或许我遗漏了一些环节，或许某些事情从上几个环节就开始出错了。

正想着，黑色铁栏杆后面的公墓出现在霍普眼前。

霍普将香烟塞回烟盒，推开半人高的铁门，走了进去。这是一片黑压压的公墓，天空虽然是纯净的蓝色，但地面上的一切都被笼罩上了洗不去的灰黑色，不，不是笼罩，应该说地面是与生俱来的灰黑色。这是黑压压的地面在向天空宣战。地面继而轰隆一声抖动了一下。

看来不是错觉，大地的确在震颤。

霍普走过一座座墓碑，有的装饰着石雕天使，有的只有一些朴素的装饰。他在一个矮矮的墓碑前停下，上面仅仅写着一个字母：

C.

沉寂沉寂沉寂。

不，地面已经开始止不住地抖动了。已经很难用沉寂来形容这个世界了。

有皱纹的洋带着A快速朝着树林深处走去。他们都感到了大地的震颤。但只有洋清楚这意味着什么。她不允许世界任性般地震动。

他们拨开一片树丛：远处的草地上，矗立着一座高大的城堡。

“那是什么？”A睁大眼睛望着远处的城堡。城堡是用黑色的石块建造的。

“那是属于我们的城堡，”洋微笑着，脸上的皱纹开始在眼角汇合，长裙下的身段仍旧散发着幽幽的光影，如同难以捉摸的鬼影，又如紫色夜空下的暗红玫瑰，让人难以转开视线。

“坚固、永不倒塌。”洋接着自言自语说着。

他们来到城堡脚下。

城堡大得让人忘了呼吸，也许它正在将周围的空气抽走。A恢复呼吸后，发现自己在急速地喘气。

“这是属于我们的城堡。”洋重复道。

话音刚落，城堡的门缓慢地敞开了。那是两个巨大的门板，均由古老的树木打造。

“是我们刚经过的那片树林，”洋说着，“那里有千年古树，用那样的古树打造的城门，牢固无比。”

城门终于完全敞开，浓重的紫色雾气从城内涌出，如同打开一座尘封的古井。那古老关节的摩擦声将A耳朵两旁的空气永远带走了。

“我爱你，”洋拉住A的手，“我爱你，所以我打造了这座城堡，城堡里的军队与子民将永远守护你我。”

他们走进紫色的雾气中，城门内的墙壁上覆盖着紫色的冰面，巨石接着巨石构架出了头顶这座高大无比的城门。

“这座城堡在哪儿？马赛？英格兰中部？还是美国大平原？”

“在我最深的意识中。”

他们身后，城堡巨大的古木城门又开始沉重地关上，所有的紫色雾气朝着门口涌去。洋带着A继续走着。这时从远处传来马蹄踩踏石板的声音。

一队身穿盔甲的士兵出现在他们面前。

紧随其后的是身着制服的仆役们。

A觉得这里的空气不再流动，将这里每个人的内心凝固。

“战争就要开始了。”领头的盔甲士兵骑马来到洋面前，从马上一跃而下。

洋从士兵的马鞍上取下一个预先放好的银质头盔，上面印着一个鎏金的‘無’字。洋将头盔戴到头上，随后当着所有士兵和仆役的面脱下身上的衣裙，赤身裸体地由士兵为她穿上银质盔甲。没有一丝划痕的盔甲反射着紫色的雾气和月光，如同这是一位冥界的女战神。

“洋，我们的敌人是谁？”A问。

洋接过仆役用银盘托来的银质葡萄酒杯，笑了一下，递给A，自己又拿起一杯。

“我自己。”洋说道。

“吼！”全体士兵挥举着银色的长枪大吼。

远处的大地在震颤，而且不再停止，这震颤已经遍布这个世界，划破天空，将地下的力量唤醒。

是谁？是谁？这一切是谁在操控，这震颤来自何方？

蓝色的战马踏破了草地上的河流，蓝色的三角旗帜在蓝色钢甲手套上空飘扬。蓝色的军队翻江倒海般地渡过星空下的河流，将一切芳草尽皆踏破。蓝色的盔甲骑士怀抱着巨大的愤恨，冲进了那片漆黑的树林。

大地在震颤！

漆黑树林的另一侧，那座巨大黑色城堡里，眼角有皱纹的洋身穿着银质盔甲冲上紫色石头堆砌的城堡瞭望台。她接过士兵递来的银质望远镜，朝着城堡远处的漆黑树林望去，那里的树木一棵接一棵地倒下。望远镜移向树林后方的河流，那里空无一人，唯有被践踏的草地。

敌人已经过河了！

“全体准备！”一个银色盔甲士兵高喊，声音如同一个隐形的榴弹射向夜空。

忽然，黑色城堡所有瞭望台、城墙以及露台上的士兵举起长弓，明晃晃的箭头汇成了一条蜿蜒的银蛇，缠绕着夜空下黑色的城堡。

深黑色的雾气在紫色夜空中蔓延。

当通往城堡前的最后一排树倒下后，震天的吼声如同一下捅破黑色的幕布一般，震撼着每一个守城士兵的耳膜。

蓝色的军队挥舞着蓝色三角旗帜冲出漆黑树林，布满了城墙下的草地。

战争开始了！

“预备！”银盔甲士兵高喊。

城墙下的蓝色军队已经搬出了巨大的蓝色撞门柱，由蓝色战车载着，冲向黑色城堡的古木巨门。

“晚了！”脸上有皱纹的洋大喊，全身在银色盔甲下颤抖。

“轰隆！”大门重重地挨了一下，紫色的裂缝开始遍布大门，烟尘滚滚地从裂缝中涌出。

“放箭！”城墙上的银盔甲士兵大叫。

城墙上、瞭望台上以及露台上所有的箭头一起朝下，顿时间呼呼呼地弹射下去，弓箭发出刺破空气的声音。

银色箭头扑向城下的蓝色军队。撞击城门的蓝色柱子上一下子布满了银色的箭。蓝色士兵挥舞着蓝色长剑试图阻挡满天利箭。利箭射进蓝色士兵的盔甲连接处，许多士兵倒在了一起。

但是蓝色军队仍旧源源不断从漆黑树林涌向城下。现在已经形成了一片蓝色海洋。

第二卷

第十一章

失望的霍普

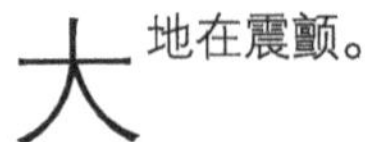

大地在震颤。

“放箭！”城墙上的士兵喊破喉咙，鲜血从他的嗓子里涌出。

箭雨再一次洒向了城下的蓝色军队。但就如同投入了汪洋大海一般，几乎没有激起涟漪。

这时一队弓箭手赶到城墙上，换下了上一批弓箭手。

这队弓箭手人人背着火把，弓上的每支箭头上都舞动着紫色的火焰。

“放箭！”话音刚落，那个银甲士兵就倒下了。

紫色的火焰冲向紫色的天空，在空中集结成了一道紫色的火蛇，停留了几秒钟，世界都停止了一般，城墙下蓝色的士兵、城墙上银色的士兵以及穿着银色盔甲的洋和A都望着天空中紫色的火蛇。

忽然，火蛇急冲而下。

“快跑！”城墙下蓝色军队开始后撤。

火蛇散落成一片片紫色的玫瑰，落入蓝色的海洋和黑色的树林。

一下子，树林和蓝色的军队成了紫色的火海。

黑色的树木在紫色火焰中只能隐约看到矮小的枯干，那些移动着的“枯干”是燃烧着的蓝甲士兵，战马在林间乱窜，一匹又一匹被紫色火焰包裹着的战马撞倒慌忙逃命的蓝甲士兵，踩烂了倒在地上的士兵脸。紫色的风带起了螺旋而起的黑色树叶。马嘶声中夹杂着嗖嗖的利箭声，几乎所有的利箭声都以沉闷的撞击声结束，因为利箭插进了蓝色士兵的铠甲、战马厚实的臀部以及千年的古树干上。

蓝色的战士们开始丢盔弃甲，甩掉身上着火的铠甲或是披风，肌肉结实的高大战马在横冲直撞后一匹接一匹地倒下。蓝色的三角旗在紫色火焰中消失。

沉寂沉寂沉寂。

伦敦开始下雨。霍普走进街角的一家比利时酒吧。

吧台后面正在擦拭玻璃杯的男人朝霍普扬了扬长满胡子茬的下巴，霍普也以同样方式招呼了一下。

“已经没有客人了？”霍普一边坐下一边问，眼睛盯着被擦亮得反光的吧台。

“可不是，都逃了一大半了。”男人回答，用手摩挲着下巴的胡子茬。他穿着一件脏兮兮的贴身背心，上面沾着黄色的酱汁，些许能看出曾经是件白色背心。

“情况很不妙。”

“怎么不妙法？”男人在霍普面前摆好杯垫，杯垫上是这么一张图样：古体的AR字样，蓝色的绸缎在字母间蜿蜒穿过，整张图的四个角上都有蓝色的三角小旗。

“本想速战速决的，现在看来失败了。部队已经撤走了。”霍普喝了一口黑啤酒，白色的泡沫粘在他的嘴唇上。

“他们动用了什么武器？”男人又给霍普摆上一杯花生米，给自己也灌了一满杯啤酒。

“倒不是什么特别的武器，最多就是用火箭突然袭击了我方的部队。眼看城门就要被撞破了，现在，反而我方损失惨重了。汤姆，你最了解我了，替我想想，我现在什么都思考不来。”

叫汤姆的男人又摸了摸下巴，胡子茬发出干燥的刺啦刺啦的声音。他什么都没说，拿起电视遥控器对着斜对面挂在墙上的电视机按了下，电视机亮起来。

“尽是些雪花！已经没有电视台在工作了！”汤姆将遥控器丢在桌上。

“但话说回来，”汤姆忽然放慢了语速，“你还是已经找到了那个女人的最深的意识？”

霍普把啤酒喝掉一半。

“这是肯定的。但我损失了一个助手。”霍普说。

“这可就麻烦了。”汤姆说，“他叫什么？”

“谁？”

“你的助手。”

“哦，他啊，他叫C。”

“是C？你是说那个不久前因事故死去的C？”汤姆从吧台后面绕出来，和霍普并排坐下。

“对，没错。死也罢，没死也罢。总之这个世界本身就是一个意识产生的。所以不存在逻辑问题。我只是让他把脸遮盖了，省得让洋认出他来。”

“洋？你是说那个女人？”

“没错，吃惊吧？她原本的意识正在同现在的意识作对。”

“我们应该怎么办？”

“准备下一次进攻。”霍普喝干最后一滴啤酒，把酒杯砸在桌上。

霍普走出酒吧，身后的酒吧门就传来锁门的声音，霍普朝后面看了看，汤姆隔着门玻璃朝霍普举起大拇指。霍普也举起大拇指。

“现在去下一个据点。”霍普自言自语道，拉紧了领口。

他走回到银行街，经过威灵顿将军骑马雕像时，他发现雕像肩膀上布满了细细的雪片。他停下脚步，仰望着雕像的脸颊。将军骑在马上，两眼望着远方，霍普回头望过去，只见远处的天际线，布满了紫色的乌云。

“告诉我，你是怎么做到的？”霍普边问，边同将军一起眺望远方。

将军沉默着。

与此同时，在霍普位于伦敦塔桥上隐秘的公寓里，洋与达达正准备出门。

“你确定要出去找霍普？他似乎已经不想同我们见面了。”达达放下咖啡杯，一边穿上大衣说道。

“我们别无选择。目前只有霍普是最明白的人。”洋裹上风衣。

“但我们还不知道他是站在哪一边的。”达达忽然压低了声音。

洋抬头看着达达。

这时门外的台阶上传来一阵急促的脚步声。紧接着是一阵近乎砸门的敲门声。

洋和达达交换了一下眼神，迅速在门两侧散开。达达悄悄地拿起门旁桌上的一个金属盘子。

“请开门！我们是全国超市运营协调委员会的，我知道你们在屋内，为你们自己着想，请与我们合作！”

洋犹豫了一下，伸手去开门。达达赶紧递上一个悄无声息的摇头信号。

咣咣咣！

“请开门！如果拒绝合作，结果会很难看！”门外的声音似乎预示着随时地进攻，夹杂着不少人的皮鞋摩擦石板地面的尖锐的声音。

看看屋子里有没有武器！

达达用最夸张的口型向洋“说”。

由于口型很夸张，而且一字一顿地表现，洋一下就明白了。她赶紧脱掉高跟鞋，弯下腰轻放在地板上，然后冲进卧室。由于紧张，脚上微微出汗，在奔跑的时候还是发出了不小的“叽叽”的声音。

门外传来了几句交换意见的话，不是很清晰，但大体上是表示屋内确实有人。

达达甩头看了看卧室门，拽紧了手中的金属盘。

卧室里，洋翻箱倒柜，哪怕是一把女士转轮手枪也行！

没有。

她抓乱了自己的长发，坐在地板上。忽然发现卫生间的门框有些蹊跷。她连滚带爬地过去，发现卫生间的门栏与地板接缝处有一个不协调地突起。门栏很粗，足以平放进一个烟盒。洋从卫生间墙上取下一块厚毛巾，包着手，抓着突起部分，将门栏从地板接缝中抽了出来。

是一个很深、很宽的缝隙。里面反射出黑沉沉的光。带着金属色。

一把英国卡宾枪。完美地嵌在如同为它特质的卡槽中。

洋小心翼翼地抓住卡宾枪上部的把手，将它慢慢从卡槽中提起来。

重量正好，对于女生来说也能较平稳地端起来，长度较一般步枪短，适合在狭小的空间使用，枪托能舒适地贴在身上。洋迅速回忆了一下曾经在街边书店读过的一本枪械读物，里面简单介绍了检查弹夹的步骤。

弹夹是满的。沉甸甸的，但又不至于让人产生累赘感。

洋解开枪上的保险栓，端着枪走了出来，如同端着一个新发明从实验室里走出来面对记者一般。

达达瞪大了双眼，完全没有料到有如此重大的收获。

洋的嘴角竟然冒出了一丝顽皮的微笑，这回她放大了音量，

“玩过这个宝贝么？”

达达慌忙摇着脑袋。

“我如何知道你们不是冒牌的委员会？”洋忽然对门外大喊。

咚！

看来是谁在用巨大的身躯撞门。

“反正这个世界已经出了问题，我们就此彻底改变它吧！”洋忽然大喊一声，并示意达达开门。

达达猛地把门敞开，门外正准备第二次冲撞的大个子一下子摔了进来。趴在地板上的他刚准备抬头，头就被某个巨大力量钉进了地板。

朝下的枪口冒着烟，达达感到一阵耳鸣。

洋的双腿与肩同宽，端着枪赤着脚站在离开屋门三米远的位置，中间的地板上躺着一个少了半张脸的西装大汉，屋门后站着目瞪口呆的达达，金属盘子抱在胸前。

屋外所有人愣了两秒钟，紧接着迅速地散开在门外隐蔽处。

“请与我们合作！我不想再说一遍！”门外传来喊话。

“合作什么？”洋大喊。

“我们接到报告，一个为委员会工作的特派员刚刚牺牲，就在这个屋内！”

洋和达达头脑都有些发晕。

“是谁报告的？”洋的枪口下意识地有些偏移。

“是我们委员会的成员，我们只能说这么多。”

“是霍普吗？是霍普叫你们来的吗？”洋大喊。

“我们无法奉告！”门外接话道。

洋忽然感到两腿发软，满头大汗。

这时门外一下冲进四五个穿着西装的男人，直扑向洋。

洋大叫一声，胡乱开了几枪。其中一个男人像是被击中了胸部，朝后倒去，其余几个人仍旧直挺挺地扑过来。

卡宾枪咣当掉在地上，由于走火一枪打在屋门上。

三个西装男人把洋制服在地板上。任凭洋乱踢乱咬，还是很快被反绑着双手，两脚也被绑在了一起。

在洋扭打的过程中，达达已经从门后溜了出去。门外站着一个人守着。达达用金属盘砸在那人脸上，顿时鼻梁歪了。那人痛地捂着脸倒在地上。达达慌乱冲下台阶，一口气跑下桥塔，冲了出去。

外面还停了两辆黑色轿车。一个穿着黑色西装的人从其中一辆车里出来，朝达达大喊一声。达达看了一眼，更是疯了一般地在桥上狂奔。

后面的人从腰间掏出手枪射击。

达达耳边传来子弹撞击大桥钢筋的声音。

后面的黑衣人见状，钻进汽车，横冲直撞地开过来。

达达听到后头的汽车快要压过自己，赶紧一转向，跑到桥边的栅栏，爬了上去，甩飞了一只鞋，跳下桥。

第十二章

洋的解释

沉寂沉寂沉寂。

“洋，跟我说清楚。为什么要这么做？”A来到洋位于城堡内的巨大的餐厅里。

“做什么？你是在问我为什么要保护你么？”洋取下盔甲上的披风，丢在十米长的餐桌上。

仆人用银色的托盘端来两杯葡萄酒，银杯在吊灯的照耀下闪闪发光。

“我可以不保护你。你可以就这么直径走出城堡，去被外面的蓝色士兵杀死。去呀！”洋恶狠狠地瞪着A，头也没转，左手接过一杯葡萄酒，一头靠在餐桌巨大的主座上。刚说完这句话，她的嘴角抽动着，眼神忽然变得异常孤独起来。脸颊上有一些经历过刚才的战斗留下的黑炭色。

“我看得出来，这座城堡已经不安全了。虽然我才刚来没多久。”A接过银色葡萄酒杯，像是要安抚自己不安的内心，狠狠地喝了一口。

“哼哼，不安全，”洋讥嘲似地喝了一口酒，这讥嘲多半是对她自己，“我花费了这些年的心血，在内心深处构建的城堡，没想到这么快就被发现了，而且是刚把你接来，好不容易能享受我俩的世界，城堡却被攻打得出现了裂缝！”

裂缝！

洋猛地坐起来。

“裂缝！来人！快把城门的裂缝补起来！”洋朝门外大喊。

冲进来三个护卫。

“陛下，门正在修补。十多个工匠正在使用最好的水泥填补裂缝。水泥里加入了打碎了的花岗岩，绝对坚固。”站在最靠前的护卫说道。

A坐在椅子上，左右看着这三个护卫。

“那三个人也是你的意识生产的？”等三个护卫离开后，A轻声问洋。

洋看了看A，心情放松了一些，坐回座位。

“不是我的意识生产的，而是我意识的一部分。”洋戴着银质手甲的左手放到了A

的手上。

A瞪大了眼睛。

“这么说吧，”洋微微笑了一下，“我的意识已经庞大到你无法想象的地步，所有的一切，都是我的意识，我的意识已经成了这个世界，乃至‘另外一个世界’的宇宙，也就是说我的意识就是宇宙，就是法则，就是逻辑。”

洋喝了一口酒。

“我不需要对一草一木进行设计，”她继续说，脸上微微显现出红润，“一旦有了我的意识作为前提条件，一草一木便会顺着逻辑进行发展，它们都是衍生品。而这个逻辑便是，让世界变得可信、变得真实。”

“那我们处在你所设计的虚假世界中？”A倒吸一口冷气。

“不是，A，你要相信我，只要你和我在一起，就不存在虚假的还是真实的。我们只要在一起，世界只是陪衬。”洋说。彩色玻璃窗外，风嗖嗖地擦过。

“所以说，这里是假的。”A坚持问道。

“不，你听我说。这里虽然是我的意识深处，但我不常来这儿。”洋站起来，走到A的边上，在她椅子扶手上坐下，银色的盔甲重压在木头上，木头呻吟了一下。

“我平时在‘另一个世界’里，和小B在一起，我们的儿子。”洋低下头，靠近A的脸，噙着泪水的双眼无助地看着A。

“小B，”A看着洋的脸，虽然有些皱纹，但黑色的细发轻抚着她粉嫩的脸颊，让A想起了什么，“我们的儿子。”A重复说道。

“这么一来可能会有些危险，但现在也管不了这么多了。你已经回到了我的身边，只要我们在一起，总是有办法的。”洋跪下来，银质护膝压在厚厚的地毯上。

“你还记得你要去接小B么？”洋忽然问道，好像她和A是在正常的世界里过着平凡日子的夫妻一样。

接小B？

“对，你开着你的‘路虎’，打算去前妻家接小B，但是你没能接到小B，因为你找不到路，所以你去了自己办公的大楼。”洋循循善诱地慢慢说着。

“对，我好像记着有那么一回事，可是到后来就断了。”

“那是因为，”洋清了清嗓子，“你在我意识创造的那个世界里。而由于我的意识被一些反对势力发现了，出现了动摇，所以你起初所在的那个世界开始消退。”

“所以我找不到路？”

“对，因为那个世界的许多部分已经消失了。后来你去了办公室，完成了当天的加班任务，走到楼下，原本是夏天却发现换成了冬天，你的衣服变成了冬天的大衣，口袋里还多了手机和香烟。没错吧？”

“对对，我好像想起来了，画面越来越清晰了。”A盯着吊灯，拍了几下大腿。

“接下来发生了什么？”洋突然反问道。

“接下来？”A刚刚变得轻快的语调忽然坠入了泥潭，黏稠沉闷起来。

“对，接下来。”洋似乎想让A自己记起来。

“接下来，”A皱起了眉头，两眼在天花板上搜寻着什么，“接下来，我去了……不，我好像在自己的家中。和……和我的妻子在一起，但不是你，她叫什么来着。”

“德干。”洋插话说，“她不存在，在你原先的世界中，德干只是你的一个公司部下。但实际上她不存在于任何一个世界。我把你从逐渐消退的世界里接出来，暂时放到了一个缓冲地带，安插德干作为你的‘妻子’，给你过37岁生日。”

“但她却不让我出门，”A一下想起了很多。

“她不让你出门是因为我当时只有创造出一个缓冲地带的时间。你房子外面的世界是空的。是‘无’的世界。我一个劲地让德干拖住你，不让你冲出屋子。既然把你暂时安顿在虚假的家庭生活中，我就有了充足的时间把你连接到了你、我曾经住过的城市，伦敦，而且是你、我在留学时候的伦敦。我把你引去了利物浦车站。希望你能在那儿直接找到我——当然了，处在那个世界的我还是年轻的少女。我无法让你直接撞见我，因为你的意识非常模糊，过于虚弱，我只能让少女的我自然而然地被你撞见。

但是有人，我是说有反对势力作乱，他们让一个路人给你兜里塞进一部手机，估计是要日后定位你，最终查到我。还让你曾经的同学安迪出现在我的意识中，阻挠你发现少女的我。我只好把那一部分的世界给毁灭了。如果你还能记起来，就是包围整个利物浦车站的黑雾。

当那一部分世界毁灭后，你自然又回到了我创造的你和德干的冒牌家庭中了。那个时候，反对势力已经把你定位了，所以就跟踪到了你和德干的屋子，他们给你打了电话，还记得吗？”

“难道说，就是那个全国超市运营委员会？”A冒着冷汗回忆道。

“对，完整名称是‘全国超市运营协调委员会’，”洋接着说，“他们找到了你。所以我也无法让你和德干待在屋子中了。但与此同时，我还没有把门外的世界创造好，即便门外的世界靠逻辑进行繁衍、产生衍生品也还需要一定的时间，所以我千方百计地继续让德干拖住你。但我创造出来的德干过于虚弱，很快就由于你意识的清醒、全国超市运营委员会的干扰，你和德干所处的屋子逻辑崩塌，德干和屋子消失了。”

“我想起来了，德干化作了黑水，屋子变成了漩涡。”A继续回忆。

“正是。在你冲出门外的同时，我已经差不多将屋外的世界落实好了。不得已，我创造的那个世界自然被全国超市运营委员会发现了——因为你冲到了门外。还记得门外是什么吗？”洋坐回到自己的座位上，接着说。

“伦敦的摄政公园。而且我看到了小 B 和你，我是说年轻时候的你。”A 现在变得思路清晰起来。

“嗯，你的意识恢复得很快，说明你本身很强大。我喜欢你这点。没错，你看到的是在喷水池旁的我——少女时候的我。”

“你交给我一本厚厚的书，是超市商品目录。”A 开始能够共同描述这个故事了。

“一本厚厚的商品目录。这是……亲爱的，我的爱人，我只能对你一个人说，那本厚厚的商品目录是我维持我意识创造出来的世界合理性的支柱。如果它没了，我的意识的世界将会坍塌。所以，坐在喷水池旁的少女的我，要求你把商品目录带到我们从未去过的地方，这样，委员会的人就找不到了。”洋说道，鼻尖上流淌下一条细细的汗水。

“我抱着目录，被一个黑人发现了。他叫 D。”A 说。

“原来是 D，”洋细细地想着，“那就更能说明全国超市协调委员会派了人在那个世界反抗我了。但 D 已经死了，就和 C 一样。”说到这儿，洋咬了咬嘴唇，让情绪缓和一下。

“他们想让你把商品目录带到他们的地方去。而你当时的意识非常的虚弱，在你的意识中，只有‘凯瑟琳大楼’是能够矗立起来的，所以他们在你的口袋里塞了一张凯萨琳大楼房间的门卡。他们让少女时的我住进了凯瑟琳大楼的房间，就是你打开房门的那一间屋子。试图干扰你，把你带走。但是由于你意识开始恢复，我和委员会都无法把你从那间屋子带走。

最终，我不得不把你引回来，但我无法把你直接切换回我所在的世界，所以我把我所创造的伦敦的那个世界，同我平时所在的世界打通了一个隧道，让你自己跳下来。后来，你抱着目录书一起跳了下来。

你落入的世界，便是我最希望等待着你的世界。在那里，我们在家里吃着早餐，阳光从窗外射进来，一切都如此安详。早餐后我们去看画展，是 C 的画展。

我以为安全了。

事实并不是这样，一个叫霍普的老男人闯入了我们的世界。看来他就是委员会的人，而且非常厉害。所以，我打算重温一遍我们的过去之后，一起回到我意识的最深处，就是这里。你记得吗？我们又去了凯瑟琳大楼，因为那里是你意识最稳定的地方，我们在那里重温了所有最美好的回忆，从 1201 房间到 1203 房间，最后我们然后打开了 1204 房间的门，来到了我意识最深处的世界。结果你也看到了，委员会跟踪我们到了这里，刚才派蓝色军队攻打了我的城堡。”

第十三章

达达醒来

达达醒来——如果他真的还活着的话，他发现椅子上摆着一个白色的马克杯，杯子里冒着热气，远处有一个巨大的长方形橡木桌，颜色淡淡的，就像苹果商店用的那种简单的大桌子——而且更大。

巨大橡木桌上放着一个小小的淡色的笔记本电脑和一个同样的白色马克杯。

达达揉了揉眼睛，一条腿滑了下去。他往下一看，原来自己躺在沙发上，身上还简单地盖了条薄毛毯。

“喝了它。”汤姆不知从哪个房间走出来，走到大橡木桌边，盯着笔记本电脑迅速地敲击了几下键盘，没看达达一眼。

达达本能地觉得这里并不坏，而且自己的确有点虚弱得发冷，于是披着毯子，弓起身从面前的椅子上捧来那杯热气腾腾的东西。喝了一口。

是热巧克力。

喝了一口，达达觉得舒服多了。

“请问你是……？”达达双手捧着马克杯问道。

“哦，”汤姆继续敲击键盘，十秒钟后抬起头，“我是汤姆。叫我汤姆好了。我是霍普的同事。”

“是霍普救了我？我记得我跳下了大桥，接下来就不记得了。”

“技术层面来说，是我救了你。霍普只是发现了你。”汤姆穿着一件圆领短袖，两手一摊。

“我落入了泰晤士河？”达达问。

“不，泰晤士河已经消失了。不是干涸了，我是说，你跳下去的时候，伦敦塔桥和泰晤士河所在的时空已经消退了。”汤姆喝了一口自己的饮料。

“那我落入了哪儿？”

“你落入了一个不存在的‘时空’，要不是我及时来救你，你也就消失了。”汤姆忽然咧开了嘴坏笑道。

“等等，我记得之前霍普说我本身是不存在的，是意识的衍生品，难道作为意识的衍生品的我，也会消失？”达达追问道。

“你可真是烦人，”汤姆来到达达面前的椅子上坐下，“没错，你是意识的衍生品，但你的载体是那个世界，那个世界不在了，你便没有存在的逻辑可以支撑了。另外，如果那个世界存在，你跳下大桥、落入泰晤士河，不是死了就是残废了，总之你会很痛。因为那个世界具有逻辑。”

“虽然我还没有完全相信你和霍普的观点，”达达笑着说，觉得争论这种话题有点可笑，“但是，我想问的是，到底哪个才是真实存在的世界？”

“哦，那我就不清楚了。真实不真实无所谓，反正只要是一个能够出现的世界，只要它能够维持，它必然会有自己的宇宙，自己的逻辑，它会自然繁衍、产生衍生品。我和霍普都是超市委员会的人，全称是全国超市运营协调委员会，站在我们的角度来看，你，达达，就一直生活在一个被意识创造出来的世界里，而我和霍普，至少到现在为止，我们没发现我们所处的世界是谁的意识创造出来的。所以，我和霍普的世界，在狭隘的范围来看，能成为一个不动的参照物，是稳定的真实的世界。当然，搞不好以后忽然冒出来一伙人，告诉我他们的世界才是稳定真实的，这也不是没有可能。”汤姆说了一大通。

“好，我姑且相信你，”达达喝了一大口热巧克力，摸了下嘴巴，“如果是这样，那我生活的那个世界怎么了？是谁在消灭它？”

“一个叫作洋的女人。”汤姆语气变得沉重起来。

达达瞪大了眼睛，但他马上反应过来，洋对他说过，还存在着另一个洋。

“一个叫作洋的女人，”汤姆重复了一遍，“霍普跟我说过，在你的世界里存在着另一个年轻的洋。”

“对了！我太蠢了！我把洋给忘了。洋被他们抓走了！”达达突然跳起来。

汤姆坐着，没任何反应，只是静静地把一只手放在了达达肩膀上。

“我知道，霍普也知道。是委员会下令逮捕洋的。”汤姆说。

“为什么！她可是费了老大劲进入另一个世界去寻找大男孩的！”达达吼着。

“你是说牺牲了的C？”汤姆问。

“对！”

“但你得知道，是十几年后的洋把今天的世界毁坏的。你的家园，你的城市，你的一切。要不是洋的出现，你的世界会好好的，你一辈子都不会知道自己只是意识的衍生品，你能当一个好好的软件工程师，买房子、娶妻生子，养条拉布拉多！”汤姆说道。

达达愣愣地看着汤姆，被抽走魂魄一般一屁股坐在沙发上。

“对吧？”汤姆继续说，“我是说，洋这个女人太自私了。我们到目前为止不知道她的目的是什么，但十几年后的她把今天的世界给毁了。我们目前可以知道的是，十几年前的她曾经在伦敦住过，你今天所认识的洋，就是十几年前的洋，你和年轻的洋是同时代的。”

“那十几年后的洋在哪儿？”

“她没有活到十几年后，她十几年前就因为海难死了。”汤姆的两眼凝重地盯着达达，“乘船去西西里岛的时候，遇到海难，永远沉在了地中海。”

沉寂沉寂沉寂。

洋被反绑着扔到了一辆轿车上，她觉得这帮人肯定不会放过她的——她刚在霍普的屋子里开枪打死了他们中的一个。

结果可想而知。

洋闭上眼睛。车一颠簸，她又睁开了眼睛。她坐在后排，右边是刚才扔她进车的高大男人，用粗大的手掌死死地摁着洋的肩膀。洋不得不扭动几下身体，稍微避开些力道——实在是太疼了。

车窗外是漆黑一片，轿车时不时颠簸一下，就好像经过房间之间的门槛一样。洋凑近车窗，想看个究竟，却只能看到自己的影像。没有人告诉她现在去哪儿，她也不敢多问。

车子又经过了几个门槛的感觉，终于停了下来。

坐在右边的高大男人手掌一缩紧，把洋拽出车外。

洋手被反绑在身后，抬头看了一下他们即将要进去的大楼。

凯瑟琳。大楼上竖排着一行字母。

引人注目的是，大楼较低楼层的玻璃窗碎得七零八落，像被打掉了门牙的人张着大嘴。只见窗户里面不停有穿着西装的人探出脑袋上下观察。大楼正门口的旋转玻璃门里不停进出着忙碌的人们，看样子也像是委员会的人。有些穿着制服夹克衫的人一前一后抬着担架从里面出来，担架上裹着黑色袋子，像是一个人在里面；抬着空担架的人们则奔进大楼里。

像是发生过了什么事故。

一队手里扛着自动步枪的人来到面前。

“就是那个女人？”其中一个手托自动步枪的人问道，下巴朝洋扬了扬。

“没错，罪恶之源。”拽着洋的高大男人摇晃了几下洋，洋感到手臂被抓得很痛。

“带她上去。”说完，这群手持自动步枪的人走到洋的身后，把她往电梯上顶。

“死了几个？”在电梯里，高大男人问他的持枪同事。

“三个，”持枪同事答道，“费了我们好大劲，他们把特派员D给杀了。我们在马路上看到了他的尸体。但我们并不清楚，为什么D会出现在这里。总之，那帮人占领了大楼，曾经朝大楼外的D射击，当时D似乎想冲进大楼。原因不明。他是你们的人。”

高大男人看了看同事，电梯内的所有人都期盼他能说出点线索。

“对，但D是霍普手下的，”高大男人说，“霍普最近的所作所为实在令人匪夷所思，亏他还是个老将。只有霍普清楚当时他派D来到这该死的地方是为了什么！”

电梯到了12层。

高大男人押着洋出了电梯，持枪人员紧随其后。

他们进了一间大房间，里面有个巨大的会客厅。

“听着，这座大楼虽然目前被我们收缴了，但不能保证会不会有残匪埋伏在这里，或是会有什么人从外面攻打进来，这座大楼的明细还正在搜查中。大楼上下也布满了我们的人，但是，决不能放松警惕。”持枪人中的头领说道，他就是刚才和高大男人对话的那个。

“答案就在她脑袋里。”高大男人关上会客厅的门，沿着巨大的桌子走了一圈，手指着洋。

这时，从会客厅内侧的小门里走出一个穿着圆领短袖的男人，圆领衫上写着CNSMC。他手里端着一个白色的咖啡杯，时不时喝两口，头发有些微微翘着，另只胳膊下夹着一个厚厚的文件夹，由于太满了，里面的文件从夹子里探出来，只见那些文件都用五颜六色的标签纸贴满了。

“一夜没睡！”他的第一句话，然后把文件“砰！”的一声丢在会议桌上。

“昨天武力部门干得非常漂亮，高效、迅速！”穿着圆领短袖的男人说着，朝持枪人员的头头挤了下眼睛，做了一个开枪的姿势，然后喝了一口冒着热气的咖啡，咂了两下嘴，“一下子就把那帮匪徒干掉了，然后调查部门很快就开始上上下下地调查这座来历不明的大楼；研究组也开始研究现场；维护部门迅速开始清理死伤。”

“但是特派部门！”圆领短袖男人语气忽然严厉起来，“特派部门完全不知道在做什么，完全不协调，完全不知道互相之间的工作、任务甚至是行踪！”

高大男人站着，开始摩挲会议桌旁的椅子背，像是在寻找上面的白蚁窝。

“霍普在哪儿？”圆领短袖男人打开厚重的文件夹，头也没抬。

“亚伯拉罕，听我说，霍普疯了，我们已经很久不知道他的行踪了。”高大男人赶紧说道。

叫作亚伯拉罕的圆领短袖男人抬起头，把脚放在桌上，喝了口咖啡。

“你是想现在跟霍普撇清关系，然后就跟没事一样？”亚伯拉罕说，“我可是一夜没睡，就在查洋那个女人的来头，你为什么不能多花点时间，把霍普找出来？”

“我把洋带来了，”高大男人急忙冲到洋身后，把她往亚伯拉罕那儿推过去，“所有的答案都在她脑子里。”

“如果我问你，你是怎么开始毁坏这个世界的，你肯定不知道，因为我不觉得是你干的。”亚伯拉罕对正在坐下来的洋说道。

“对，所有这一切都不是我干的。”洋的两眼发着光。

“但我得问你，你是如何建造这个世界的。”亚伯拉罕的声音变得柔和起来。

洋摇着脑袋。

“你肯定是觉得‘啊，我并没有实际去完成这些事，所以我不知道’，但是只要你内心深处存在某些念头，就能导致一个巨大的结果。”亚伯拉罕说道，“告诉我，你的念头是什么？或者说，你的心结？”

“不是我干的。”洋开始啜泣。

“这可不行。”

“真的不是我干的！”洋开始大哭。

“那是谁？”

“是，”洋忽然停止了哭泣，“是另一个人。”

“另一个谁？”亚伯拉罕语气异常平缓。

“我不知道。”

“再给你一次机会，最后一次。”亚伯拉罕的鼻子发出叹息声。

“我不知道。”洋低下了头。

“是另一个你。”亚伯拉罕突然说道，“我给过机会让你自己说的。”

洋猛地抬头，绝望地看着亚伯拉罕。

“说吧，你的心结到底是什么？”亚伯拉罕压低了身子，凑到洋面前。

第十四章

达达来到凯瑟琳大楼

达达的内心深处，潜伏着一种越来越令自己窒息的念头。

当霍普说达达是只是个意识衍生品的时候，达达基本不相信这个说法；当汤姆继续这样的言论时，达达觉得自己被欺负了。

他不知道自己是不愿意相信，还只是觉得伤心，总之，他觉得很没力气。

汤姆已经救过达达一次，他没有第二次义务去做其他帮助达达的事情，所以，汤姆只是对达达这么说，

“你现在可以离开这里，但外面的世界已经消退得很厉害了，搞不好就掉进真空一般的地方，永远回不来了。你得想好。”

“我觉得我得去找到洋。”达达走到窗前，和汤姆并排站着。

“我没有能力也不愿意帮助你，何况是去找那个女人。”汤姆说道。

“霍普呢？”达达问。

“霍普不想见你。你已经和他没关系了。你只是C的助手，现在C死了，你的义务关系也就不存在了。”汤姆说。

“他现在在哪儿？”达达坚持问道。

“我也不太清楚。但我知道他会在恰当的时候回来的。现在，整个委员会都在找他，搜寻他的下落。虽然没有明确说这是在通缉他，但气氛已经明摆着了。”汤姆转过身看着达达。

“他究竟做了什么？”

“这我不能说。虽然我只是个接应站的站长，但现在的情况看来，我很有可能被当作霍普的同党，被送上委员会自治法庭什么的。”汤姆说。

“如果是这样的话，那我就在这里等他回来。”达达坐回到沙发上。

汤姆看了一眼达达，

“我不留你，但也不会赶你走。请自便吧，反正隔壁的厨房里有吃的，最近上面在盘查各个接应站，我的接应站也关门大吉了，看来我会有一个很长的假期。”汤姆说着，

看了一窗外。不是很大的落地窗可以俯瞰伦敦，远处的地平线雾蒙蒙的，不知道是由于下雪还是因为那部分的世界已经消失了。

两人正沉默着，忽然汤姆的手机响了。

汤姆一看，是一条短信。

我是霍普，手机号码我已经换了。这是我的新号码，但估计不久又会换。

我查清楚了：洋被委员会的人带到了一座叫凯瑟琳的大楼里，那里有通往洋意识最深处的入口。

现在的问题是，我不希望委员会的人发现那个入口。

我能处理好洋意识最深处的事情。你知道的，就是攻下她意识最深处的城堡。

攻打城堡的蓝色军团的来头你也清楚，千万不能让委员会的人知道我让蓝色军团出动的事情。

我需要你现在去一趟凯瑟琳大楼，把入口堵上。

等你消息。

这个事情有点棘手，汤姆想着。

他握着手机，不安地跺着脚。

“怎么了？”达达问。

“听着，”汤姆把手机屏幕锁上，用拿着手机的手指着达达，“你不是想要见霍普吗？我已经知道他在哪儿了。他刚才告诉我他正在凯瑟琳大楼，具体哪个位置，哪个房间就不得而知了。他很着急，没说明白。但你去了就会知道。有一个重要的一点，他位于大楼某个地方，是从某个入口里出来的，你去堵上入口，然后和他一起把洋救出来！”

“什么，我没听明白。”达达睁大了眼睛。

“呃，我是说，我是说你现在得赶紧去找霍普，在那儿有个入口，具体什么样子我不清楚，但他需要你把入口堵上。”

“那霍普在哪儿？”达达问。

“我也不清楚。”

“为什么他自己不能堵上？”

“白痴，现在委员会在到处找他，他怎么会有时间在大楼里做堵入口那种耗时间的事！”

“那我就能安安稳稳地走进大楼，不慌不忙地找入口然后堵上？”达达更加怀疑了。

“没错，进了大楼霍普自然会和你联系上的。他有的是计划。快去！”汤姆说道。

“你不是说外面的世界正在消退吗？万一我还没到达凯瑟琳大楼就落入真空了，岂不是万事皆空？"

"真是麻烦，我现在给你调出一张电子地图，上面随时更新哪些街道、大厦已经消失，我给你一个手机，下载进去，你按照手机提示走过去。"汤姆边说，边俯身在桌前，给一部手机下载电子地图。

达达看着汤姆。

"我得在这里给你提供情报。总得有人负责总控、提供信息吧！"汤姆朝达达吼道。

外面的气温继续降低。达达走在街上，两旁高楼的顶部都看不清楚，模模糊糊的，似乎由于下雪被雾气笼罩着。街上空无一人，直到他走到了大路上，才有三三两两的行人经过。

他想起国家画廊那天晚上，上百人聚集在院子里，愿意出高价买到逃离这个世界的票。那场景现在想来简直不可思议，也就是说从那时起就已经有许多人知道这个世界出了问题。看来某些恐慌的消息经常在有钱人、上层人的圈子中最先传播开来。而他现在要做的事情，则是找到恐慌之源……那个入口。

虽然不是很近，但达达还是找到了凯瑟琳大楼。

凯瑟琳大楼已经安静了许多，但仍旧有穿着制服的工作人员在大厅和走廊里走动，大楼的入口处站着两个持枪守卫，防弹背心上写着 CNSMC 字样，"Council of National Supermarkets Management and Coordination"（全国超市运营协调委员会）的首字母缩写。

达达看到这样的情形，不知道该如何进入大楼。

他打算试一试。

达达径直走向大楼门厅，两个守卫中的一个上前，把手横在达达面前。

"你不能就这么进去，先生。请出示证件。"守卫说。

"哦，证件，对证件，"达达鼻尖上冒着汗珠，"我应该是有的。咦，怎么没了？"达达假装在口袋里搜寻证件。

"请退后，先生。"守卫说。

"哦，好的。"达达很配合地退后几步，然后走开了。

但当他走到不远处的马路边上时，一个想法突然闯入了他的脑袋。他想，如果正如霍普和汤姆所说，自己只是在这个由意识创造出来的世界里的小小的衍生品的话，那么，所有这一切都只是意识的存在咯？这个世界出了问题，而这座大楼又被委员会盘查，也就是说这座哦大楼应该不属于这个出了问题的世界，这座大楼本身就由问题。我为什么不能进一步地进入状态，就像演戏一样，真到能把自己都骗了的地步……许多梦境不就是这样一个情况吗？整个梦境的存在目的就是努力说服自己成为梦境的一部分，难道不是吗？

达达觉得自己这么想有些疯狂，但他有一个奇妙的感受，那就是，他从出生到现在，第一次有了真正活着的感觉，他正在全面拥抱这个世界，去真正成为他应该成为的角色。而这一切，恰恰是他被告知自己只是个意识衍生品的时候。

何其讽刺！

达达想到这，鼻尖上的汗珠不见了。他转身往回走，又来到大楼门口。

“听着，先生。我已经警告过你一次了，你不能在大楼附近停留。”守卫说。

“我知道，但如果我给你出示证件呢？”达达说着，往口袋里伸手进去，“如果……如果你们看到了这个……”他努力想象着证件在自己的口袋，而且内心里塞满了莫名的自信。“如果这一切都只是意识，那就让意识产生一张证件吧！”他想。

但是没有。即便自信满满，证件没有出现。

“好了，先生，我们要你退后。”两个守卫开始动手抓达达。

“不！我有！但我现在没带！”达达吼道。

“你必须现在离开！”守卫也大吼。

“我住在大楼里的 1204 房间！”达达忽然大吼，他也不知道为什么自己会叫出这么一串数字，反正脱口而出，好像事先准备好的一样。

1204？两个守卫突然放下手臂，面面相觑，似乎听到了一个重大新闻一样。

1204.

一个守卫拿起肩膀上的报话机，

“报告指挥室，大楼外大厅 D 门出现陌生男子，自称住在 1204 房间。再重复一遍，1204.”守卫一边侧着头朝报话机说话，一边死死地盯着达达。

达达吃惊地发现自己似乎引起了不小的关注。

“明白。”守卫结束通话。

“你得跟我们来，”守卫说着，上前一把抓住达达的胳膊，很迅速地给达达戴上手铐，达达惊恐地不停往身后瞧，扭动着身体。

“叫 E 班派个人给我补上，”守卫对另一个守卫说道，“还有，在我回来时，给我带一杯拿铁，反正也要换岗了。”

另一个守卫点点头。

达达被押送到了 12 楼的会客厅。

一个身穿 CNSMC 字样圆领短袖的男人坐在大桌子旁边。

“我叫亚伯拉罕，请坐。”男人说道，伸手示意达达坐下。

守卫替达达解开手铐，达达摸了摸手腕，左右看了几下，慢慢地坐下。

“你叫什么？”亚伯拉罕问。

“达达。”达达回答。

亚伯拉罕从厚厚的文件夹里抽出一张比较新的文件纸，亚伯拉罕戴上一副眼镜，读道，

“你 1979 年出生在孟买，3 岁时候随父母来到伦敦，19 岁时进入帝国理工学院，读的是软件工程，没错吧？”亚伯拉罕两眼越过镜片，看了一眼达达，“参与开发过一个影响人类潜意识的软件，没错吧？”

“你掌握了我所有信息。”达达无奈地耸了耸肩。

“还没完，”亚伯拉罕又低下双眼，“你参与开发的软件有一个很有趣的地方，就是能够进入人的潜意识，挖掘出来，让它独立发展，形成一个独立的世界。”

“简单说来，是这样的。”达达说。

“但你没对其他人说过，甚至没对当时开发这个软件的项目指挥说过，有一天，你开发的潜意识衍生那一程序混入了一些杂质。一些陌生的代码。”

达达看着亚伯拉罕，没有说话。

“之所以上面叫停这个项目，并非其他开发部门的错误，而是你的错误。由于你的失误，导致一些不好的东西混了进来，开始影响整个程序的进展。那个时候，程序已经具备了学习能力，一旦有了新的东西，它会吸收，并朝一个新的方向发展。你的上级由于惧怕不可控的事情出现，所以叫停了你参与的项目。”亚伯拉罕说。

“但我只是个意识衍生品，这个世界也只是意识。”达达无奈地笑着。

亚伯拉罕眼睛微微睁大。

“我很吃惊你连这点都意识到了，”亚伯拉罕摘下眼镜，“但作为意识衍生品的你仍旧是可以开发产品、产生新的思维和观点，也不影响其他人利用作为意识的你。你和你的世界看似正常地迎来日出日落的时候，你不知道正有许多旁观者观察着你和你的世界么？”

“别打断我，我还没说完，”亚伯拉罕笑着伸手做出阻止的动作，“混入你的程序的，是一个叫作洋的女人。我知道你认识她。”

“是洋？”达达吃惊地问道。

“没错，她的意识进入了你的程序。接着，你的世界就已经被悄悄地偷梁换柱了。”

“洋现在在哪里？”达达急忙问。

“在我这里，就在隔壁的房间。但她只是与你同时代的洋，并不是现在的她造成的。”

“我想见一下她。”

“暂时还不行。我们现在正请她为我们做一件很重要的事情。”

第十五章

过河的焦炭人

沉寂沉寂沉寂。

远处的被烧焦的森林里传来沉重、缓慢的叫声。有些焦枯的树木开始倒下，那声响开始穿遍整片焦枯树林。

穿着银质盔甲的洋冲到城堡的塔顶，在那里，她望见远处的河流里走着一个个缓慢移动的身躯，那些身躯同焦枯的树木一样，焦黑焦黑，身上坑坑洼洼，浅色的地方是黑灰色，深色的地方是令人窒息的黑色，偶尔能从暗红色的亮点判断出，那是作为躯体上的两眼的东西。走在前面的躯体已经快要穿过树林，即将来到城堡下面的草地上。

城堡应该马上迎战。

洋刚想到这里，身后就跑来两个卫士，

“陛下，是否现在就反击？”其中一个卫士问道。

洋看看卫士，又看看城堡下的情况：有些黑色躯干已经穿过焦黑树林，来到了城堡下面。洋看了看它们焦黑的“脸庞”，不禁一阵寒颤。

“放箭，快放箭！”洋大喊，“城门补好没有？”

“还差一些，就剩大门底部的一条裂缝了。”卫士赶忙回答。

“裂缝有多大？”洋问。

“一人高的裂缝。”卫士回答。

洋冲下塔楼，一直冲到城堡内的小广场上，一口气没喘地跑到城门口。A紧随其后。

城堡的工匠们正慌忙补着最后那道裂缝，士兵们发了疯一般推着运送水泥袋的两轮车赶往城门。谁都来不及停下来向洋致敬。

洋的银质靴子踏过湿乎乎的石子路，大喊，

“谁是负责人？”

所有工匠停下手中的活，但仅仅停下来一秒钟，紧接着继续发狂般地补着裂缝。

只有一个站在第一层脚手架上的人没有接着干活，他的头发如同鸡窝，眉毛浓厚有力，脸颊瘦削，但绝不干瘪，一条一字胡坚定地横在嘴上，身上穿着一件衬衣，上面有大块大块干了的水泥，袖管挽起，衬衣外又套了双肩带的黑皮围裙。

“我就是负责人，陛下。”

洋看了下这个负责人，说道，

“还来得及吗？”

负责人抓了抓乱发，皱了皱眉，显露出一副百无聊赖的表情，但这百无聊赖中又是一种坚不可摧的自信。

“可以，陛下。”负责人的一字胡扬起一角，露出一点坏笑。但他的双眼又是如此让人安心。

这时，城门上传来“嗖嗖”的声音，洋向上面望去，士兵已经开始放箭。透过城门的裂缝望出去，焦黑的躯体已经伸开残缺不全的焦黑色手臂，朝着裂缝内的人们冲来。

许多工匠开始逃离裂缝，因为一个焦黑躯体已经把焦黑的手臂伸了进来。

工地一片慌乱，刚补完上面裂缝的工匠从脚手架上跳下来，水泥桶被踢翻在地，第一个焦黑的躯体通过了一人高的裂缝，它就这么直挺挺地走了进来，丝毫没在意自己残缺的焦炭脑袋不能完全通过裂缝，于是半个焦炭脑袋被削下来。但它直奔向城内的人们。

城门口的士兵丢下水泥车，纷纷拔出银剑，银剑在紫色的月光下闪着白光。

一个士兵冲上前去，水平地横着来了一剑，焦炭人的脑袋碎成了碳粉。但它的双手一下子扣住了士兵的脖子，以极大的力量开始扒开士兵脖子上的皮肤，顿时血流如注。

忽然焦炭人的双手被砍断，躯干朝后倒去。只见工匠负责人拿着水泥铲子，又朝着倒在地上的焦黑躯干一阵猛砍。最终焦炭人成了完全的碳粉。

众人冲上前去，一人用银剑把士兵脖子上的焦炭胳膊铲掉，有人用布把士兵被撕开的脖子厚厚地包了几圈。士兵被人放在水泥车上推走了。

大家看着工匠负责人，又看了看洋。

“我说来得及就一定来得及，我不会让更多人受伤的，更不会让您受伤，陛下。”工匠负责人喘着气，对洋说道。

这时，洋看到工匠负责人身后的裂缝处又接连涌进来两个焦炭人。

洋拔出腰间的银质手枪，朝工匠负责人身后射去。

砰！枪响后，冒起一阵白烟，一个焦炭人的“胸口”被打出了一个巨大的洞，但它也继续向前走着。

工匠负责人转身给了那个焦炭人一个从上到下的竖劈，焦炭人往两边碎成了碳粉。

“我叫亚历山大，陛下。”工匠负责人把第二个焦炭人拦腰劈碎后，回头对洋说道。

士兵们一哄而上，堵在裂缝口，但给亚历山大留了一点空间。亚历山大捡起地上的水泥桶，拾起地上的碎石，开始往裂缝上垒。所有的士兵都严正以待，有人举着银剑，有人半蹲姿势，手里握着银色长矛。亚历山大在众人的护卫下开始有条不紊地工作。

一有焦炭人出现在裂缝口，亚历山大旁边的士兵就朝外一阵狂刺。亚历山大便不慌不忙地捡起刚才被焦炭人踢飞的石头，摆回来，继续上水泥。

城墙上的士兵们开始加速射箭。接着，火枪队也加入了城墙上的弓箭手们，只听得噼里啪啦一阵射击，城墙上冒起连片的白烟。第一批火枪手退后，开始补弹药，第二批上前，把火枪架在城墙上，又是一阵射击，白烟越变越浓。弓箭手紧接着朝城外射出一阵箭雨。

洋在众人身后焦急地等待。

这时，有工匠开始返回工地，外围的士兵给工匠们让路，让他们来到亚历山大旁边。

亚历山大没看他们一眼，仍旧在工作。

“这里空间太小，我只需要一个工匠。”亚历山大的嗓音在枪声喊叫声中显得格外清晰有力。

来到裂缝边的三个工匠面面相觑，后来留下一个年轻手脚快的工匠，其余两个推出士兵围成的圈子，来到圈外，示意所有返回工地的工匠组成流水线，一直通往亚历山大正在修补的裂缝：城墙内的广场上，工匠迅速地活着水泥，人们一桶一桶把水泥往裂缝方向递过去，直到交给亚历山大的年轻助手，助手飞快地接过亚历山大给来的铲子，同时递给亚历山大盖上水泥的铲子，就这么迅速地交换着。

正当亚历山大砌好了半人高的石头墙时，一只黑色的焦炭手从上部的裂缝伸了进来，一把抓住亚历山大的头发，迅速地用力往外扯。众人猝不及防，亚历山大被重重地扯向刚补完的石墙，虽然用的是最高效的水泥，但仍旧没干透，石墙被撞掉了大半。亚历山大继续被往外扯，石墙上的石头呼啦啦往墙外倒了一片。

亚历山大被撞得头昏脑涨，半个人往外倒在了门外。

门外正聚集着一群焦炭人，它们的小眼睛闪着暗色的红光，一下子扑向还没反应过来的亚历山大，亚历山大年轻的助手急得朝外扔了一桶水泥，士兵们高喊了一声，冲出裂缝，只见焦炭人的脑袋、手臂、躯干乱飞，一下子成了碳粉。亚历山大倒在地上，手腕上有一道大得吓人的口子，鲜红的肉朝外翻开。冲出裂缝的士兵们急忙把亚历山大朝裂缝内拖去。当他们本能地朝远处望去时，所有的士兵都傻了眼，他们第一次看到城外的景象：远处，黑压压的焦炭人覆盖了整片树林，从他们头顶的城墙上往外射出的火枪弹丸和弓箭落入到那数量巨大、恐怖的黑色焦炭人中，就如同落入大海的石子，连一丝涟漪都没激起。城墙上的士兵的喊声、射击声显得极为单薄，同城内听到的声音完全不同它们实在太多了。

“防守城内！”洋尖叫着。

城墙上下来一批弓箭手，身背弓箭，从腰间拔出银剑。朝城门的裂缝处冲去。士兵们刚把亚历山大拖入城门，后面就跟来一个焦炭人，用残缺不全的焦炭手抓住了一个士兵的胳膊。

众人一哄而上，把焦炭人砍成粉末。那个士兵的胳膊被撇掉了一块肉，倒在地上哇哇大叫。其余的人拖着受伤的士兵和亚历山大继续往城墙内的广场拖去。

开始有士兵推着车往城墙边跑去，上面堆满了弹药和弓箭。防守城墙的火枪手弹药用尽，剩下的弓箭手也射光了弓箭。城墙上的射击暂停了，这时，城内的人能够清晰地听到城外令人毛骨悚然的低沉的嘶吼，如同最冷、最黑暗的寒冬里，最深不见底的悬崖里发出的声音。这声音如此巨大，整个世界快要被吞没。

由于城墙上射击暂停，更多的焦炭人冲到了城门口，直挺挺地通过城门的裂缝。裂缝上刚被补上的石墙现已被毁损殆尽。

洋拔出腰间的银剑，大喊一声，

"冲啊！"

士兵齐声高吼，一齐拔出银剑向前冲。

此时，城墙上的火枪手、弓箭手们疯狂地接过刚送到的弹药、弓箭，急忙开始下一轮射击。

一群焦炭人进入了城门内，它们刚一踏入城门，其中三个焦炭脑袋就被打成了粉末。银剑卫士们的身后，现在赶来了一批长枪兵，快要赶到城门口时，他们迅速地水平握住长枪，明晃晃的长枪头对着城内的敌人。

前方正在肉搏的银剑卫士迅速左右避开，刚一避开，后面的长枪纷纷刺入焦炭人的身躯，这群焦炭人的身躯被弄得七零八落。

人们酣战未休，正在被包扎手腕的亚历山大忽然站起来，捡起地上一块大石头，又提起地上踢翻的水泥桶，跑到裂缝旁，给了刚进来的一个焦炭人一石头，接着迅速地垒砌石头。他面无表情，疯狂地工作着，甚至把上半身扑倒裂缝外，去将刚才倒向外面的石头揽回来。手臂上的绷带被鲜血染透了。

"到城门外形成保护圈！"洋见状大喊。

刚消灭完城内的敌人，士兵们迅速通过裂缝，亚历山大也干脆扑到门外，在门外垒砌石墙。

由于裂缝只能通过一人，士兵们只好一个一个通过，刚出来了三个士兵，把亚历山大围在里面。黑压压的焦炭人已经涌到了士兵面前，三个士兵狂喊着，左右挥舞着银剑。漆黑的碳粉飞扬着，士兵们的脸一下变得漆黑。越来越多的焦炭人围了过来，后面的士兵跨过亚历山大垒砌起来的矮石墙，终于涌出来三十个士兵，把保护圈巩固下来。亚历山大的年轻助手现在也跑了出来，继续自己作为助手的使命。

"顶不住了！"城外的士兵开始叫嚷。他们有的拔出腰间的小短刀，有的抽出了短火枪，双手同时作战。所有的焦炭人涌向那三十人的银色包围圈，只见黑压压的焦炭色被暂时挡在了一小圈银色的半圆外，但是这个半圆在迅速地缩小。

“我们必须得撤退了！”

忽然，听得城墙上“砰砰砰砰”连续的射击，城墙上的火枪手终于开始还击了！压在银色半圆外的一圈焦炭人倒了一片。

“准备火箭！”城墙上有声音高喊。

只见城墙上、塔楼上、瞭望台、露台上所有的弓箭手举起弓箭，箭头上环绕着紫色的火焰。

“放箭！”

紫色的火蛇再次出现，保护着黑色的城堡。

火蛇俯冲直下，落入焦炭色的海洋中。先沉默了一秒钟，顿时在焦炭中朝四面八方烧开，好像一个紫色火焰的八爪鱼。

焦炭人连着焦炭人，成片地被紫色火焰包裹，迅速萎缩、倒下。

洋和A冲到城墙上，望着城外的战况。

“为什么不早用上火箭？”A在庆幸的同时质问洋。此时，城内城外的士兵们都已疲惫不堪。

“这是万不得已的武器，”洋说，“一旦使用火箭，很有可能招来更多的敌人，而且准备火箭需要很长的时间。”

“这些焦炭人到底是什么东西？”A问。

“不知道，可能是蓝色军团被烧焦的尸体，重新整顿后形成的军队，也可能是被引来的其他什么东西。”洋放慢了语气，忽然急剧喘息起来，“更有可能，是这个世界自己产生的东西，如果那样，就糟糕了。”

“这里不是你自己的内心最深处么？”A急忙问。

“这就是问题所在。”洋异常焦虑地望着城下被紫色火焰包裹着的焦炭人军团。

第十六章

巨轮

（上）

巨轮试图驶入泰晤士河口，但发现码头一带已经消失了。驾驶室里，船员试图再次联系码头无线电，但收不到任何讯号。为了防止发生撞击事故，巨轮只好停泊在河口，不敢进入。

戴着白色帽子的船长走到船头，他穿着藏青色笔挺的制服，白色的裤子，锃亮的皮鞋，金色的鬓角梳理得一丝不苟；不留胡子，下巴干净利落。看上去 30 多岁，不到 40 岁的样子。船长举起望远镜，观察着河口：他可以望见靠近“河口”的街道，空无一人、干干净净。

往常在河口的微风，今天也无法感觉到，船长只觉得一种正午暖洋洋的闷热，是那种春末令人昏昏欲睡的感觉。河面上一丝波澜也没有。

他摘下帽子，夹在腋下，露出头顶丝缕不乱的金发，金发朝脑后梳着，适当地抹了些发胶。

大副走到船长身旁，

“我们该怎么办？”大副问道。

“如果港口没有恢复的迹象，我们就只能在其他城市停靠了。”船长放下望远镜，重新戴上帽子。

“如果不能直接在伦敦卸货的话，我怕找不到合适的方法把这么多货物通过陆路运进伦敦市，”大副说，“毕竟我们得绕开伦敦市内的那么多消失的地带，否则后果不堪设想。”

“其他城市有什么消息吗？”船长问大副。

“一切通讯都中断了，社交软件也不能使用。但凭感觉，似乎和伦敦一样，都静悄悄的。”大副回答。

“那我们只能在河口停泊一阵子了，”船长走回驾驶室，“今晚就吃一些好吃的，让厨师把之前我们舍不得吃的冻牛肉拿出来，好好弄一顿。”

夜幕降临在泰晤士河口，巨轮灯火通明，宴会厅里，杯盏交叠，檀木桌上摆满了美食：但它们大多来自罐头。20 名船员围着长桌坐着，略带兴奋、脸色红润，但非常有礼貌地互相交谈着、吃喝着，整间屋子充满着平静的喜悦。

这些船员中，年龄最大的是来自瑞典的尼克，32 岁，说着一口地道的美式英语，毕业于乌普萨拉大学计算机科学系，是一名计算机工程师，作为嘉宾参加过一届诺贝尔颁奖典礼，他拿起一个长笛啤酒杯，喝着里面的皮尔森啤酒，脸颊微红，和颜悦色地同旁边的同事聊天；年龄最小的是来自中国的“黑桃”，20 岁，伦敦政治经济学院人类学系博士，选择休学一年，在这艘巨轮“红方号”上工作，为他的毕业论文收集些实践资料，一年后的今天，“红方号”回到了伦敦，虽然无法靠岸，但黑桃还是抑制不住喜悦的心情。“黑桃”是他上船以后被起的外号，因为大部分的业余时间里，船员们都在玩牌。

“船上的货物不能堆放太久，”船长来到室外，靠在栏杆旁，点了一支万宝路，又把大副嘴上的烟点着了，“我有点担心。”

“这些货物来自于一年前的世界，”大副说，“估计已经和现在的世界毫无关系了，我更担心的是它们能不能用上。”

“我觉得一年前，霍普的判断是正确的，”船长吐出一口烟，“他让我在伦敦市搜罗优秀的人才，去海外购置最好的货物，用于拯救今天的伦敦。某种意义上说，霍普是个预言家，虽然他也是个血肉之躯的人，有情绪有偏激的观点，但他骨子里是个有条不紊的战略家。”

“我刚才又试着联系上霍普，但没有任何结果，”大副掏出便携烟灰盒，掐灭了烟头，丢了进去，“希望他没事。我只是觉得委员会开始对我们不友好起来，或许是我想多了。”

“我们现在成了一座漂浮着的安全岛，有着充足的食物、一定存量的饮用水，还有这整整一船的货物。但我们不能坚持太久。”船长把烟头掐灭在大副手中的烟灰盒中。

“没有我的命令，任何人不得上岸。”他走回宴会室前，对大副说道。

“货物已经到达河口了，”酒保席德推醒趴在吧台上的霍普，“线人告诉我，是前天到的。”

霍普耷拉着脑袋，抹了一下脸，戴上眼镜，接过席德从吧台后递来的美式咖啡，喝了一口。

“你是说‘红方号’回来了？”霍普平静地问了一声，好像这都是在他计划中的事情一样。

“是的，是‘红方’，”席德也给自己做了一杯美式咖啡，“一大早我出门去了街口那家意大利家庭面包店，在那里，我和线人接上头了。他说目前‘红方号’无法入港，因为港口已经消失了。这是最大的问题。如果无法靠岸，货物就无法卸下来，找附近城市卸货的话，陆运就成了很大的问题。”

“南安普顿港有消息吗？”霍普问道。

“其它城市也消退的厉害，甚至很多城市在目前这个世界里压根就没被再现出来。”席德说道。

“汤姆那个据点怎样了？”霍普问。

“听说在你去的那次以后就再也没开过门。”席德说，“也许我这个咖啡吧是伦敦市里最后一个据点了。”

“也许是最后一个能做好吃汉堡的咖啡吧了。”霍普喝了一大口美式咖啡，眼镜片顿时被雾气覆盖了。

“听着，兄弟，现在我们需要寻找的不是如何对付十几年后的洋，”席德将左手放在霍普的肩膀上，右手给霍普递来一盘英式早餐，“而是寻找打破所有平衡的根源，我隐隐约约觉得，洋只是在寻找根源而已。”

“让我缓一缓，”霍普喝了一口咖啡，“那个女人杀死了我最好的助手、最好的伙伴，我的理智藏在我的情绪身后，我知道理智正在细声细气地对我说：听着，霍普，那个女人也许没有想象得那么坏。但是，目前，我实在无法排解对她的恨。也许应该更加理智地思考，但目前，我无法做到。”

“你一直是我们的领袖，我们的精神支柱，我更希望看到这样的霍普。”席德点了一支俄罗斯产的香烟，靠在吧台边上，看着咖啡吧的玻璃门外。

霍普吃了一口水煮蛋，什么都没说。

早饭过后，霍普离开了席德的咖啡吧，他披上巴宝莉的土黄色大衣，样子显得年轻了不少，当来到圣保罗大教堂地铁站时，发现乘客进进出出，心情顿时轻松了，一摸口袋，发现自己没有牡蛎卡（伦敦交通卡）：才想起来已经很久没有乘地铁了。

霍普来到售票窗口，询问售票员目前地铁的线路情况。

“中央线，对，就是那条红色的线路目前从利物浦街地铁站以西都还在运行，利物浦街地铁站以东的线路都已消失。当然，利物浦街站附近还存在一部分街区，只是线路没了。”

“牡蛎卡还能用？”霍普边问边掏钱。

“只要有地铁站，就还能用，不过便宜了不少，现在半价。”售票自嘲般地笑了笑。

霍普也笑了笑，买了牡蛎卡，充了一点钱进去。

乘坐了两站，在霍尔本站下来。霍普出站时刷牡蛎卡的时候发现，电子显示屏上的显示的扣除金额的确降低了不少。

大概伦敦市政府也在着手考虑应对措施，首先从降低昂贵的地铁交通费开始，降低民众的怨气。

从霍尔本地铁站出来，霍普在地铁口朝着马路伸了个懒腰，他在每次进行“大型思考”前都会做这个动作：吸入足够多的氧气，让大脑迅速运转起来。马路上的汽车少了许多，空气也比以往干净。

天空开始泛出湛蓝色，白色的云朵从远处的罗素广场树林背后缓缓升起。

这里是年轻时代的霍普学习、生活和恋爱的地方。自从毕业以后，霍普已经有将近30年没在这一带散过步了。

伦敦是个多么神奇的城市，如果你选择了一个街区住下，那你差不多会把曾经住过的另一个街区给忘掉。然而，一旦故地重游，所有的记忆会在瞬间拔地而起。

这里的一草一木、包涵历史的楼房、校园，同30年前几乎一模一样。霍普感觉自己好像才离开了一天。经过罗素广场的时候，霍普特意在树林边的长椅上坐了一会儿，看着寥寥可数的行人经过。年轻的时候，他常常一个人坐在这里望着穿过罗素广场的行人发呆、吃午餐三明治、看书。坐了大概5分钟，罗素继续往北走了几步，来到了当年他就读的伦敦大学亚非学院。当年他主攻汉语、日语、东亚文化，以及法律专业的政治和国际研究。所以霍普和洋在对话的时候，有时候会夹杂一些汉语。

20多岁的霍普在亚非学院度过了5年的轻松时光，对电影感兴趣的他，经常去艺术学院蹭课，叼着烟看几部伊朗电影。就是在蹭课的时候，霍普认识了一个女孩，当年才刚20出头，一头深棕色头发，腋下常常夹着几本书，一双穿旧了的运动鞋，一条朴素的牛仔裤。眼睛泛着柔和的光，窄窄的鼻子有着干净的白光，嘴角常常因为害羞撇在一遍。霍普特别喜欢看她轻咬嘴唇的样子。她正好比霍普矮一个头，每次经过霍普时，霍普都能闻到她头发的淡淡香味。

这个女孩叫“简”，父亲是中英混血，母亲是中国和菲律宾混血，所以女孩有着白种人的精致脸型，但眉头却有着东方人的清秀。

简总是丢三落四，常常把书本忘在上一堂课的教室里。

每次蹭完课，电影结束的时候教室的窗帘被拉开，都能发现前面空荡荡的座位上多了一本书，或是一本笔记本。细心的霍普便拿起书本，等到下一堂电影课的时候交给简。

一来二去的，霍普便和简坐在一起上课了。

霍普边回忆边走进了校园。稀稀落落的有几个背着书包、抱着书本的学生在走动。他拉住一个学生，问道，

"抱歉打扰一下，你知道简·罗宾逊教授现在还在这里任教吗？"

学生摇了摇头，表示没听说过罗宾逊教授。

霍普熟门熟路地走进图书馆。这里是他年轻时代最喜欢的去处之一。除了增加了几部新电梯和前台外，这里几乎没有变化。霍普经过前台时同那里的工作人员点头微笑了一下，但是他被入口的自动刷卡机的半人高旋转臂拦住了。当年可没这玩意儿。

"你得刷卡进入。"前台后面的工作人员站起来说道，他的脖子上挂着一个工作证。

"呃，抱歉，我是市政府派来的专员，正在负责调查最近部分城区消失的案子，事关重大，"霍普说道，"就想进来查一下资料，不借书。"

"抱歉，不行。"工作人员盯着霍普，竖起手掌，在前台后面坐了下去。

霍普站在自动刷卡机后面，朝图书馆望了望。

图书馆的中间是一个巨大的"天井"，每一层都能看得清清楚楚图书馆一层有自习的桌子。霍普看了看图书馆的结构，迅速地回忆起当年书架的摆放位置。他觉得他要找的东西肯定还在这里，因为他相信亚非学院对书籍的严谨态度。

"日本语言学区域、人文经济区域、中东文化区域……"霍普望着"天井"对面的书架，嘴里轻声默念着。

有了，中国小说区域。

霍普心中一阵暗喜。图书馆里除了前台后面那个工作人员外，几乎没有别人了。霍普假装朝门外走去，回头看了一眼前台。那个工作人员低着脑袋，只露出头顶稀稀拉拉的金发，应该是在看书或者在玩拼图什么的。霍普假装推开图书馆大门，又松手让大门发出缓缓合上的声音，其实他只是站在原地而已。回头看了看前台，仍旧是几缕稀稀拉拉的金发。

霍普弯下腰，来到自动刷卡机前面，小心翼翼跨过旋转臂，他的个头算是挺高的，先是左脚过去了，确保左脚踩稳后，霍普看了眼前台，再缓缓提起后面的右脚，右脚在最高处刚要越过旋转臂时，脚尖被旋转臂带了一下，霍普差点一个踉跄摔倒在地。还好及时保持住了平衡，旋转臂也没发出什么声响。霍普弯着腰，经过前台，前台安静得如同没人一样。

经过前台后，霍普迅速躲到一排书架后，确保前台的那几缕金毛还在，便奔向中国小说区域的书架了。

中国小说区域的书变多了，足足有10个满满当当的大书架。他看到了当年读过的林语堂、《水浒传》、《战国策》等等老书，泛着旧旧的土黄色。霍普一边找书一边注意着"天井"对面的前台。找完相对隐蔽的书架，霍普不得不来到侧面正对着前台的书架旁。这个位置非常的不利，因为书架正好完全侧对着前台，起不到隐蔽霍普的作用。

没办法，霍普只好把腰弯得更低，仰视书架上的书脊。

霍普又瞥了一眼对面的前台，发现金毛不见了。他赶紧搜寻那个工作人员的去向。但同时，他看到了书架上的一本很眼熟的书：厚厚的书脊上是烫金的“红楼梦”。霍普一下子把书抽了出来，硬质的书皮已经残旧不堪，霍普迅速到第一页，看到了当年他写的笔记。肯定是这一本了。他忍不住亲了一下书皮。

30 年前，20 多岁的霍普收到了一张黄颜色的信纸，用蓝色墨水密密麻麻写满了，意思是：30 年后的伦敦以及整个世界（时空）将会微妙地变化，为了应对这样的变化，在这 30 年间，需要集中各行各业、各种学科中的优秀人才，进行调查、准备，推理世界（时空）的变化可能带来的损失，设计应对措施，如果能阻止世界（时空）发生变化最好；如果阻止不了，也能做到迅速应对，将损失降到最低。因此，以伦敦作为主要城市，需要成立一个委员会，吸纳最优秀的人才。20 多岁的霍普便是被选中的人才。

英国政府在 30 年前已经通过了一项秘密法案，暗中支持。由于不清楚是谁在暗中改变世界（时空），委员会相信唯有通过更加隐秘的方法，才能不被敌人察觉。所以，这 30 年以来，委员会一直被称作“全国超市运营协调委员会”，而发布内部消息、维持组织的重要沟通方法，便是定期发布“超市商品目录”，只有通过委员会系统训练的人，才能破解其中的密码。而一般人只能当作普通的商品目录来读。

为了保险起见，委员会采用设立据点的办法，而不设立总部，各个据点大多是酒吧、咖啡馆、邮局、仓库等普通的地点，每四个据点由一名负责人维系，每个据点的管理员都能自由发展线人。而一个委员会委员能负责伦敦市内的几片城区。霍普今天的职位就是掌管几片城区的委员。当然，目前委员会内部似乎出现了分裂，而且对霍普的态度越来越有敌意。

当年，霍普根据指示，在读完信以后，要将信纸藏在指定书本的硬封皮中。而且，如果不出意外，最近，会有人把信纸取出，在里面添加新的重要内容。

霍普发现，当年被他切开的硬封皮的粘和处，已经有了变化，说明有人重新粘过。

由于太过严实，霍普用小刀无法切开，他拿出打火机，小心翼翼地将硬封皮的一角点着，马上吹灭，用手指摸索了一下封皮的那一角，马上就碎成了黑炭，露出了里面的空芯。霍普沿着空芯，把硬书皮分扯开成两片。撕开到一半的时候，他感觉到有对折的信纸藏在里面。

一切都按计划进行着，霍普想。

“你在干什么？”忽然，有人在身后重重地拍了一下霍普。

霍普一回头，发现就是刚才前台那个工作人员。

那人伸手去夺书，被霍普用单手推在后面的书架上。

“听着，朋友，”霍普语气沉重地轻声说道，“现在不是你采用学生准则来对我指手画脚的时候，外面的世界发生了很不好的变化，你只要花一点时间离开这个图书馆，走两步你就会发现事态的严重。”

“政府里的人会解决这些事情的，我只关心这个图书馆会不会被你这样的疯子给烧掉！”工作人员把霍普的手推开，又想伸手夺书。

霍普单手抓住工作人员的胳膊，反向别过去，工作人员马上就跪在了地上，嘴里叫唤着。

“我说朋友，”霍普微微喘着粗气，“别跟我过不去。如果不是我拿着这本书，我可以把你从楼上丢下去。如果你再跟我过不去，你可能会毁了这个世界！”

霍普把他往地上一推，把书塞在大衣里面，朝大门口走去。

刚来到大门口，从门外推门进来两个人高马大的保安，霍普诅咒了一声那个报警的工作人员，掉头就跑。两个保安见状，扶着腰上的警棍就追。

霍普一个纵身越过自动刷卡机，迎面而来的却是那个工作人员，霍普一个没留神，被工作人员拦腰抱住，后面两个保安追上来，一人架一条胳膊把霍普抓住了。

工作人员从霍普大衣里翻出了那本书。

“该死的！”霍普大喊。

“发生什么事了？”忽然，身后传来一个声响。

众人一看，是一个教授模样的夫人，戴着精致的细框眼镜，穿着一身暗黄色的套裙，深棕色头发细心地在小巧的脑袋后面盘起来，洁白的鼻子下面是一张薄唇的嘴。短上装的衣领口别着一枚好看的女士胸针，短上装里面黑色的薄羊毛衫上挂着一串珍珠项链。

“到底发生什么事了？”夫人问道。

“罗宾逊教授！”工作人员说道，“这位先生竟然在图书馆烧书，被我们给抓住了。”

罗宾逊教授侧着脑袋走过来，绕到霍普的正面。

“你是……？”罗宾逊教授摘下眼镜，上下打量着霍普。

“你是……？”被两个保安架着的霍普也上下打量着教授。

“霍普！”

“简！”

两人几乎同时喊了出来，那声音清脆得同 30 年前两人稚气未脱的时候一样。

两个保安和工作人员面面相觑。

“相信我，先生们，你们没有必要抓这个男人。他要的书我替他借了。”简笑道。

霍普接过简递过来的青花瓷茶杯，喝了一口里面的大吉岭茶。

“这 30 年，”简在霍普的对面坐下，“你过得怎样？”

霍普将茶杯放在两人中间的茶几上，扫视了一下简的办公室，看到办公桌上简的家庭照片。

“你有两个儿子？”霍普微微笑道。

“岂止是两个儿子，我已经有一个孙子了。”简走到办公桌前，拿起一个全家福照片给霍普看。

照片里，一大家子其乐融融的。坐在简旁边的一个银发绅士应该就是简的丈夫，穿着面料很好的订制西服，前襟口袋里露出一角深蓝色丝质手巾，脸上几乎看不到皱纹，如果不是一头银发，看上去就像是三四十岁的青壮年。两个儿子带着各自妻儿站在两边。其中一个儿媳妇抱着穿着小西装的男孩，看上去两三岁的样子。

“看，”简指给霍普看，“我的孙子。”

霍普笑了笑，“很可爱。”

“你怎么样？”简放回照片，坐了回来，“你还没回答我问题呢。”

“我？”霍普拿起茶喝了一口，又放回茶几，两眼朝简身后挂满照片、荣誉奖状的墙扫了几眼，“还是老样子。忙着一点事情。”

“没成家？”简凑近了一点，看着霍普。

“没有。”霍普笑了一下。

简站起来，走到窗前，俯瞰着校园。

“你当年为什么突然离开？”简问道。

“当年我不能说，因为组织要求我们保密，”霍普说，“今天你也看到了，我们的世界发生了变化。”

“你在处理这件事情？”简问。

“没错，而且得防止有人盯上我。”

“今天你在图书馆闹那么大动静。”简嘲笑了道。

“多亏了你前来解救。”

“你可以常来这里，这里平时很安静，”简说，“我现在不任教了，主要在学校里写写论文。你正在处理的事情，也许我能帮上一点。”

霍普走到门口，回头朝简微微一笑。

霍普乘坐地铁返回到圣保罗大教堂站，走出地铁口，步行走回席德的咖啡吧。

霍普坐在吧台前，席德递来一杯美式咖啡。霍普戴上眼镜，掏出那本书。席德见状，从吧台后拿了一把小巧的餐刀，交到霍普手中。

霍普用小餐刀一点一点将硬书皮的上层给剥离开，生怕伤到里面的信，霍普剥得很慢。

“手术”很顺利，对折的信纸被取了出来，席德凑过来看那信纸。

信上除了30年前那一模一样的蓝色墨水笔记外，在信纸的反面出现了新的黑色墨水笔记，看上去很新，应该是不久前才写上去的。

上面写着：

找到A.

夜幕降临在泰晤士河口，天上的星辰密密麻麻的，透过办公室玻璃望着伦敦夜景，船长开始坐不住了。

这艘巨轮已经此停泊了三天，而似乎没有谁准备向这艘巨轮发布下一步行动的指令。

或者说：指令发布者，还存在吗？

（下）

凯瑟琳大楼内，亚伯拉罕穿着几天没换的T恤，靠在办公椅上，两脚架在会议桌上。

今天上午，有人向他汇报：泰晤士河口停泊了一艘巨轮，并且是一个星期前就在那儿了。

亚伯拉罕心情不太好，他觉得自己的T恤散发着油腻的气味。他现在没法找到霍普，而被软禁在隔壁的印度人达达似乎也知道得不多。

他现在唯一的突破口似乎只有住在里屋的中国女孩洋了。

亚伯拉罕派人把洋从里屋叫了出来。

“怎么样，还能进入你自己的世界吗？”亚伯拉罕问道。

“我无法进入了，”洋穿着CNSMC字样的大T恤在会议桌旁坐下，“你这里就没有洗衣机什么的吗？我不想每天都穿着这种衣服。”

“抱歉，这座大楼已经断水了。”亚伯拉罕说道，“你今天可以走了。”

洋猛地抬起头，望着亚伯拉罕。

“你没听错，你可以走了。回去好好洗个澡，换身干净衣服，贴个面膜什么的。”亚伯拉罕玩弄着手中的圆珠笔。

亚伯拉罕对提着桶装纯净水进来的黑西服男子说，“十分钟后带这位女士出去，给她找辆车。”

洋坐在车里，望着伦敦街景。街上的人似乎比她被抓进大楼前更少了。这个世界正在快速消退着。

“行了，就到这里吧。”洋对司机说道。

黑西服司机回头看了一眼洋，“你必须避开已经消退的街道，否则你也会跟着消失，谁都救不了你。”说着，递给洋一个导航仪。

洋下了车，看了看导航仪。这一带的街区暂时还没受影响。洋披着风衣，快速走在街头，天气开始暖和起来，洋感到脖子后面与衣领贴合的地方微微渗出汗来。

洋忽然感到自己目前走在伦敦的街头，这一幕似曾相识，虽然她被突然放走了，但她清楚地知道自己应该做什么。这一点让她感到很振奋，同时她如同喝了三大杯拿铁一般，头脑异常清醒：亚伯拉罕的部下正在跟踪自己。

她甚至不用回头来确定这一点：她也不想回头，因为她有更重要的事情要做。

我应该要采取点行动，她对自己说。

走在“银行街”的洋看不到一辆汽车，甚至见不到一个行人。即便是周末，也能见到几个穿着休闲装的行人才对。

而今天：一个人影都没有。

洋走到“银行站”地铁口，这里面对着空荡荡的十字路口。四面八方似乎有气息扑面而来，但马路上的旧报纸却纹丝不动：洋敞开的风衣却微微飘动着。

哪儿都不能去，洋想着。

答案的一部分就在这里。

这时，从马路对面的 Tesco Express 超市里走出一个拿着咖啡的高个子男人，他穿着裁量得体的西服，颜色如同加勒比蓝色海面上深色的部分，他没戴领带，但是白色的衬衣领口非常瞩目：洁白、明亮。

“洋女士吗？”男人看见洋，隔着马路说道。

“我是。”洋回答。

忽然，西服男人背后的超市变成了网格状，紧接着裂成了银灰色的碎片，男人三步并作两步，踩着“漂浮”的碎片跳到了洋的面前。

他刚一站稳，背后的马路以及一切便消失在了空白之中。一个鎏金的“無”字显身后，便也马上消失了。

男人看了眼手中的咖啡，已经洒了一大半，他随手将咖啡丢在身后的空白中。

男人抓住洋的手，冲进地铁站对面的“英格兰银行”里：面向马路的石墙有一扇微开着的小门。洋穿过这扇门的时候，注意到，这是 17 世纪的英格兰银行。

两人刚一进门，男人转身将小门关上。

“一切都开始强烈震颤了。”男人说道。身上的深蓝色西装完美地贴合着他的肩膀和前胸。

“你是……”

“你不记得了？”男人问。

“不是很清楚了……”

“我是你的爱人，你的伙伴，我们共同打造了这个世界。”男人说道。

“你是？”

“我是A。”男人说道。

霍普将硬书皮里的信纸用打火机烧掉，他现在只有一个目标，就是要找到“A”。

洋按着太阳穴，坐在英格兰银行行长办公室里，她面前的这张木桌子，是17世纪开始历任行长使用至今的（如果“今天”这个概念还存在的话）。

“这里暂时安全。”男人A在旁边的沙发上坐下。

“我似乎想起点什么了。”洋说。

几天前我和大男孩、印度工程师达达从他们的高级公寓里跑出来的时候，看到一个亚洲男人站在大楼空荡荡的大厅出口外。那个男人似乎正在抽烟，手放在大衣口袋里。早晨的阳光微弱地洒向这块充满着淡蓝色的冰冷大厅。三人走出大厅，经过抽烟的亚洲男人。男人朝洋看了一眼，洋觉得这个陌生男人散发着一种熟悉的味道。

“早上好。”洋对男人说。

“早安。”男人回答。

男人说罢转过身子面向洋。他比洋高出一个头，穿着深蓝色西装，将烟头掐灭在地上，身上散发着焦烟草和香水混合的气味。

“我等你很久了，”男人说道，“我叫A.”

“抱歉，刚才在电梯里有点耽搁，我对这幢大楼不熟悉。”洋抱歉地微微低下眼睑，捋了捋耳边的头发。

“这很正常，凯瑟琳大楼是一幢很复杂的建筑。”A从西裤口袋里掏出一盒薄荷糖，朝嘴里扔了一颗。

“其实我的办公室也在这楼里，1204房间。”A微微一笑。

“听说12楼的房间都很大，巨大的落地窗，总统套房型号的。”洋说道。

“你也住在这楼里？”A问。

“对，1204房间。我的单身公寓，”洋回答道，“今天我们去哪里？”

“带你去伦敦眼摩天轮。”A笑着说道，打开“路虎”车门，让洋坐上副驾驶。

洋坐上汽车，系上安全带，A 启动引擎，面板屏幕上 GPS 开始工作，繁荣的伦敦市展现在屏幕上，满眼都是繁杂的地名、蜿蜒的泰晤士河以及蛛丝般的马路。

汽车开始在路面上飞驰，洋摇下窗玻璃，初冬的风让人神清气爽，她望着熟悉的伦敦街道，熙熙攘攘的人行道，各色各样的店铺、餐馆、酒吧和咖啡馆。洋年轻的脸庞泛着耀眼的光彩，她感到非常的幸福。蓝色的天空映衬着伦敦的建筑，白色的云朵躲在远处的高楼后面。汽车在泰晤士河附近停下。

那一天的阳光如此清凉光彩，那一天的空气也如此通透可爱。穿着淡蓝色棉质短大衣的洋，踏着咖啡色的短跟皮鞋。A 紧紧握着洋的手，生怕她被人流冲走一样。

他俩在路边的咖啡桌旁坐下，点了两杯拿铁，轻快地聊着英国的经济以及 Lady Gaga. 再没有比和洋在一起更能放松了。不用刻意地寻找话题，随便说点什么，他俩就能一拍即合。一切都如清澈的流水一般，轻松自如，但也无法再来一次。

他们在泰晤士河边踱步，用面包屑喂鸽子；被泰晤士的河风吹拂着，在阳光下的游船上吃着蔬菜鸡肉沙拉喝着蓝莓汁。游船上轻轻地播放着 Moon River，每张圆桌旁都满满地坐着游人，幸福地欣赏着泰晤士河畔景色——市政厅、大本钟、议会大厦……

他们坐上“伦敦眼”，那座巨大的摩天轮。等到座舱缓慢爬升到最高点，他们就可以看到熙熙攘攘的伦敦市景了。

“我说，”洋对 A 说，“在伦敦眼的最高点，不想许个心愿吗？”

“我更想和你有个更长久的约定。”A 看着洋的脸——A 忽然感到自己在人生中最好的日子里遇到了最好的洋。

“什么约定？”

A 微笑着，等着座舱默默地爬到最高点。

“我希望，”A 看着眼前这位长发女孩，单膝跪下，打开戒指盒，“能随你去任何一个世界。”

洋一下子扑进了 A 的怀里。

同一座厢的游客虽然没听懂这对亚洲情侣刚才说了些什么，但看到这一幕，都心领神会地鼓起掌来，微笑着祝福说，“Congratulations！”

洋停止按压太阳穴，把手放在面前的 17 世纪古董木桌上，她看到左手无名指上是一枚钻石婚戒，此刻，她与穿着深蓝色西装的 A 一同坐在英格兰银行行长办公室里。

“A.”洋两眼泪水，朝 A 微笑着。

A 牵着洋的手走出英格兰银行，穿过那扇饱含历史的小门，来到外面的街道上。

他俩走着，在熙熙攘攘的人流中穿行，经过人满为患的咖啡馆、穿过游人如织的广场、走过车水马龙的大桥。望着这一切，洋感到一阵安心。

“也许一下子告诉你，会有点突然，”A 松开牵着洋的手，放在了大桥人行道栏杆上，

"但我觉得目前有必要告诉你。"

洋也一同往桥下的泰晤士河望去。

"现在你想起来我是你的丈夫了，"A望着河水说道，"我想说的是，目前我们很安全，也许会很幸福，但是，这一切也许会突然崩溃。导致糟糕情况的主谋，就是……"

"就是十多年后的我。"洋望着河水，说道。

A看着洋，什么都没说。

"其实，"洋说，"我并没有活到十几年后吧。"

A低下头，拿出一支俄罗斯产的香烟，点燃了，微微抬头朝前面吐了口烟。

"是的，没有。你在事故中去世了。"

"那十几年后的我又是谁？"洋问。

"是你的意识，它创造了'那一天'以后的一切。"A说。

手机响了，A接通电话，那头传来一个声音：巨轮"红方号"的货物已经在另一座城市卸下，准备通过铁路运进伦敦。

A望着深不见底的海水。倒影中是穿着淡蓝色棉质短大衣的洋。

就这样吧。天空再蓝，那也是蓝得悄无声息。

A跳了下去，冰冷无比的海水，瞬间灌透了他的五脏六腑，被洗得干干净净。他沉甸甸地往下沉，往下沉，在失去了阳光的深海里感受被丢弃在另一个世界的绝望。

洋，你在哪？

A醒了过来，他发现自己正趴在"路虎"汽车的方向盘上，车厢内弥漫着香烟的气味，他看了看座位旁边的烟灰缸，里面塞了两支烟头。他看了看自己身上，穿着深蓝色的西服，这一回，他知道自己被"踢"出了自己创造的世界。他不再迷茫，他知道目前他所在的世界是十多年后的洋为了囚禁他所创造的。在他"自己"的世界中，他并没有前妻，更没有儿子B；在"自己"的世界中，只有年轻时代的洋。

想到这里，A发现自己又回到了车水马龙的大桥上，旁边是年轻的洋，两人凭栏远望。

而他的记忆又回来了，巨轮"红方号"已经卸货。

第十七章

孤独的“狗岛”

“红方号”船员们坐在行驶着的列车里，静静地哼唱着他们的队歌。中国留学生“黑桃”与瑞典工程师尼克并排坐着，他们问列车员要了两杯夏多内，一遍呷口酒，一遍静静地哼着。

这首队歌是船员们在一年的航行中，逐渐创作出来的。“红方号”出海三个月的一次扑克牌聚会中，有一个船员先哼起了一段德国巴伐利亚民歌，然后中国留学生“黑桃”结合了一些他创造的调调，自然而然，牌友们就即兴发挥地哼起来。后来，一个船员靠在甲板栏杆上望着大海，加进了一句词，“我们步行在大海中”。

“黑桃”说，“伙计，我们步行在宇宙中。就像星球大战里的‘天行者’一样。”

尼克听了，掏出日记本，用钢笔写了一首诗，结合曲调反复改了几次，中午吃饭的时候，他建议大家一起唱一下，竟然成了一首歌。船员中有人懂乐谱，这首歌便最终确定了下来。每当有人哼唱跑了调，这位懂乐谱的船员本能似地纠正他，保证了曲调的范式。

列车车窗外是迅速后移的绿色树木，英格兰乡间似乎永远与世隔绝，即便伦敦正遭受着空间的衰退，这里却依旧拥有着延绵不绝的绿色山丘、白色的绵羊以及淡蓝色的天空。

“这就好像是二战时期的英格兰。”英国船员本说道。

本是帝国理工的副教授，30 岁出头，喜欢谈英格兰往事。

“我爷爷，当年才 10 岁，德国纳粹大轰炸的时候，被送出了伦敦，寄养在乡下的亲戚家。你能想象伦敦在经历地狱一般的恶梦时候，英格兰的乡间却如同世外桃源一般的景象么。”

“现在不就是这样么。”黑桃说。

“我们身后的货车厢里，是我们这个世界的最后希望。”尼克喝光了玻璃杯里的夏多内。

本神情严肃了起来。

这时，船长从前面的列车厢里走了进来，仍旧是丝缕不乱的金发和夹在腋下的白色船长帽。

“午餐过后我们就能到达伦敦，”船长说，“我们需要和一个名叫霍普的委员对接上。”

“目前我们还无法联系上霍普。”大副在船长耳边悄悄提醒。

“没错，我们目前仍旧联系不上霍普，”船长挺起了胸膛，戴上白色船长帽，“所以，我们每一个人，一到达伦敦，就分头行动，尽最大的努力找到霍普。我们身后的这些货物：这些靠我们一年心血寻找到的货物时限将至。时钟在滴答着。”

到达伦敦的时候，船员们站在高高的月台上面，眺望伦敦市，只见暖暖的阳光洒向伦敦市，甚至能看清楚远处圣保罗大教堂圆顶的浮雕细节——白色的浮云、深蓝色的天空，伦敦的初夏。丝毫看不出灾难的迹象。

船长把列车客车厢作为指挥室，只留一名船员作为货物的看守。其余 19 名船员以及大副，人手一个通信设备，赶往伦敦不同的区域，寻找霍普。

但是霍普到底在哪里，谁也不知道。

圣保罗大教堂的钟声响起了，似乎在为伦敦做最后的警告。圣保罗大教堂遥望着东边的利物浦车站，那是伦敦消亡的最前线，利物浦车站紧紧贴着那片空白，几乎随时可能被吞噬，东北面的维多利亚公园早已消失。这片巨大的空白正在朝西面和南面袭来。南面泰晤士河北岸的“狗岛”几乎成了孤岛：它的北面面临着大片的消退地带，而南岸的格林威治天文台也正在被空白吞噬着。

整座伦敦城陷入了寂寞的恐惧之中，而仍旧有 700 万人口聚集在这座城市里，因为人们普遍相信这次莫名其妙的世界消退迟早会停止的。人们目前做的仅仅是远离伦敦东部正在逐渐扩散的空白区域，退缩进伦敦市的心脏地带，以及伦敦的西部。

尽管空气中弥漫着难以言喻的恐慌，但伦敦市的人们仍旧继续着正常的生活，好像东面的消退从来没有发生过一样。但是，位于“狗岛”的伦敦金融新城“金丝雀码头”却迅速变成了无人问津的地方：虽然仍旧有上万人被困在这座岛上。

同伦敦的地面交通已经被切断，目前唯一能对这些“岛民”进行救援的方法就是泰晤士河面上的水运。南岸的格林威治大学由于紧靠着格林威治码头，几乎已经成了临时接纳北面“岛民”的收容所。金丝雀码头南面的赛艇俱乐部成了私人逃难的去处。这座金融新城（同时也是个购物天堂）是许多剑桥、牛津毕业精英的聚集地，他们从钢筋玻璃的银行大厦里逃出来，挽起 1 万英镑的西装袖管，挤在长长的赛艇中，重温大学时期热血沸腾的赛艇赛事：只不过，这一次是为了逃命。

但是，“金丝雀码头”不仅仅只有这些牛津剑桥的精英，它还有更务实的伦敦政治经济学院的毕业生。作为欧洲第一的人文社科学院，伦敦政治经济学院的毕业生们细心地叠好他们昂贵的西服，平整地塞进西服提包中，换上短跑上衣，背好西服提包，下楼，骑上“闪电”牌自行车，来到健身俱乐部，喝了一口功能饮料，然后开始中速跑。

大部分剑桥牛津的精英都跑了，大部分伦敦政经的毕业生留下了。

爱丽丝留下了。毫无疑问，她是伦敦政经毕业生，一个 28 岁的美国女孩，毕业六年的她已经在伦敦生活了五年：毕业后第一年，她在上海参加了一个交换项目。在上海，她认识了中国男孩“黑桃”，“黑桃”的真名叫华歌威。她与华歌威是在一次交换生聚会上认识的。学生会在一家四星级商务酒店的大堂酒吧包场，那一天所有的客人都是年轻的中外学生。

“黑桃”华歌威穿着刚买的西服，虽然布料一看就是高档的，但腰间显得略微宽松，穿着新百伦运动鞋，整晚上就一个人靠在吧台上，喝了一杯喜力和一杯百威，现在正在喝白熊。他感到头昏沉沉的，虽然有点小兴奋，但几乎提不起与人交谈的兴趣。吧台后穿着黑色制服的荷兰女服务员只是冷冷地收钱，给他推来满满一玻璃杯的白熊。

也许我该买一双好点的皮鞋，华歌威想着。

整个酒吧带着浓浓的灰黑色商务风格，没有大亮的顶灯，到处都有设计精妙的氛围灯，皮质但精炼的黑色沙发，点缀在酒吧中的双人圆桌，整个酒吧除了沙发外，没有多余的椅子，华歌威有点后悔自己报名参加这次活动，因为他发现自己可能压根就不合适这样的场合。他发现自己变了，变得不善言辞了，可能是由于近期的某次心理冲击把他内心中的某种热情给冲跑了。在人群中，有一个穿着吊带晚礼服的金发女孩，柔软的金发在暗红色的肩带上来回浮动着，华歌威时不时朝她撇两眼。那个女孩有着一只小小的鼻子，眼窝并不是很深，个头与身材有着完美的组合，脸颊上有浅浅的雀斑，言谈举止自然得让华歌威感到羡慕。

华歌威打算喝完半杯白熊就离开这里。他并非想来泡美女的，他看了看四周，发现大部分的男男女女都不是真的来喝酒的，大多第一杯就还没过半。他用鼻息笑了一下，然后喝了一大口白熊。放下酒杯，他准备离开吧台，放在吧台上的胳膊还没完全离开，那个有着柔软金发的女孩来到他面前，朝他微笑着。

“你好，我看到你一个人在这里坐了很久了。”金发女孩说道。

“你好。”华歌威感到自己稍稍喝多了些。

“我能问你的电话号码吗？”女孩用生硬的中文说道。

“可以。”华歌威表情严肃地用英文说道，他感到头脑发热，手掌冒汗。

“原来你会说英文。”金发女孩忽然放松地英文说道。

“对。”华歌威说道。

“好的，我有了你的号码。谢谢。”女孩低着头，看着手机，停顿了几秒钟，见华歌威没有说话，便慢慢地转身。

“我们能离开这里吗？”华歌威破口而出，他觉得这句话不是出自自己的口中，而是这具躯壳之外的某个东西在说话。

“当然。”女孩迅速转身说道。

“我从美国过来，新泽西，叫爱丽丝。”女孩走在黄浦江边上，手里提着高跟鞋。

“我出生在这一带，叫华歌威。”黑桃说道，他的领口敞开着，西装下摆被晚风微微吹拂着。

两人坐在江边上聊了一晚上。

最后，迎接了朝阳。爱丽丝只是靠在华歌威肩上而已。

他只需要这样的感觉。而已。

那已经是六年前的事情了。

今天的爱丽丝已经在伦敦的金融新城“金丝雀码头”的“黑墙”贷款买了一套高级公寓。这一片新建小区临泰晤士河，站在弧形阳台上，就能望见泰晤士河南岸的 02 体育馆。初夏的周末，拿着一杯夏多内，站在白色的阳台上，俯瞰波光粼粼的泰晤士河，对爱丽丝来说是最惬意的事情。整片小区呈现着洁净的白色，靠近泰晤士河边上的区域被建成了甲板的样子。

虽然这片小区的住户已经逃离的大半，爱丽丝可没想就这么轻易离开这里。她觉得一切都会好起来的。她有种预感，她应该留在这里，而所有的一切会慢慢变好。

星期天上午，初夏的阳光洒在阳台上。爱丽丝穿着衬衣在阳台上伸了伸拦腰，深深地吸了一口气，望着波光粼粼的泰晤士河面，从手中的白瓷杯中喝了一口热腾腾的咖啡。她的手腕上是卡地亚女士腕表，淡淡的金色在白色的衬衣袖管中时隐时现。她看了看表，走进房间，把咖啡杯放在地板上，边走边脱掉衣服，走进淋浴房，光脚踩在浅灰色的花岗岩地面上，有些凉丝丝的。经过大型梳洗镜时，爱丽丝看了看自己的身体，她转身正对镜子，轻轻拍了拍略微鼓起得小腹，又顺势朝上抚摸了一下上腹部浅浅的肌肉线。她的肩很窄，每次背挎包总是很麻烦；腿不是很长，而且大腿根部有点粗，不过大腿以下的线条还是比较入眼的。她看了看，耸了耸肩，觉得还说得过去，就走进淋浴房了。

整个高档小区非常的安静，尤其是星期天的上午，淋浴房的水声伴随着蒸汽从淋浴玻璃后面升起，半开的大型玻璃窗外是宁静的蓝天和对面公寓的白色曲线。

洗过澡后，爱丽丝在厨房里榨果蔬汁，然后把榨汁机的便携瓶体拔出，用左手拿着，右手在经过玄关柜子时候拿了钥匙。

把果蔬汁瓶子卡在自行车上，爱丽丝跨上“闪电”公路车，戴上淡蓝色的自行车头盔和运动墨镜，从小区单元口的斜坡上冲了下去。初夏的凉风和阳光混合得非常完美，爱丽丝没有出汗。

健身俱乐部在离开小区不远的地方。爱丽丝把自行车寄存在前台。边走边喝果蔬汁。在更衣室里换好衣服，走上跑步机。把速度调到了“8”，开始慢速跑，不久又调高到了“11”，正式开始跑步。

健身房只有寥寥几个人，爱丽丝的跑步机前经过一个面熟的人，两人微微一笑。跑步机面对着巨大的落地窗，远处的泰晤士河以及蓝色的天空让爱丽丝感到平静。

一小时后，爱丽丝跑完了10公里，从跑步机上下来，两鬓的头发黏在脸颊上，扎成马尾辫的头发也湿答答地垂在脑后，胸口是一大块汗迹，爱丽丝悄悄检查了下胯部，看看有没有尴尬的汗渍。还好没有。她走进更衣室，脱掉鞋子和湿乎乎的袜子，大口喝着果蔬汁。

更衣室里空无一人，爱丽丝躺在长凳上发了几分钟呆。然后用了半分钟冲了澡，换上衣服走到休息区。在休息区她点了杯柠檬汁加冰。教练经过她时点头微笑，爱丽丝也微笑着点了下头。

爱丽丝走进附近的咖啡厅吃早午餐，点了蘑菇鸡蛋、沙拉和美式咖啡。服务员送来几片面包和一小碗黄油。她吃得很慢，戴上耳机，选择了一首电音曲子，检查了下运动挎包的拉链是否拉好，她不想让里面的衣服汗味漏出来。不一会儿，服务员端来一个大盘子，里面堆了满满的芝麻菜，上面淋了意大利黑醋，旁边挤着大份的奶酪蘑菇鸡蛋。爱丽丝大口吃着，又喝了一大口咖啡。

吃着吃着，窗外经过一个亚洲小伙子，爱丽丝忽然想起了六年前吃着早餐的华哥威。

六年前在黄浦江边聊了一晚上，两人在外滩的一家高级餐厅吃早午餐。

那天两人也点了奶酪蘑菇鸡蛋，喝着浓缩咖啡。高傲的服务员似乎不怎么热情，反倒是对邻桌的一对银发英国夫妇异常热情。服务员用地道的英式英语和老夫妇交谈，不时询问他们用餐的情况，还加上热腾腾的咖啡。

年轻人在这种场所总是不被待见。

爱丽丝和华哥威边吃边开那个服务员的玩笑，聊到兴头上两人大声笑了出来，站在入口接待台的服务员把戴着白手套的手握成拳头，放在嘴边用力咳嗽了一下，爱丽丝和华哥威相视，吐了吐舌头，咯咯咯笑不停。

等到买单的时候，服务员走过来，对华哥威说，

“先生，你的信用卡刷不了。”华哥威确信他看见了服务员脸上那一秒钟的白眼。

“你稍等。”华哥威伸出一根手指，在钱包里摸索着。

冷汗在背脊上流淌。华哥威发现他没有别的卡可以刷了，而且现金只有可怜的一张。

爱丽丝看出了华哥威的脸色。

“这样，”华哥威取出一张白色的卡，“再试试这张。”

服务员什么都没说，接过白卡，朝服务台走去。

华哥威整了整西装领口，轻轻拂了拂袖管的灰，镇定地朝椅背靠去，回头看了一眼正朝服务台走去的服务员。

“快跑！”华哥威抓起爱丽丝的手。

爱丽丝被吓了一大跳，从椅子上跳起来，立即被华哥威拉着飞跑起来。

背对着他俩的服务员刚要转身看个究竟，马上被华哥威推到一边，两个穿着礼服的年轻人一路冲出了高档酒店。只留下歪倒在接待台的服务员和一对目瞪口呆的银发英国夫妇。

两人一口气跑了几百米，然后疯狂地大笑，气喘吁吁，笑个不停，靠在马路边上的路灯旁。然后双双坐在人行道边上。

“刚才，”爱丽丝笑个不停，上气不接下气，“刚才你给他的白卡是什么啊？”

“优格店的积分卡。”

两人发了疯地大笑。

爱丽丝搂住华哥威，两人吻了一下。

这时远处跑来两个穿着宾馆大堂服务生制服的人。

“我们又得跑了！”

两人手牵着手，飞奔在外滩的街头。

爱丽丝感到一丝凉意：一种温馨的凉意——难以言喻的孤独却是为了逝去的美好而感到的悲凉。爱丽丝将手机里的曲子换成了一首轻快的小调。吃着奶酪蘑菇鸡蛋，脖子上由于冒汗有些黏黏的，她的左脚有些痒，大概是在运动鞋里闷得太久了。她环顾左右，发现这一区域里一个客人也没有，窗外也没有行人，她赶紧脱下鞋袜，认真地抠起脚来。正当她抠得正起劲的时候，一个阴影遮住了她。

抬头一看，是华哥威。

华哥威正在朝她微笑。

“华哥威。”爱丽丝惊呆了，忘了把脚放下。

“爱丽丝，好久不见。”华哥威在她对面坐下，往椅背上一靠，朝拐角处做了个手势。

“你怎么知道我在这里，”爱丽丝问，“不不不，先说这些年你过得怎样？你去哪儿了？”

女服务员的白衬衣挡在了爱丽丝和华哥威之间，华哥威朝女服务员微笑示意，端起热腾腾的咖啡喝了一口。

“前年我在伦敦政经开始读博士学位，去年，我环游了地球一周。”华哥威说道，语气如同在说上星期的事情一样。

“你怎样？”华哥威微笑着放下咖啡杯，爱丽丝注意到他嘴角微微抽搐了一下。

“我嘛，”爱丽丝捋了捋头发，“我现在在一家金融机构的公关部门。一切都还不错。”

“挺不错嘛。”华哥威拍了拍爱丽丝的肩膀，又凉又黏。

“你也不错嘛。”

两人低头拨弄着咖啡杯，沉默了一会儿。

“你是怎么到金丝雀码头来的？我听说伦敦很多地方都消失了。”爱丽丝忽然想起了一个话题：她仅仅把这事情作为一个话题。

“我乘坐快艇上来的。我和另一个船员一起过来的。他现在在其他地方。我们有个任务。对了，我们那艘巨轮名叫‘红方’，去年一年我们环游世界，搜集了许多物资，就是为了对付这次世界消退的。厉害吧。”

爱丽丝的手忽然放在了华哥威的脸上。

“我想你。每天都是。”爱丽丝说。

华哥威的眼睛有点模糊。

“没有什么比我们能在一起更美好，也更现实的了，”爱丽丝的脸颊湿润了，“我怕得要死，孤独得要死。你知道吗？我一个人在这里，外面的世界正在消退，而我根本不知道你在哪里？你知道吗？我怕得要死。”

华哥威感到了前所未有的清醒，也感到了前所未有的孤独。

他站了起来，坐到爱丽丝旁边，一把搂住她，放进怀里。

他觉得他不能再离开这个女孩了。

绝对不能。

夜晚的伦敦明月皎洁，天边的黑云被月光镀上了银边，厚重的、翻滚着，它的上面如同另一个世界，在经历一场翻天覆地的变化，只不过地球上的人们听不到任何声响。泰晤士河反射着月光，黑色的水面上静悄悄的，只有水花拍打河岸的声响。

华哥威紧紧抱着爱丽丝，白色的床单如同天边的云朵。

第十八章

失踪的霍普

霍普失踪的事情传到了亚伯拉罕的耳朵里。亚伯拉罕派了许多人去搜集霍普的情报，最终确信的是：连霍普的线人（汤姆、席德）都不知道他的下落。

亚伯拉罕靠在会议室的椅子里，两脚放在会议桌上，陷入了沉思。

但他无法厘清任何思路，因为情报太少了。他站了起来，来到窗边，俯瞰凯瑟琳大楼下面的马路，他能看见几辆委员会的防暴车停在路上，几个身穿“CNSMC”字样防弹背心的武装人员站在街边防卫。几个黑西装的人在大楼门口进进出出。

一切都很平常。

“让那个达达进来。”亚伯拉罕望着窗外，对后面的西服人员说道。

不一会儿，达达被推进了会议室。

“今天天气这么好，你回去吧。”亚伯拉罕看着手里的材料，对站在会议室门口的达达说道。

达达站在原地，看着亚伯拉罕发呆。

“我就这么可以走了？”

“对。”亚伯拉罕继续读者材料。

穿黑西服的工作人员在达达的身后把会议室门拉开。

达达停顿了两秒钟，转身朝门走去，又停下来看了一眼亚伯拉罕。

亚伯拉罕仍旧看着材料。

达达朝门口跨去，门外站着另一个黑西服工作人员，给达达披上了一件皮质风衣。

达达有点吃惊，这是为了什么？

工作人员没有说话，把达达带到走廊楼梯口镜子前面，为达达整理领口。

达达看着镜子中的自己：栗色的脸颊，配上黑得发亮的皮风衣，仔细一看，风衣领口各有一个小小的烫金汉字：“無”。

“这是什么符号？”达达问。

“这是汉字，读作 WU。就是没有的意思。消失的意思。”工作人员最后拂了拂达达穿着风衣的肩膀。

这是为了什么?

工作人员没再多说，把达达送到了凯瑟琳大楼门外。

一辆白色捷豹 XK140SE 车停在门外。

身后的工作人员示意达达坐进去。

达达坐上驾驶座，一个白色的信封黏在方向盘上。

达达把信封扯下来，撕开，取出信纸。

上面写着:

欢迎你，达达！欢迎你加入我们。我知道你想进入 1204 房间，但我想告诉你，你已经是我们的一员了，你可以随时出入 1204 房间，就像你可以随时联系我一样。

亚伯拉罕

达达从车里走出来，抬头看了看凯瑟琳大楼: 霍普让他堵住 1204 房间里的一个“入口”，他觉得自己应该坚持完成这个事情——至少这一件事情他目前是可以完成的。

他朝大厅走去，大厅外站着的安保人员拦住了达达。

“我想亚伯拉罕先生的意思是让您先找到霍普，您就正式成为我们的一员了。”安保人员穿着防弹背心，拿着枪，戴着黑色的工作帽。

“我现在不能进去吗？”达达问。

“不能，这是命令。”

达达退后几步，看了看凯瑟琳大楼，走进汽车。

反正获得自由也是件好事情，而且如果能找到霍普，再确认一下任务，也没什么坏处，达达想。

达达坐进汽车，车钥匙已经插在上面了。

汽车发动起来，隆隆作响。一个油门踩下，白色的捷豹 XK140SE 消失在路的尽头。

亚伯拉罕站在凯瑟琳大楼的会议室落地窗边，看着楼下渐渐远去的达达，喝了一口咖啡。

汽车飞驰在马路上，左右两旁的店铺都大门紧闭，看不到一点人影。初夏的阳光让车内变得有些闷热，达达打开车窗玻璃，他沿着维多利亚堤岸开了一段，然后朝北开到了国王街，在星巴克门口停下。他朝里面望了一眼，发现竟然还营业。

穿着黑皮风衣的达达走进星巴克，把吧台后面的年轻女营业员吓了一跳，另一个胆大些的营业员留着点络腮胡子，朝达达笑道，

“我觉得去年的万圣节没这么久吧！”

达达苦笑了一下，

“给我来一杯中杯拿铁。”

“您有会员卡吗？”络腮胡子一边朝点单机屏幕上敲打几下，一边朝身后的同事笑笑。

“我有，但没带，”达达说，“兄弟，这里还没受影响吗？你们竟然还营业？”

“呃，没有，至少我这里没受影响。”络腮胡子营业员指了指自己的脑袋。

达达沿着人行道拐进葡萄牙街，这里就是伦敦政经学院了。学院的路上寥寥几个人影。

达达来企鹅铜像边上，用手摸了一下它的脑袋。有一瞬间，他产生了幻觉，感到现在是初冬，阴沉沉的天上飘下来的是雪花。但很快他就回过神来。

那是十年前的冬天，达达的校园女友朱丽叶和他站在这座企鹅铜像两旁，那一天，朱丽叶决定去美国读研。

忽然，达达的身后冒出一股热风，黑色的披风从后面把达达包了起来，紧接着是一声巨响，达达被这股热风吹得撞在企鹅铜像上。

大约几秒钟后，达达才反应过来那是爆炸声。

达达趴在企鹅铜像上，黑色的披风把他俩罩在里面。

达达吓得没缓过神。

几分钟后，达达拨开风衣，发现所有的一切都笼罩在烟尘中，脚下的地面变得支离破碎，整个世界里似乎只剩下自己和这尊企鹅铜像。

隐隐约约地，达达看到从烟尘处出现了一个人影，似乎在朝这里走来。

他不敢随意动弹，生怕被发现。但此时身边的烟尘已经落下，他发现两旁的大楼至少还站立着，只是前方的学生会中心消失了。正是从那里，走出来的这个人影。

人影越来越大。

越来越大。

一个穿着银质盔甲的人走了过来，左手按着挂在腰间的银剑。身后隐隐约约地有更多的黑影出现——越来越多，直到填满了达达的视野。

穿着银质盔甲的人走到达达面前，摘下头盔。

“我们又见面了。”十多年后的洋说道，眼角的皱纹微微上扬。

达达惊得动弹不得。洋绕着达达走了一圈，后面的众多兵士慢慢围了上来。

洋看到了达达皮风衣上的“CNSMC”字样。

“看来你也是他们的人，”洋说着，“我早就猜到了。你和C是一路人。那晚我杀了Sherry，但让你们跑了：你、C还有那个年轻的我。”

“我现在有点乱，你到底是属于哪个世界的？”达达用颤抖的声音问道。

“所有的世界！所有你所知道的世界都是我创造的，包括这里，这个世界！但是全国超市运营协调委员会侵扰了这个世界，迷惑了年轻时代的我，让年轻时代的我认识到了A的存在。那不行，因为A是属于我的，现在的我！决不能让年轻时代的我占有A！她只能拥有那个死去的C！”

“你真的杀了C。”达达嘴角剧烈地震颤着。

“没错！我杀了C！”十几年后的洋挥手示意周围的兵士不要再上前了。

“你知道为什么吗？”十几年后的洋问道。

“为什么？”

“因为C就是年轻时代的A。”

达达真正开始感到自己的人生是设定在一场游戏中的人工智能而已。

“十几年后的洋”站在高高的伦敦塔桥上，对着桥下几万兵士发布着演讲：

“从今天开始，我不再叫洋，我没有名字，因为我不需要名字。我是所有世界的统治者、缔造者。我就是女王。”

“陛下！陛下！陛下！”桥下几万穿着银亮色铠甲的兵士高举着银剑高呼着。初夏的阳光让这个盛大的场面异常耀眼。

达达被五花大绑带到了大桥的马路中央：那里搭建了一座处刑台，一个身强力壮的银甲战士肩膀上扛着一把巨大的银斧头，斧尖泛着刺眼的光芒。

“今天，我们抓到了一个叛徒！一个企图毁灭我们世界观的叛徒！他和大罪人霍普一样，是一个不折不扣的伪善人。我是女王，有怜悯之心，有亲民之感，但是，如果今天不除此人，我们的世界将坍塌！你们朝东看！那里已经是一片空无！就是他，就是这个穿着黑色披风的罪人和霍普造成的，他们还派遣蓝色军团和恐怖的焦炭人攻打我们最重要的城池！他们将永远得不到宽恕！”

达达被推上了处刑台。那里，银甲战士跨开双腿，摆好架势，银斧高高举起，在阳光下熠熠生辉。

“处死他！处死他！”几万银甲战士高喊。

银斧在空中微微晃了几下，黄褐色的泰晤士河上静悄悄，几万银甲兵士鸦雀无声。

银斧轻盈地划过蓝色的天空。

达达的人头被银甲战士举起来，在处刑台上绕场一周，向桥上桥下几万兵士示意。万人欢呼。

“今天，”女王血红色的金线披肩在风中摇曳，划过伦敦湛蓝的天空，“我们正式向霍普宣战！”

亚伯拉罕站在凯瑟琳大楼的玻璃窗里，望着伦敦的天际线，嘴角挑动了一下。

第十九章

随波逐流

女王洋的大军开始在伦敦城内搜寻霍普和A的下落。女王尤其忧虑的是A，因为她担心A已经完全脱离了自己的控制，回到年轻的洋的身边。她的忧虑是正确的。

另一方面，虽然群臣力谏，英国女王伊丽莎白二世仍然拒绝撤离伦敦，甚至拒绝离开白金汉宫，坚持宣称温莎王朝的权利是由上帝赋予的，是正义合法的。女王洋没有把英国女王放在眼里，只是觉得如果再有一支反对势力存在，局面会变得更加混乱。

所以，在六月的一天，一只千人军团在塔拉法广场整编，银靴踏过林荫路（The Mall），发出干净利落的金属音。石板大道的尽头便是白金汉宫，宫殿上飘扬着英国皇室旗。

大英帝国半数军队已经消失殆尽，几处重要的军事基地早已被空白吞没，而海外的驻军在英伦岛外围的天空与海洋里，无法回到祖国。通讯更是早已中断。英伦三岛成了与世隔离的孤岛。

英国陆军、皇家空军和皇家海军派出重兵守卫白金汉宫，虽然先进战机已所剩无几，皇家空军司令坚持宣誓誓死保卫女王陛下。皇家空军直升机在白金汉宫上空悬停着。

重重防御圈最内圈是戴着熊皮帽的红衣军队。明晃晃的刺刀擦得闪亮。

两架台风战斗机首先划过银甲军队上空，投下几枚常规炸弹。顿时间，黑色的焦土将几十个银甲士兵掀到了天空。而当这两架台风战斗机想要在天际调转机头的时候，发现已经来不及了：它们已经飞进了空白。

战斗直升机开始朝银甲军团扫射，银色的碎片在蓝天中炸裂。

但不久，银色军团还是来到了白金汉宫前的维多利亚纪念碑周围，所有的银甲士兵拔出腰间的银剑，宫殿外的英国陆军全体开火，前三排的银甲士兵瞬间倒下。第四排的银甲士兵跨过倒下的前三排，冲向英国陆军的布阵，随着第四排银甲士兵的倒下，第五排银甲士兵的银剑已经刺入了英国陆军的胸膛。几乎所有的英国陆军在同一时间撞向了身后的宫殿大门。

黑色的铁栏杆被撞断，第五排银甲士兵带领身后的军团冲入了宫殿。

一阵白烟冒起，第五排银甲士兵东倒西歪。

第六排银甲士兵跨过第五排士兵，却被身后的直升机扫成了银色碎片。

第七排银甲士兵冲破了熊皮帽士兵的阵型，一个个黑色的熊皮帽滚落一地，红色的制服被鲜血染得更红了。

当第八排银甲士兵冲进宫殿屋檐下时，直升机已经无能为力了。

身穿号衣的英国卫兵手持长戟从铺着红地毯的台阶上冲下来，长戟刺穿了冲在最前面的银甲士兵，后面的银甲士兵绕过动弹不得的长戟，一剑又一剑刺下，英国卫兵一个个倒下，长戟一个个竖了起来。七个身穿燕尾服的贴身臣仆从书房冲出来，手里的金色手枪冒出了白烟。但没有一个银甲士兵倒下，子弹击碎了楼梯处的半身雕塑。

银甲士兵冲上红地毯楼梯，七个燕尾服臣仆从红地毯楼梯上滚到了铺着大理石的大厅。

大厅里躺满了红色号衣的英国卫兵。

银甲士兵冲进了女王的办公室，女王头戴王冠，背对着银甲士兵。士兵们缓缓走向女王，女王纹丝不动。

英国皇室旗从白金汉宫降了下来。

A 和洋坐在 soho 区的小酒馆里。

他们不知道，离开 soho 区不远处的白金汉宫已经被女王洋的银甲军队占领。

当一辆警车从小酒馆窗外的街道飞驰而过的时候，A 才感受到这种强烈的不安。

现在是晚上 8 点，soho 区灯火通明，小酒馆里人头攒动。A 走向吧台又要了两杯 Stella 啤酒，端着两大杯啤酒的 A 走向坐在木桌旁的年轻的洋。

“看来十几年后的你开始行动了。”A 坐下来，喝了一口啤酒。

“你怎么知道？”洋问。

“你瞧。”A 指了指悬挂在吧台后面的电视机。

目前只有 BBC 在维持着全英国唯一一个电视频道。

屏幕里穿着风衣的女记者对着镜头，眉头紧锁，她的身后是白金汉宫，以及围绕在白金汉宫周围的银甲士兵。

“大英女王已经宣布投降。”女记者以这句话作为报道的结束语。

小酒馆里顿时鸦雀无声。

几个戴着帽子的客人把帽子摘了下来。

几辆英国军车从窗外呼啸而过。

“看来没戏了！”酒保把抹布往吧台上一砸。

“哼，走运的法国佬！”有人吞了一大口啤酒。

这时，酒馆里的人们听到窗外石板路上铁靴踏过的声音。

一队银甲士兵出现在了酒馆门口。

所有人默默看着门口。

“该死的中世纪军队，不会是来查收英国国旗的吧！”酒馆老板低声朝酒保嘟囔了一句。

“不，你们的国旗可以继续悬挂，我们不介意。”带头的银甲士兵把头盔面罩抬了起来，说着，带领部下走进酒馆，仔细查看每一个酒客的脸。

“他们是来找我们的！”洋低声对A说。

“不，他们是来找霍普的。”A继续小口喝着啤酒，余光时不时看几眼正在逐渐靠近的银甲士兵。

当其中一个银甲士兵走到A和洋的桌前时，这个士兵停顿了一下，他用戴着银制手甲的手轻轻抬起洋的下巴。

他凝视了一下洋的脸。

然后，士兵消失了。

“发生什么了？”洋问，仍旧举着下巴。

“那个士兵认出你是十几年前的你。所以他的世界观崩溃了。他的存在是因为十几年后的你，而不是同时存在两种状态下的你。”

“就是说我的存在威胁到了十几年后的我？”洋问。

“没错。”

其他的银甲士兵开始注意到了A与洋，开始向他俩走过来。洋猛地站起来，扬起脸颊，士兵们大吃一惊，纷纷往后退。接下来的一瞬间，一个都不剩地消失了。

酒馆里的人们张大着嘴巴。

洋见势站到木桌上，差点把啤酒杯踢翻。A赶紧端起两只大杯子。

“大家听着！”洋摊着手心，“我名叫洋，我能向大家解释目前伦敦面临的灾难。我觉得我能解决这一切。刚才大家也都看到了，我能做一些贡献。”

有些人开始赞同地鼓掌，有些人啧了下嘴，转过脸去喝酒。

“我了解那个人，那个迫使你们的女王投降的那个女人。我了解她的银甲军队，我了解她的内心，我了解她的弱点。”

更多的人开始放下酒杯。

“如果大家团结起来，就可以赶走这帮银甲军队！”洋提高了音量。

“没错！赶走那帮中世纪老古董！”有人高声附和。

“我们英国佬可从来没认过输！”

“对，从来没有！法国佬没打赢我们，德国鬼子也没能让我们屈服！”

越来越多的人开始大声谈论起来。

“所以，在你们的女王恢复王权之前，我可以成为你们的临时女王！”洋加了一句。

酒馆顿时安静下来。

洋和A被扔到了大街上。湿漉漉的石板路冷冰冰的。

“你为什么加了那句话？”A站起来，把洋扶起来。

“我也不知道，就脱口而出了。”

A带着洋来到附近一家咖啡馆，买了两杯咖啡，两人在昏暗路灯下冰冷的街道上走着。

这时，两人的身后传来一阵急促的脚步声。

两人赶紧回头。

十几个黑影在夜晚的雾气中停下来。

洋紧紧拽住A的手。

一个黑影走到了路灯下。

一张年轻的面孔，蓄着小小的一字胡。

“我们觉得你的话有些道理，我们愿意跟随你，做一些能挽回伦敦的事情。”小胡子说道。

十几个黑影纷纷走到路灯下：原来是刚才酒馆里的一些酒客。

“我叫汉斯。”小胡子年轻人走向前与A和洋握手。

“我在soho区有一间工作室，是我爸妈替我租的。本来我想用来毕业后创立一家媒体公司的，现在看来我一时半会儿也不会毕业了。正好能用到，作为我们的总部。”汉斯说。

“目前来看soho区肯定是被银甲军团占领了。”A说。

“不是都这么说么：最危险的地方就是最安全的地方。”汉斯笑了笑。

步行十几分钟就来到了汉斯的工作室。

天花板很低，中间有一张大大的木桌子。

“我觉得应该让我的工作室发挥作用了。”汉斯用手抹了抹桌子，好像上面沾着灰尘一样。

“我能感受到一场决战即将开始。”洋也把手放在了桌上。

第二十章

美丽的夜

华哥威与爱丽丝并不知道决战即将开始。他们才刚刚温习了旧日时光。

华哥威甚至忘了自己的使命：寻找失踪的霍普。

他也不知道伦敦已经被女王洋占领了。而英国女王已经宣布退位。

他所能感受到的是，一段无尽的快乐时光，没有别的了。为了能够让这样的日子变得更长久，华哥威打算忘掉伦敦正在消逝的事实，以及所有一切令人不愉快的事情。他想弥补失去的那些年，那些没能和爱丽丝在一起的日子。他甚至后悔起参加了“红方号”的环球航行。因为如果不是去年在海外，也许他就能在伦敦碰见爱丽丝：至少能与爱丽丝在正常时代的伦敦度过快乐的一年。

华哥威望着窗外的泰晤士河出了神，皎洁的月光洒在河面上，像是银龙的鳞片。华哥威感到一丝亲切的寒意，走到厨房为自己浇了一壶摩卡咖啡。这时爱丽丝也醒了，她来到华哥威身旁，月光把她身躯上的汗毛镀上了一层银色，远远看去，爱丽丝如同一个微微发光的精灵。

“在想什么？”爱丽丝抚摸着华哥威的头发。

“什么都没想，”华哥威朝爱丽丝微笑了一下，喝了一口摩卡咖啡，“只是在感叹这些年为什么一直没能碰见你。”

“我感到有点不安，但不知道为什么。”爱丽丝把头贴在华哥威的脸上。

“也许我们都知道，也许我们并不清楚。”

月亮缓缓沉入天际线，华哥威担心明天是否还能看见它。

两人穿着运动套衫，走在泰晤士河畔，空气中没有什么特别的气味，也没有一丝风吹来，似乎一切都在等待着什么发生。华哥威看着天边渐渐泛出紫色的云朵，如果今天的太阳还能够升起，为什么要拥有这么长的等待？如果这一切都是被设定好了的，结局就在不远处等着，那过去的所有日子还有什么存在的意义？

华哥威想着，也许他是在一个不恰当的日子里遇见了爱丽丝，背上渗出了冷汗，也许，他的命运中并不存在爱丽丝。无休止地寻找、无休止地等待，今夜，他得到了爱丽丝，那以后呢?

华哥威不清楚。清晨的风让华哥威把爱丽丝往怀里搂得更紧了。现在他俩紧紧抓着的手，又能将飘忽不定的未来抓在手心么?

他不清楚，他也不愿意想。他觉得这一切都是梦：过去在“红方号”上的水手生活是梦，今天怀里的爱丽丝也是梦。没有什么是真实的。

一个巨大的事实在华哥威的胸口蔓延，他无法忽视它的存在，也无法将它吞下，只能任凭它像一张巨大的甲鱼皮一样将他笼罩，让他变成一只黑咕隆咚的甲鱼，背着沉甸甸的甲壳，消失在伦敦巨大的秘密中。但是，他总觉得这个巨大的秘密会从黑黢黢的泰晤士河底钻出来，像一具巨大的长满脓疮的、被腐烂的水草包裹着的烂皮囊，展现在他心爱的人面前。

他不清楚，也不愿意这样。但他知道，那个巨大的秘密与他所心爱的人之间，只隔着一层河水而已。

事实上，这个世界对他来说似曾相识，或者，也许，在他参加环球航行的那一年里，一个新的世界正如卷铺盖一样，跟随着他所乘坐的“红方号”，铺垫着一个新的世界。

这个世界正和他意，但他无法躲开那个巨大秘密的念头。

与此同时，位于伦敦大学亚非学院的办公室里，简·罗宾逊教授坐在电脑前，屋子里漆黑一片，只有电脑屏幕的蓝光投射在教授的镜片上。

几天前，一个自称是霍普助手的人给简·罗宾逊教授送来了一封信，信里面详细地解释了目前伦敦消逝的原因，以及霍普的真实身份。

简并没有感到过多的诧异：30年前就认识了霍普，他的举手投足间总有简能发现的不同点。当霍普有所隐藏时，简就能感受出来。但她不会多问，因为她知道，当霍普有所隐藏时，是为了她好。

今天，当两鬓出现了白发，当儿孙满堂时，简终于知道了霍普的秘密。

但是，今天的简，是她人生中最镇定的一夜，她知道自己正在做一件非常重要的事情，而这件事情足以改变几个世界。

通过阅读霍普的信，简很快地领悟到了目前所发生的一切的原因：为什么伦敦正在消逝？谁是幕后的黑手？最可贵的是，简很镇定地接受了一个事实：她所在的世界是一个叫作洋的女人创造出来的，而简自己，则是这个世界的衍生品。

但，霍普不是。

简·罗宾逊教授根据霍普的解释，在电脑上画了一张简图：

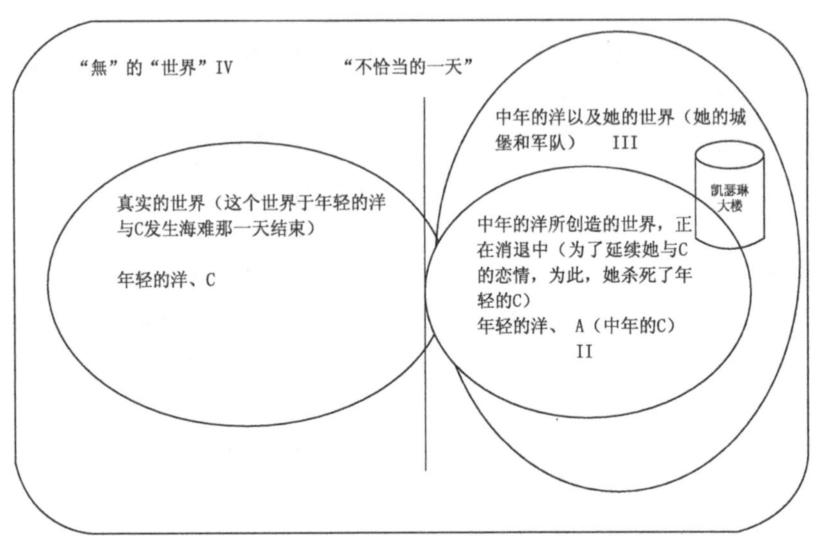

作者注：

世界I：所谓的"真实世界"，这时洋还年轻，尚未创造"世界II"，这个世界里的所有人物都是"原生"的、"真实"的；

分割线："不恰当的一天"，分割"世界I"与"世界II"。因为年轻的洋与其男友C已于"世界I"中死去，但年轻的洋的意识存活了下来，于是创造了"世界II"。

在"世界II"中，C以中年形态A出现。所以在故事一开始，中年人A发现了那一天的反常，却无法说出具体的反常点。因为那一天是"世界II"被创造的第一天，也是A出现的第一天。

世界II：依据"世界I"创造出来的复制品，是"中年的洋"（洋的意识）为了延续她与C的恋情而创造出来的世界。这个世界里的所有人都是世界I的延续，但实质却都是衍生品（比如达达）。而在这个世界中，C以中年人A的形态出现。不料C并未死去，而是被委员会成员霍普发现，并吸纳C为委员会特派员。于是，C出现在了"世界II"中，与A出现在了同一个世界中，这就引发了"世界II"的崩溃，也就是"伦敦消退"的原因了。"中年的洋"（洋的意识）为了拯救"世界II"，在"世界III"中杀死了C。但她万万没想到，年轻的洋（年轻的自己）也出现在了"世界II"中，甚至还在"世界III"中和自己对峙。

世界III：洋的意识深处，里面有她的城堡和军队。军队负责保卫洋的最深层次的意识。但是被霍普发现，霍普曾派出蓝色军队攻打洋的城堡，未果。

世界IV：大片的虚无，最真实的世界。连洋的意识也能被它吞噬。洋的“儿子”小B，在故事一开始便被虚无吞噬，那时洋刚刚创造出“世界II”。“儿子”小B其实是洋意识的副意识，在洋看来，是她真实的“儿子”。但凌驾于所有世界之上的全国超市运营协调委员会知道，小B只是洋的副意识。

全国超市运营协调委员会：凌驾于所有世界之上的存在，宗旨是维持所有世界的“真实性”和独立性，其成员遍布于各个世界中，负责监督，防止世界出现混乱。有时委员会也会雇佣“新世界”中的“衍生品”作为其线人。

霍普：真实的存在。全国超市运营协调委员会最重要的成员之一。代号“MMM”。目前被委员会视作叛逃，正被追捕。

亚伯拉罕：最真实的存在。全国超市运营协调委员会最重要的成员之一。目前负责追捕霍普。

Sherry：被中年的洋所杀。真实身份是委员会信使，属于亲霍普派。在故事一开始曾装扮成小B的保姆，通风报信给委员会，委员会来到洋的临时居所抓捕洋。因此，洋被迫带着小B逃亡。

简·罗宾逊教授非常聪明地理解了现状。她能跳出狭隘的世界观，接受一个大到常人无法接受的世界观。她知道自己爱上了一个最真实的人：远比自己真实的存在。她感到内心无比平静、无所畏惧了。

现在紧要的事情是回到凯瑟琳大楼，填补上那个入口：霍普在信中直截了当地表明了自己的担心——凯瑟琳1204房间内的大那个入口，是连接世界II和世界III的通道。

发动机在寂静的校园里轰鸣了一下，紧接着趋于平静。车灯照亮了车前的校门，简按了几下喇叭，门卫没把栏杆升起。简继续按了几下喇叭。

门房里走出一个穿着黑色大衣的男人，简扶了下眼镜。

黑衣男人走到车灯前，简看见了那人穿着黑色的皮质风衣，咖啡色的脸颊上长着一双有着大片眼白的眼睛。看上去像是印度人。

黑风衣男人从腰间掏出一个金属的东西。

简感到两腿失去了力气，但是瘫软了半秒钟后，简一脚踩下了油门。汽车撞上黑风衣男人的时候，简感到眼前亮起了火花。

等到汽车撞开栏杆一头撞到校门外的树干后，简一摸衬衣领口，发现里面湿漉漉的。在幽暗的路灯下，简看到了满手的黑血。

一发子弹击中了她。

痛感还没完全爆发出来，简从皮包里掏出了巴宝莉丝巾，紧紧扎在脖子上。清凉的丝巾紧紧压着伤口。她拿出手机拨打急救电话，发现手机屏幕上面全是歪歪扭扭的字体。

附近也没有医院。简打开 GPS，但上面除了横平竖直的经纬线之外，什么都没有，只有一个代表她自己位置的蓝色圆点，孤零零地站在屏幕的中央。

屏幕越来越大，蓝色圆点越来越小。

皎洁的月光洒在泰晤士河面上，像是银龙的鳞片，也好似女王洋的银甲军团。浩浩荡荡，随着湍急的河水，在伦敦城内延伸着。

第二天上午 6：30，第一个到岗的门卫在校门外发现了简·罗宾逊教授的汽车：引擎盖扭作一团，树干歪斜在车前。

第二十一章

凯瑟琳大楼的坍塌

凯瑟琳大楼的会议室里，亚伯拉罕正在吃着作为午餐的沙拉，他让部下从附近的餐馆买的，还特意嘱咐多放一些牛油果和榛果。当他开始咀嚼最难吃的生菜叶时，会议室的门开了，走进一队黑衣人。

“找到霍普了？”亚伯拉罕抬头看了那群人一眼。

“不，还没有。”领头的黑衣人说道。

“那进来干吗？出去。”亚伯拉罕继续吃生菜叶。

“楼下来了一个施工队，说是要拆除大楼。”

“什么？”亚伯拉罕站起来，走到窗前。

果然，楼下密密麻麻站了许多头戴黄色安全帽的人员，正与大门口一抹色黑色的委员会战斗人员对峙着。马路边停了几辆施工卡车。

亚伯拉罕心情焦虑地乘坐电梯来到楼下，拨开水泄不通的人墙。

“怎么回事？我是负责人。”亚伯拉罕朝着黄色安全帽的人群喊道。

“头，你来得正好。这群人要拆除大楼。”委员会的战斗队员对亚伯拉罕说。

“谁是你们的头？谁派你们来的？”亚伯拉罕大喊。

从黄色安全帽人堆里走出一个梳着油头的年轻男人，戴着细框眼镜。

“亚伯拉罕先生，”油头男人递上名片，“我是委员会派来的拆除/重建项目负责人。”

“为什么要拆除？”

“这我就无从得知了。但我知道，拆除凯瑟琳大楼后，我们还要在原地盖起一座新的大楼。”

这时，从人群里走来一个金黄头发的男人，金发男人对亚伯拉罕说，

“你好，叫我尼克就行。瑞典人。工程师。去年刚刚完成环球旅行，前不久刚回来。”

金发尼克穿着无领白T恤，上面用英文写着“我爱红方号”。

“我不懂，这些都是谁的意思。”

“我都说啦，正是委员会的意思。”油头年轻男人说道。

“有指令吗？有电文吗？为什么我没有得到任何消息？”

油头男人从文件包中拿出一份用塑料膜保护得平平整整的A4纸文件。正上方有委员会的金属贴标和水印。

落款签字是：亚伯拉罕。

亚伯拉罕满头大汗。

没错，水印一看就是真的，就连他自己的手迹也是，但为什么他从未有过签署这种自掘坟墓的文件的记忆呢？

“亚伯拉罕先生，您看还有什么需要吩咐的吗？”

“我没签过这种文件。”

“这是您的笔迹吗？”油头男人问。

亚伯兰罕无言以对。

油头男人微笑着退进头戴黄色安全帽的人群中。金发尼克把胳膊放在亚伯拉罕的肩上，

“亚伯拉罕先生，到时候你将有荣幸亲自按下爆破按钮。我会让人把按钮镀金的。”

红方号的货物已经在附近的空地囤积：都是重建大楼的建材。

这些建材来自世界各地的加工厂、钢铁厂和码头。霍普于一年前开启了这个伟大的、突发奇想的行动，为的就是避开世界II的覆盖。一年前，霍普已经预感到了今天的事态，开始秘密部署“红方号”巨轮的环球采购行动。这个行动当然不可能被委员会批准，委员会由十二名重要成员组成，霍普不可能拉拢所有的成员投赞成票。

霍普从一开始就将此计划保密着，心中暗暗琢磨，暗地里招兵买马，并且只向船长发号施令。当红方号回到伦敦时，由于船长一时间联系不到霍普，无法进行下一步安排。

前一天晚上，船长收到了一个自称是霍普助手的人送来的信，信是用打字机打出来的，但落款签名是霍普本人的，船长对这一点非常确信。

信中说要求船长将货物转移至凯瑟琳大厦附近，说届时将由委员会出面，要求拆除凯瑟琳大楼。

船长通知大副，将此事告知所有分散在伦敦城内的船员们。大副指定尼克在现场出面，解决此事。至于说为什么要拆出凯瑟琳大楼，船长也并不清楚。

拆除工作并不顺利。因为这几乎是在女王洋眼皮下拆她的退路。

虽然凯瑟琳大楼1204房间并不是女王洋以及她的军队来到世界II的“入口”，但极有可能成为女王洋自己撤回世界III的退路。而凯瑟琳大楼，则是A意识中最稳定的部分（也几乎是唯一所剩的部分了）。女王洋有意将“入口”设置在了这里。

凯瑟琳大楼距离女王洋的控制区非常近，更不可避免地被她遍布伦敦各处的士兵发现。施工方打算从内部改造开始，不进行全面拆除，但爆破炸药还是在第一时间被安放

在了大楼的关键部位，作为备案。亚伯拉罕的人马一拨一拨渐渐撤走。委员会的指令文件具有绝对的权威，没有哪个部门敢公然违抗。尼克站在大楼大厅里拍了拍亚伯拉罕的肩膀，亚伯拉罕用力一抖，把尼克的手抖开，愤愤然地走出了大厦。

很快，大厦内部被塑料薄膜笼罩着，许多地方拉起了警戒线，施工采取精细作业的办法，连扬尘都将尽可能被降到最低限度。穿着西装、戴着细框眼镜的油头男人每隔几天就会来到现场一次，尼克也会在现场调配建材。

既然已经收到了霍普的最新指令，寻找霍普的任务就显得没这么紧迫了。“红方号”的船员大部分被调到凯瑟琳大楼，负责建材和巡逻工作。一旦发现女王洋的士兵，就立刻解决掉。

尼克的首要任务是对1204房间进行改造，防止“入口”发生转移。

尼克推开1204房间的房门，一股冷气顿时包裹了全身。房间中央那个黑黢黢的“入口”安安静静地躺在那儿。工程负责人油头男人也跟了进来，他主要提供施工上的建议。

“这个入口不能直接堵上。换句话说，用任何东西都无法堵上它。”油头男人说。

“那应该怎么办？”

“转移。”油头男人扶了扶眼镜。

“转移到哪儿？”

“转移到大堂，我的工程队能安装上可开启/关闭的防弹门，便于大批人马进出。”油头男人说着，拿出一份施工草图。

“这样一来岂不是方便了女王洋的部队进出？一旦他们发现了这里，一定会占为己有。”

“虽然有一定风险，但据我所知，女王洋的部队已经都在我们这个世界了，几乎没留下什么人马守卫她的城堡。我和我的施工队有信心，连她的城堡也改造一下。这样，可以刀不刃血地解决这次争端。我相信委员会也会非常支持的。”

“可行吗？”尼克疑惑地看了看油头男人。

油头男人的镜片反射出冷冷的光芒。

走出凯瑟琳大楼，尼克和工程师本一起去附近的咖啡厅吃午饭。

“还是没有联系上黑桃吗？”本喝了一口冰咖啡。咖啡厅窗外的地面上反射着初夏的阳光，一个穿着吊带长裙的女孩从窗外走过，本朝她多看了几眼。

“根本不回信。通信设备也不使用。”尼克吃了一口煮鸡蛋。

“这个亚洲小子。”

“他被派往哪片区域去了？”尼克问。

“好像是东面，消失区域的最前线。”

“那儿不是已经没有什么大片的区域了吗？”尼克拿出定位设备。

“你看，唯一的大片区域就是这个孤零零的‘狗岛’了。”本指着屏幕。

“晚上跟我回‘红方号’，咱们要和船长碰一次头。”尼克说着，站起来朝门外走去。

这一天晚上，委员会召开了紧急会议。

第一个议题当然还是讨论搜捕霍普的事情。霍普擅自动用私人部队进攻洋的城堡，不仅没能解决争端，还打草惊蛇，增加了事情的难度。会议通过，要动用一切可以动用的手段，追捕霍普，在必要时候可以就地处决。包括亚布拉罕在内的所有十一位成员都举手通过。

第二个议题是讨论凯瑟琳大楼的拆除/重建工作。由于目前伦敦城的大部分处于“女王洋”的控制下，直接爆破拆除大楼必然会引起女王洋的注意。委员会通过从内部改造大楼的方案；通过将1204房间内的“入口”转移到大楼大厅的方案。亚布拉罕与另一位成员投了弃权票。

当委员会准备散会的时候，委员会成员杰斐逊举手示意提出第三个议题。

“我提议由大楼施工队扩大施工范围，改造女王洋的城堡。”

成员沙文也举手示意，

“支持。”

成员罗杰斯举手，

“支持。”

其他成员用略微吃惊地眼神面面相觑，同时缓缓坐下。谁都不愿显露出过多的吃惊神色，否则就会被认为消息不灵通、没手段。

当天的会议轮值主持说，

“那么请沙文大人、罗杰斯大人分别陈情阐述。”

“我想事情已经变得非常明晰了，”沙文说，“我多说并不能把事情说清楚，我想请项目的负责人，沙沙来详细说明一下。”

沙沙梳着油头、戴着细框眼镜、穿着西装，从沙文身后的阴暗处走了出来，在靠近会议桌的一张单人椅上坐下。

“各位大人好。”沙沙并未起身。

委员会的成员们轻声交头接耳。

“现在就由我为大人们解释一下：改造女王洋城堡的必要性。”

沙沙在委员会的圆桌上放了一个全息投影的小设备，然后走到沙文椅子身后。

凯瑟琳大楼的全息影像出现在了委员会面前，这个影像还时不时地切换成大楼的结构图。

“今天中午，我已经与亚伯拉罕大人沟通，”沙沙说着，礼貌地用手朝亚伯拉罕示意，“亚伯拉罕大人非常通情达理，很快就理解了组织的好意，很配合地、识大局地将大楼移交给了组织。”

亚伯拉罕脸色微微发白。

“一旦将‘入口’转移到大堂，庞大的施工单位和机器就能顺畅地进出两个世界，此时，由于女王洋的重兵都不在她的城堡里，所以现在施工将非常有效。而且，鉴于——恕我直言，委员会的兵力远远不及女王洋的军团，现在开展快速有效地改造城堡工程将直接至女王洋于死地，刀不刃血地解决困扰我们已久的争端。”

“目前，女王洋的军团主要控制着以旧英国女王白金汉宫为中心，北至议会山，南至泰晤士河北岸的大片区域。离开凯瑟琳大楼还有一段距离，只要我们悄悄行动、隐秘进行，应该可以成功完成任务。”

“另外，将新的‘入口’改造成为坚固的堡垒也不是没有可能性。我已经同可靠的供货商取得合作，他们将为我提供品质最优的建材。最终把我们的新大楼打造成进能攻退能守的阵地。”

会议结束后，凯瑟琳大楼四周部署了委员会的兵力，这次的直接指挥官是沙文。而沙沙则为建筑防御顾问。

同一天晚上，尼克与本回到“红方号”，在水手餐厅同船长、大副以及部分水手开了一个会议。

“施工方的沙沙看来已经获得了委员会的支持。”船长说道，“今天霍普的信使给我提供了一道消息：委员会成员中的沙利文和罗杰斯是沙沙的靠山，已经被沙沙收买了。”

“下一步会非常难做。”大副说了一句。

“目前现场还算平稳，第一步工作是转移1204的‘入口’。目前已经在一楼大厅开创新的‘入口’了。”

“同时开创一个‘入口’？”船长问。

“是的，‘入口’是通往另一个世界的通道，而‘世界’说白了就是某个强大意识的体现。强行填补上一个‘入口’是行不通的，这会被某个强大意识发现，只有另辟蹊径再开设一个新口子，旧有的口子就会‘干涸’，直至消亡。”

“这一点霍普并没有考虑得很深入。”船长说。

“是的，这毕竟是工程专业的事。”

“新的‘入口’现在怎样了？”大副问。

“已经把位置和形状定下来了，”本说，“根据商议，已经把‘入口’设计为与地面垂直的大门形状，不再是‘井口’了。这样便于大批人马和重型机械出入。”

“看来沙沙真的想包下改造女王洋城堡的工程。”船长说。

“但目前来看，获得他们的帮助也是必要的：沙沙的施工队和委员会的保护。”尼克说。

“目前只能这样了。霍普还是很聪明的，即便被委员会追捕还能反过来利用委员会。”船长说。

“大家都回去休息一下吧。”船长点了一支烟，往座椅靠背上靠去。

“尼克，你留一下。”船长补充了一句。

看到穿着印有“CNSMC”字样防弹背心的人员重新进驻大楼，尼克顶着大太阳，边喝着冰咖啡，边微微摇了摇头。虽然大楼的防御大大加强了，但他还是不住有些担心，总觉得自己处于某种监视之下，又或是这些战斗人员随时会反扑过来，将尼克他们赶走。

天气有些闷热，尼克显得有些不安，他三口两口把冰咖啡喝完，把空塑料杯朝大厅台阶外扔去。差点砸到刚刚走上台阶的沙沙。

沙沙满脸堆笑地走上来，仍旧是梳得一丝不苟的油头和名牌西装。

“我的朋友，我的好战友，”沙沙摊开两手，满脸笑容，“今天可好啊？”

尼克的嘴角抽搐了一下，

“那还用说啊，好得很，我最好最好的朋友。”

尼克狠狠地拥抱了一下沙沙。

“晚上我请你去喝一杯？万豪酒店二楼的酒吧。两杯单麦、两只古巴？”沙沙拍了拍尼克的肩膀。

“那是肯定的！老伙计，我可是免费赠送给你所有的建材的啊！你多赚的那些钱也得想到我啊！”

“这是小钱，最主要的是改造城堡，那才是大单子！到时候肯定有你的好处，我的朋友。”

两人仰天大笑，笑完以后朝两个方向各自走去。

尼克沿着街边走了一会儿，街边站着许多CNSMC的战斗人员，手持自动步枪，戴着墨镜。

走到最街角的一头时，尼克发现有一名战斗人员的背影奇怪地扭动着。尼克停下脚步仔细看去，那个战斗人员倒下去以后，一把明晃晃的银剑出现在太阳底下。

不好！女王洋的军团！

尼克转身拔腿就跑。

凯瑟琳大楼另一头的街角也已经开始了混战。

尼克见状，赶紧跑上台阶，冲进大楼。位于大厅的‘新入口’还未能安装上防御铁门，整片显得非常脆弱，根本无法抵御住银甲军团的冲击。

大厅里不断有CNSMC的战斗人员朝大楼外冲去，战斗已经转移到了大厅外的台阶上。银甲军团从两个方向冲向大楼。身穿黑色作战服的CNSMC战斗人员与银光闪闪的银甲军团扭打在一起，许多CNSMC人员还未来得及开枪就被一剑刺倒在地，街边的施工人员来不及去捡掉落在地的黄色安全帽，纷纷四散逃开，许多施工车的车门被银甲士兵拉开，司机被甩到地上，又被乱剑砍死。

沙沙站在二楼的办公室窗前，紧紧抱着公文包，额头前耷拉下来几缕头发，办公室门外等着CNSMC的战斗人员。

“现在您必须要撤离了。直升机已经到达屋顶。”一名CNSMC人员对沙沙说道。

“你们这群废物！说好的防御措施呢？不是说你们很能打吗？怎么一下就被敌人突破了？”沙沙瞪大了眼睛，死死抱着公文包。

尼克站在大厅里，眼见银甲士兵就要冲破玻璃门，进入大厅了。他看了眼身后刚开始施工的“新入口”，极度的绝望让他感到窒息。但半秒钟过后，他抓起通讯话机，通知现场所有水手迅速撤离至12层1204房间；同时，通知施工队爆破小组负责人前往12层与他汇合。

尼克最后看了一眼“新入口”，银甲士兵源源不断地涌进来：看来绝不是什么巡逻小分队，而是一只大型战斗队伍。这说明女王洋早已发现这里的异常了。

楼内的CNSMC战斗人员人数远远不够，寥寥冲出来几个小分队，瞬间就被银甲军团吞没了。

尼克往大厅深处跑去，从消防梯一口气跑到了12层。

推开12层消防梯门，“红方号”水手们已经在陆续朝1204房间走去。本看到了尼克，小跑过来，

“是不是要启动备用方案了？”

“只能这样了，”尼克擦了下脑门的汗，“我已经通知爆破小组负责人。”

这时，爆破小组负责人也冲上了12层。

“尼克，我无法直接听取你的命令，我得向沙沙负责。”

“别管什么沙沙了，”尼克抓住负责人的领口，“刚才CNSMC的人跟我说，沙沙已经上了直升机跑了！如果女王洋的军团占领了这个地方，我们就彻底没辙了！现在下面什么状况？”

“大部分施工队已逃跑，我们的水手一个没少，现在都在1204房间，CNSMC战斗人员基本全军覆没。”本说。

尼克看了一眼爆破组负责人。

“好吧，”负责人说道，“交给你了。”

说着，从背包中掏出爆破遥控器，放在尼克手中。

“听着，”尼克说，“所有人进入 1204 房间。然后一个一个跳进房间地面上的‘入口’，不出意外的话，我们都会在女王洋的最深意识的世界里汇合。”。

所有人挤进 1204 房间。

大家看了看黑黢黢的洞口。

“这个‘入口’不知道还管不管用。”一个水手说道。

这时，门外走廊传来银甲撞击墙面和地板的巨大声响。

大家能清楚地听见，走廊里的房门在被一扇扇地撞开。

“没时间了！”尼克说。

本带头第一个跳下去，紧接着是其他水手。现在 1204 房间里只剩下爆破组负责人和尼克了。

“快跳！”尼克朝爆破组负责人大喊。

“不，我不跳！让我出去，我去和女王洋的军队说明情况。”负责人惊慌失措，跑到门口去开门。

他刚准备开门，就被撞开的房门顶了回来，撞在尼克身上，尼克朝后一个踉跄，一屁股跌在“入口”，爆破遥控器落在了旁边的小床上。

尼克用四肢撑在“入口”边缘不让自己掉下去，此时爆破组负责人刚晃晃悠悠站起来，背脊上就钻出一把巨大的银剑。随着银剑被抽出，负责人跌倒在地。

尼克绝望地大喊一声，把自己向上撑起，左手和左脚同时用力，把自己朝左边的地面翻了过去，然后迅速扑上小床，右手一把抓住爆破遥控器。他刚要按下爆破按钮，顿时感到手指失灵了，一把银剑横在了他的手掌和手腕之间。当尼克想要拿起遥控器时，他的手和遥控器留在了小床上。鲜血浸染了整张床单。尼克撕心裂肺大喊一声，用左手去抢遥控器，银甲士兵朝他背脊狠狠刺了下去。尼克口吐脓血，疯狂地扭动身躯靠近遥控器，并用左手拇指按下了爆破按钮。

银甲士兵又一阵猛刺，整间屋子被鲜血染红。

大楼迅速变形，“入口”开始扭曲。1204 房间外传来银甲士兵惊呼的声音。拗断的银剑、扭作一团的银甲，成百名银甲士兵与轰然坍塌的凯瑟琳大楼埋葬在了一起。

第二十二章

水手们进入女王洋的城堡

本醒来时发现自己躺在一条小河旁边，两脚浸泡在水里。

他用手抓了一下地面，发现抓起一把草：河边的草地。

本缓缓地站起来，发现水手们散落在各处。一一推醒大家后，本没有发现尼克的身影。

他无法知道凯瑟琳大楼的现状，他目前唯一能做的就是想办法找到女王洋的城堡。

花了十几分钟整顿队伍，本发现少了四个人。于是派两个人去河对岸找去，其余的人进入树林寻找。

两名水手刚刚蹚水过河，就消失在了一片黑暗中。

本急忙下令所有人不能过河，其余的人只能朝树林走去。

一行十人越往树林深处走，树林就越残缺不全：遍地焦枯的树干、满地铺着厚厚的黑炭、烧焦的马匹以及蓝甲士兵的尸体。

不久，一行人走出了树林，看到了矗立在不远处的城堡。

城门伤痕累累，有着明显的修补痕迹。

本带领大家刚刚踏上城堡前的烧焦的草地，只见城堡塔楼闪过一道细细的亮光，本的耳边响过一道尖尖的声音，本身旁的一名水手应声倒地。

紧接着，本的右小腿传来一阵剧痛。他低头一看，发现一支长箭射穿了他的小腿。

本大叫一声，歪斜在地上。水手们四散逃走。本被身旁的两名水手拖着往身后的树林里拽。这一切来得太快，本还没反应过来，只觉得两眼模糊，远处城堡的塔楼零星飞出几线银色的光。

女王洋的城堡里还有少数士兵在守卫。

水手们将本小腿上的长箭两头剪短，并迅速地简单包扎后，本要求 8 名水手远远围着城堡，四散开来，不要靠近，一旦发现城堡的裂缝或是突入点，就用通信设备互相通知，并回到树林里来商量。

大家纷纷掏出通信设备，都是黑屏，无法使用。

大家只好相约两个小时候回到树林：至少机械手表还能使用。

七名水手在尽可能远离弓箭射程的距离外，围着城堡四墙散开。没有人知道是否会有弓箭忽然飞出，让自己或是身边的人倒下。但寻找城堡的突破点让水手们的兴奋盖过了恐惧。

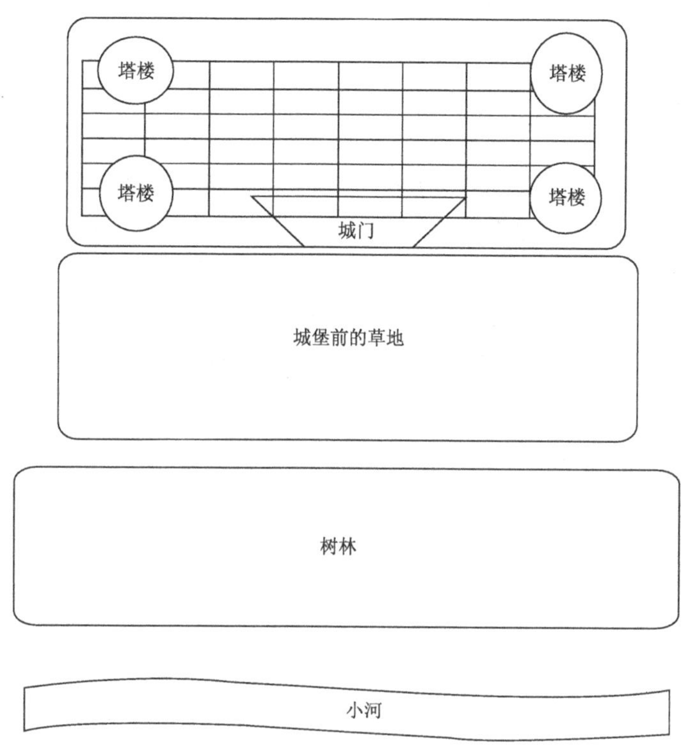

城堡内的亚历山大仍旧穿着脏兮兮的皮质围裙，上面的泥块已经板结了有一阵子了。昨天的恶战让他仍旧心有余悸。今天，他终于能稍微放松一下自己，站在城墙上，用粗厚的手指夹着香烟，揉了揉胀痛的太阳穴，朝城堡外的树林望去。

那天恶战结束后，亚历山大命令工匠们对城门进行了特殊的加固，女王洋让他进入餐厅，奖赏他共进晚餐。

用餐的时候，亚历山大看到了面带不快的A，他正在闷闷地吃着土豆泥。亚丽莎大抓起一只火鸡腿就啃，丝毫不顾手上的泥巴。

女王洋端着银质酒杯来到亚历山大面前，亚历山大把油手在围裙上擦了两下，拿起酒杯回敬女王。

A缓缓站了起来，也拿着酒杯走向亚历山大。

“感谢你，我亲爱的工匠。”女王洋笑着说道。

“这是我应该做的，”亚历山大抹了下嘴，“我的职责就是保护您。”

A的嘴角抽搐了一下，

“我有些不舒服，想先休息一下。”

“怎么了？是累了吗？”女王洋问。

“也许吧。”A说着，丢下酒杯和餐布，推开厚重高大的餐厅门，守候在门外的仆人为A披上了一件绣着金丝的酒红色法兰绒披风。A示意仆人不要跟过来，径自走向黑黢黢的走廊。

他走到廊桥上，这座廊桥连接着举行宴会典礼的塔楼与就寝的塔楼。夜晚的风有些大，A裹紧了披风，披风的边角仍旧剧烈地抖动着。城楼下的黑色树林残缺不全，有些地方晃动着幽蓝的火苗。

A感受到自己体内似乎隐藏着一池深不见底的清潭，上面永远不会有一丝涟漪，而这池潭水是最最清澈的存在、最最真实的存在，任何物体与这池潭水相遇，都会消失：并非被腐蚀，而是其他物体不够稳定。

虽然洋的城堡由厚重的巨石筑造起来，但A能感受自己才是一个重量无法衡量的真实存在，脚下的巨大石头似乎随时会变成塑料泡沫，不堪一击地被踩烂。他忽然觉得洋想要保护自己的想法很可笑。想到这里，A感到一阵莫名的轻松感觉。一切都没有那么重要、那么紧迫了。

A轻轻拍打了一下石头扶手。朝着寝室塔楼走去。

长长的石头走廊里有许多厚重的门。没有人告诉A应该睡在哪一间屋子，A随手推开了一扇。

巨大的酒红色法兰绒地毯无边无际地延伸下去。屋子中间是一张盖着帷幔的大床。整间屋子没有窗户。石墙上挂满了动物的毛皮，墙上两处放着火把。

A裹着披风，在松软的床上躺下，缓缓地闭上眼睛。

床下伸出了一只白净的手。

A感到有动静，往床下看了一眼。

一张涂抹成吸血鬼模样的脸和A对视着。

“吸血鬼”从床下爬到外面的地毯上，A从床上坐起来。

“你是C.”A说。

“是我。”

“你没有被洋杀死。即便被插上了匕首。”A说。

“不，”“吸血鬼”大男孩说，“我已经死了。在你面前，被洋杀死了。”

“我似乎能想到这不是你第一次出现在别人的梦境里了。”A说。

“是的，”大男孩说，“我还出现在年轻的洋的梦里。她因此受到了惊吓，但我只是想向她传达信息，让她远离十几年后自己的控制。”

“你到底是一个什么存在？”A问。

“不同于你，”大男孩说，“我能感受到你内心的平静。你是我目前见到的最稳定的存在。你的内心冰冷、沉静，如同全宇宙质量最大的铅块。”

“我刚才也发现了。我开始感受到真正的自我了。”A说。

“不，你不用感受。你就是一切。自从上一次见到你的时候，我就感受到了。你是超越洋、超越委员会的存在。”大男孩仍旧趴在地毯上。

“什么意思？”

“我也不是很确定，但我相信你是砸烂所有虚假世界的铅块。”大男孩说。

“能给我解释一下么？”

“这个世界，是洋内心最深处。她很虚弱。所以她躲得很深。”大男孩爬到床沿，两手抓着床杆，“我之所以能出现在这里，是因为我接近了年轻的洋。这就让我找到了洋意识中的薄弱环节，就像一个‘入口’。而我又是什么存在？我现在也不知道了。几年前我在一起海难中丧生，其实一起丧生的还有年轻的洋。但是，洋的意识从那一天起并未消失，她延续下来了，年轻的洋回国探望了我的家人，然后她回到伦敦继续学业。这一切也许只是洋的意识中的美好愿景。但从那天起，就延续下来了。而且成了一个看似‘真实’的世界（作者注：也即世界II）。这个世界中本不应该有我的，但我的意识被霍普收容，理所应当地成了那个世界（世界II）中的真实存在。由于我在之前的世界（世界I）已经去世，所以为了在洋面前不露馅，不得已化妆成伦敦“地牢”游乐地的工作人员，就是现在这张吸血鬼的脸。当年轻的洋进入到现在这个世界时（世界III），我也跟着进来，想看一下两个洋的相遇是否会让两个世界同时崩溃。但事实上并未发生这样的事情，反而我被中年时代的洋所杀。当然了，我并不存在于这个世界，我是年轻的你。你本应该是洋所创造出来的活到中年的我，我们本应该是没什么交集的。但是，洋万万没想到的是，我只是霍普从坟墓里挖出来的灵魂而已。设想一下这些，哈哈哈哈。”

白色的大男孩顺着帷幔像一条银蛇一样旋转到了天花板上。

“我就是，亲爱的A先生。但是，你有所不同：不同于我这个灵魂，也不同于洋那个意识，你就是你，虽然是我的延续，但你是货真价实、实实在在存在于这个宇宙中的，你就是宇宙中看得见、摸得着、能压垮一切虚假世界的铅块。”

说到这里，大男孩不见了。

A睁开眼睛，发现自己仍旧坐在餐厅中，眼前是吃了一半的土豆泥，而女王洋正和亚历山大说着话。

“怎么，”女王洋问A，“不舒服吗？亲爱的。”

“没怎么，我有点累了，想休息一下。”A说。

A丢下餐巾，径自朝门外走去，守候在门口的仆人为A披上了一件酒红色的法兰绒披肩，上面绣着金丝。A示意仆人不要跟上来，自己则朝着黑黢黢的石头走廊走去。

A穿过连接着两座塔楼的廊桥，进入到寝室塔楼。

长长的走廊上只有一扇房门。

A推开房门，C苍白的尸体映入眼帘，从嘴巴处绑紧了麻绳，吊在上面。

这不是一间卧室，而是一个巨大的衣柜。C的尸体就这么被悬吊在里面。

与此同时，在伦敦的公墓里，墓碑上的“C”字消失了。

A关上衣柜门。准备朝走廊尽头走去，忽然，走廊变成了无限长，看不见尽头。

“快跑，离开这里！”一个回音大喊，听上去像是大男孩的声音。

“朝哪儿跑？”A问。

“任何方向。这个世界虽然不足以阻止你，但足以把你困在无限的循环中，快离开！我已经死在这个世界了。我在其他世界的痕迹也已被洋抹去。所以，就剩你了。快跑！”

A感觉脚下的大地在扭曲，浑身使不上力气。但他相信自己就是那个铅块，能穿破任何屏障，于是朝着走廊的墙壁冲去。

刚穿过墙，A就来到了伦敦的银行街Tesco Express超市，他身后的地面已经变为空白。赶紧小跑几步，这时在马路对面发现了年轻时候的洋（参见第十八章）。

当仆人向女王洋报告A已经从廊桥上坠下时，亚历山大看到女王洋的眼角深深地下垂了。女王洋将餐巾甩在餐桌上，立即调兵遣将，几乎全城出动，只留了二十个士兵守城，其余都是工匠和仆人。

女王洋带领大军离开城堡才过了一天，另一个世界（世界Ⅱ）已经发生了许多大事。亚历山大站在城头刚把烟掐灭，塔楼的士兵就朝城外射了好几箭。

他定睛一看，只见树林外面几个人四散开来，各自逃命。

亚历山大冲上塔楼询问情况，士兵长说发现了几个可疑的人，当场射死射伤两人。

“我们应该怎么办？”亚历山大问。

“现在兵力严重不足，而且根本不知道对方来了多少人。我只能把有限的二十个士兵分散在最关键的部位防守了。你那的工匠看来也得上了，你那儿有多少工匠？”

“十九个，加上我正好也是二十个人。”

“让仆人全都行动起来，他们负责在室内巡逻，发现可疑立即报告给你我。”士兵长说。

“好的，我这就去吩咐。”亚历山大说。

9个水手分布在城墙外四周的树林里，他们根本没有力量攻打城堡。

这是一个独立于任何世界的世界，凯瑟琳大楼的入口被摧毁以后，女王洋的军团一时间无法回到这里，城堡内仅有的几个士兵与工匠是保卫城堡的唯一希望；而城堡外的9个水手是攻打城堡的唯一希望，谁都无法呼叫援兵。

双方都在猜忌、侦查，没有人知道对方的真正实力。

“看来只能引蛇出洞了。”本望着远处的城堡说。

两个小时以后，所有的水手都已经回到树林里与本汇合，并没有谁能发现突破点。

“大家听着，以我们这九个人根本无法攻入城堡。我们要打一个很好的配合。打得好，我们就成功；打不好，就全军覆没。机会就一次。”本扫视左右。

天边泛着浓重的紫色，远处黑云在翻滚。

9个水手低沉地哼唱着：

我们步行在宇宙中
我们吃喝在无垠中
我们思考、工作在无限中
无论我们到达哪个世界
我们永远是那群孤独的异乡人

9个人缓缓走出树林，来到树林外的空地上，银色的长箭再次从城堡上空升起。9个人迅速四散开来，由于城堡内只有10名弓箭手，射出来的弓箭数量达不到箭雨规模，9个水手不停地跟换奔跑路径，最后大部分水手都到达了城门下弓箭无法伤及的地方，只有一个水手永远地躺在了城堡前的草地上：本。长箭射穿了他的前额，把他钉在了地上。

只有四名水手留在城门，另外四名分散到了城堡两侧墙外。不一会儿，就从城堡两侧传来弓箭划破空气的声音：那四名水手负责吸引城内士兵注意力。

这时，城门开了一条缝。从里面走出两名银甲士兵。顿时，就被左右两侧的水手用石块砸晕。四名水手侧身从门缝里进入城堡。

城外两侧负责吸引火力的水手大喊大叫，没过多久，声响戛然而止。

与此同时，进城的四名水手迅速冲进城堡内的小广场，围坐在一起，用最大的声响，加快了节奏，高唱：

我们步行在宇宙中
我们吃喝在无垠中

我们思考、工作在无限中
无论我们到达哪个世界
我们永远是那群孤独的异乡人

城墙上的士兵闻声赶来，士兵长下令10名弓箭手瞄准小广场上的四个水手，士兵长刚刚喊出“放箭”二字，鲜血泉涌一般从他的咽喉流出来，士兵长倒在了亚历山大的脚边。十名弓箭手纷纷回头，刚一回头，便被身后的10名工匠用铲刀刺入了头盔与胸甲的连接处，七倒八歪地铺在了地上。

亚历山大冲到城墙下的小广场上，中箭的四名水手已经奄奄一息，其中一个一息尚存。

“终于见到你了……”他看着亚历山大，眼睛不眨了。

“是你们让我自由了。”亚历山大用手合上水手的双眼。

剩下的银甲士兵提着长剑冲了过来，亚历山大拿起铲刀一刀扎入士兵的下巴，拔出来时带着浓浓的黑血。

“一年了！”亚历山大推开银甲士兵，一步向前，把铲刀扎入了另一个银甲士兵的后劲脖子，“一年了！我被封印在这里！不能离开城堡半步！不能跟随‘红方号’踏上征途！今天，我终于被解除了封印！大家跟我一起上！”

工匠们一呼而上，不一会儿就把剩下的银甲士兵消灭干净了。

亚历山大喘着粗气，把手中的铲刀丢在石板路上。忽然大地开始震颤，城墙四角的塔楼轰然倒塌。

我们步行在宇宙中
我们吃喝在无垠中
我们思考、工作在无限中
无论我们到达哪个世界
我们永远是那群孤独的异乡人

亚历山大和工匠们高唱着。

城堡朝小广场倒塌下来，浓浓的黑烟直冲向紫色的云端。

沉寂沉寂沉寂。

第二十三章

汉斯的作战室

A紧紧握着洋的手，一动不动，他的脸上泛着夕阳的金光，这片金光无法被任何任何事物取代，这是让年轻的洋感到无比释怀的东西，即便这个世界出了问题。两人站在露台上，凭栏远眺，远处灰蓝色的云朵缓缓地越积越高，如同最复杂、华丽的通天灰色城堡，它吸取着大地的所有尘土，让夕阳的金色为它在精致的山脊处勾勒出一道、一道金丝：虽然体型务必巨大，但它躯体上的细节却如此不厌其烦的精致。

洋感到此时的一切都不是属于这个世界的，而是属于身旁这个叫作A的男人的，包括她自己也属于A。洋下意识地伸出手，放在A的手背上：柔软的皮肤下面是坚硬的骨头，手背上的血管饱满充实地、不慌不忙地铺设在那里——即便这个世界都消失，这些充满着血液的管道仍将存在。

这种感受是无法被理解的，甚至A也无法理解，洋觉得。此时此刻，有一种异常确信的想法出现在洋的胸口中——她的眼睛微微睁大，一个如同清冽晨风一样的事实忽然涌上心头。

“你知道一切。”洋的手在A手背上摩挲着。

“我什么都不知道。”

“因为你创造了一切。”洋的头发在晚风中飘逸。

“我的内部开始崩坏，已经无法追溯寻源了。”A用手罩着，点了一支烟。顿时烟气四散。

“快进来，会议要开始了。”汉斯出现在他俩身后的玻璃移门口，“我们开始改变历史吧！”

“改变历史。”A轻声重复着，冷冷地笑着。

一跨进暖和的室内，A坐进了放在地上的巨大垫子上。

“请把烟头熄灭。”汉斯戴上一副黑框眼镜，咳嗽着拿起一个A4大小的记事本，万宝龙钢笔在他的指尖以最高的频率旋转着。

在场的其余四名“骨干”纷纷朝A投去了崇敬的目光：大家很羡慕A能用不礼貌的男性风格为大家鼓气，这在极端战时条件下简直就是向日葵们的阳光。

“我希望大家不要介意，”A吐出最后一口烟，将半截香烟扭断在汉斯递来的烟灰缸里。

“我不介意。”在场的一个名叫杰克的男人说道，鼓鼓的胸肌上紧紧贴着一件穿旧了的T恤。杰克向A挤了挤眼。

A只当做没看到，从大衣内口袋掏出一盒薄荷糖，在手心里倒出两粒，扔进嘴里。

洋凑过去，问A要了一粒。杰克也凑过来要了两粒。

A面带愠色地收回薄荷糖，洋找了个气垫沙发，在A身旁坐下。她穿着新买的连裤袜，皮鞋也刚刚擦过，浑身上下散发着鞋油、女士香水、体味和香波混合后形成的崭新的气味。

“现在可以了？”汉斯含着下巴，透过镜片上方盯着A、洋，又扫了一眼杰克。

“我需要一个不一样的结论，”汉斯将记事本翻过来向大家展示，“目前控制伦敦的女魔头就是十几年之后的洋？我无法理解。”

横隔线上面用钢笔画着一个大大的问号。

“你就写了个问号？”A笑道。

“这个问题困扰我太久了。”汉斯说。

凯蒂搂着汉斯说：“我觉得画得很妙。”

汉斯一动不动。

凯蒂在汉斯脸颊上亲了一口。坐在旁边的木下不自在地看着他们。

凯蒂有着一双修长的腿，但是腰身却有些丰满，她光脚穿着一双脏了的白色帆布鞋，时不时把脚趾拿出来晾晾。棕色的长发蓬松地覆盖在白色的后颈上，但她的面容却没有很好地配合这个身躯的总体感觉：略有些膨胀的鼻头、咧开得大大的嘴角，以及两颗疑似性龅牙。

相比之下，年轻的洋显得晶莹得多：东方女性水墨画般的清秀在她的脸上被发扬光大，小小的鼻子和嘴，如同陶瓷人偶的脸一般；细小的胳膊和窄窄的手背，手背上可以隐约看到青色的血管；两腿虽然没有凯蒂的修长，但被包裹在黑色的连裤袜下面，散发着女孩的体热。

此时此刻，A意识到自己不自觉地观察了洋很久，久到令满屋子的人尴尬的地步。

凯蒂笑着给洋递来一罐冰啤酒。

“果然是个小妖精，”凯蒂给自己开了一罐，“要是你死了，今天伦敦就不会被占领了。”

洋喝了一口啤酒，

“兴许是我骨子里就有女王洋的血液吧。”

“你觉得我们下一步该怎么办？”汉斯问A.

“其实我已经考虑了一阵子了，”A从凯蒂手里接过冰啤酒，“我希望能重新扶持英国女王重回王位。这是众望所归的事情，而且，为了赶走女王洋，我们也需要英国女王的威信。”

年轻的洋红了红脸。

“怎么联系上英国女王呢？”汉斯问，“我们都只是普通人。”

“不，不是普通人，大家都只是这个世界的衍生品而已。”A喝着啤酒笑道。

“什么意思？”大家睁大了眼睛望着A。

A无法理解自己为什么说出了这样的话，但是他只是觉得自己似乎掌握着真正的“真实”。

“这个先不去啰嗦了，这是小事情，我向大家保证。重要的是，我听说自从女王洋占领白金汉宫后，英军将领都流亡到了各地。其中有一名陆军军官，名叫汉密尔顿，目前还在伦敦城内，手下还有一只百人的步兵部队，准备开战游击战。”A说。

“你是怎么知道这些的？”汉斯问。

“在城里我有些线人。”A楠楠地说。

“这一百人怎么去对付女王洋的庞大军队呢？之前的英军精锐都没能阻挡住。”木下穿着平整的白色衬衣，一字一顿地说着，好像每一个音节之间并没有什么直接联系似的。

“真不明白，同样身为亚洲人，为什么A和洋的英语比你的好无数倍？”凯蒂喝完啤酒，一把捏扁罐头。

木下有些尴尬地低下头，“中国人的英语能力在东亚来说是头等的。”

A微微前倾拍了拍木下的肩膀，让他说正题。

“我是说，”木下看着A，“应该有一种比打游击更好的办法。但是我目前也想不出别的了。”

“我觉得木下说得有点道理，”A说，“不过，我本来的想法就是利用汉密尔顿的小部队达到象征性的威慑作用。”

夕阳正在收敛最后一道光芒，金色的光芒如同粉状一般，洒在所有人的半边脸上。太阳开始缓缓沉下，金粉迅速地从A的侧脸上逃散——阴沉中，A的两眼黑得令人无法理解。

此刻，这里是金色大地的最后时光，感觉就如同是一场慵懒的朋友聚会一般，挤在小小的咖啡馆，窗外的水泥房子颗粒感明显，等待日光带走最后的金色。

如果有人忽然闯进这间屋子，他不会认为这是一间作战室。

“那么，”汉斯把笔杆子搭在嘴唇上，“先执行A的计划吧，目前想不到更好的了。”

天边的云彩正式变成了银灰色，没有什么能够比此时更静谧的时刻了。凯蒂的脸上显露出倦意。

木下走到开放式厨房，开始用咖啡机磨咖啡豆。

“木下，”杰克说，“手动研磨把，声音太大。”

“没事，那个机器很快。是我一个开咖啡馆的朋友送我的。功率强大。”汉斯说。

随着一阵研磨声响，屋子里弥漫着浓郁的咖啡香。木下围上暗红色的围裙，开始做浓缩咖啡。

“他以前是我朋友咖啡馆的咖啡师。”汉斯指着木下说。

不一会儿，每个人面前的地板上或者手掌里就多了一小杯浓缩咖啡、杯碟、方糖和调羹。

A啜了一小口咖啡，把咖啡杯放回地板上的杯碟。

“那么，我就让他进来了。”A站起来，掏出一支烟，朝阳台走去。

“谁？”汉斯问。

这时，作战室门外传来一阵敲门声。

大家面面相觑，最后洋走到门口问了一句。

“我是汉密尔顿。”门外传来一个声音。

第二十四章

汉密尔顿中尉

汉密尔顿中尉穿着白色POLO衫，手臂肌肉结实，但并不厚实。他的脸颊瘦削，泛着一点高原红，紧紧握着拳头，脚上的棕色皮鞋布满着褪色的白斑点。

汉斯示意汉密尔顿坐下。

“我想失礼地问一下，”汉斯问，“您为什么愿意接受我的指挥？”

“我并不想接受你的指挥，”汉密尔顿笑了笑，“我至少有着一支百人部队，不会把你的人放在眼里的。”

木下给汉密尔顿递来一小杯咖啡，和两片饼干。

汉密尔顿直接把两片饼干丢进嘴里，嚼了几下连同整杯咖啡吞进肚里。

“我并不想按照你的方式来办事情，”汉密尔顿抹了下鼻子，“我只想根据我自己的方式来做事情，A比你有办法。”

汉斯脸颊发青。

木下端着砧板，从上面切下两片面包递给汉密尔顿。汉密尔顿拿了一口气吞下两片面包，干脆直接把其余的面包从砧板上取下来，拿在手里掰着吃。

凯蒂很不喜欢眼前这个英国军人——与其说是军人，不如说是一个穿着T恤的足球流氓。

“你的部队呢？”汉斯问。

“分布在城里各处，我随时能把他们召集过来。”汉密尔顿说着，做出准备掏出手机的动作。

A站在阳台上抽着烟，不时朝屋里看几眼。

“我对于眼前的事情很有把握，我希望能尽快实施。”汉密尔顿说。

汉斯朝凯蒂、杰克和洋扫了一眼。

“但是，”汉密尔顿看着汉斯，“我需要把你的作战室打造成一个‘入口’。”

“一个能够到达女王洋目前住处的‘入口’。”A把烟头掐灭在阳台栏杆上，走进屋子。

“这样我的一百人部队对付女王洋近前的兵力就绰绰有余了。”汉密尔顿接过木下递来的冰啤酒，刚一打开罐头，白色的气泡就汩汩地涌了出来，他赶紧凑上嘴猛喝了一口。

“打造一个新的出口其实非常容易，A在这方面是行家。”汉密尔顿接着说。

A来到厨房料理台后面，和木下站在一起。木下正在准备晚上的蔬菜沙拉。

“我曾经去过女王洋的城堡，从那里逃到这个世界不久。但现在我感受不到女王洋的城堡，大概那里受到了什么毁灭性的打击。具体发生了什么我无法知道。我曾经遇到过一次城堡保卫战。外面有大军攻打她的城堡，城堡因此受到了重创。”

“但是女王洋并未因此衰弱，目前她仍旧控制着这个世界的伦敦。”洋说。

“正因为如此，她会变本加厉地牢牢控制伦敦的，因为这是她目前唯一能够停留的世界了。”

晚饭后，改造作战室的工作就开始了。

其实很简单，把作战室变成一个暗室就可以了——就像不久前年轻的洋进入女王洋的世界一样。

汉密尔顿呼叫来几个士兵，很快，屋子就被黑色隔音板改造成了一间密不透风的暗室了。

“一旦我和我的部队进入这个‘入口’，这间屋子就会变成没有防守的地方，你和你的人要拼死保卫这里，听到没有？”汉密尔顿对汉斯说。

“好吧，可是要怎么守卫？”汉斯问。

“尽量不要发出声响，你们全都到屋子外面的走廊里去，然后，我的部队会三三两两来到这里——他们必须分批移动，否则很容易被发现。”

“你们的武器怎么办？”

“这些东西不能多带——体积太大，我只让三个士兵带一些必要的步枪，其余的人只能在衣服下面准备些匕首之类的武器。”

一个巨大的黑暗地带在汉斯的作战室里缓缓膨胀，如同在这一团黑暗中正诞生着某种不可知的东西。

“我要随你一起去，这一切都是我造成的。”年轻的洋抓着A的手。

“不，我不希望你看到那些。”A说。他开始缓缓地把洋推开。

一百号人从傍晚开始陆续进入汉斯的黑暗小屋，一直到深夜，最后一名士兵消失在了小黑屋子中。

“现在轮到我进入了，”A说，“没有我的引导，这一百号人只能滞留在无尽的黑暗里。我不希望他们感到惊恐，这对接下来的作战很不利。我得走了。”A拍了拍洋的后脑勺。

洋、汉斯、凯蒂、木下和杰克站在走廊，看着A打开房门，走进了原本是汉斯作战室的漆黑屋子。房门隔断了大家和A的世界。

沉寂沉寂沉寂。

进入空荡荡的公司，A来到自己的办公室，上面摊着财务报表、咖啡杯。没什么问题，和昨晚离开前一样。A觉得自己是多虑了，刚才到现在只是恰巧没有碰到人而已。他碰了一下鼠标，电脑结束待机状态开始启动，亮起来的屏幕上显示的还是昨天的文档。A揉了揉太阳穴，扫视了一下办公桌面，咖啡杯是黑色的。

而从冬天以来自己一直用的是白色的咖啡杯，这一点A记得很清楚，因为黑色的那只咖啡杯在去年冬天的时候已经被打碎了。A将眼前这个黑色杯子拿起来上下打量，没错，就是去年冬天的那一只，边沿处残留着咖啡渍，连杯面上被略微磨损的英文字样也同先前那只一模一样。

但是手边的报表以及电脑里留存的文档都是昨晚的，按照自然的时间顺序来看完全没有问题。A看了看电脑屏幕，日期没问题，年份也并未回到去年。

A走到办公室落地窗边，望着25层楼下空荡荡的马路和街区。

至少自己生活的世界出了问题，他想道。

不不，我的世界没出问题。是女王洋又在控制自己的世界了——她想让我进入到之前的无限循环中去。

不不，我得醒一醒。

我得醒一醒。

但是手边的报表以及电脑里留存的文档都是昨晚的，按照自然的时间顺序来看完全没有问题。A看了看电脑屏幕，日期没问题，年份也并未回到去年。但为什么去年被打碎的杯子回来了呢?

A走到办公室落地窗边，望着25层楼下空荡荡的马路和街区。

至少自己生活的世界出了问题，他想道。

不不不，我的世界没有出问题，是女王洋正在进入我的意识。我不要回到那个循环的世界中去——我好不容易从那里逃走，来到了伦敦，找到了凯瑟琳大楼，最终发现了女王洋的城堡。

A将巨大的玻璃办公室里唯一的气窗打开来，25层楼的高空中竟然飘来一阵难以逐磨的香味，被厚厚的记忆棉花压在脑袋深处的某种香味。A努力回忆这种香味，努力去把握同它有关的一草一木、一街一景，或是某个人的一个眼神，但这些都全无存在的迹象。他继续闻着气味，持续不断的香味。自从离婚后，前妻换了手机号码，也拒绝向A透露新号码，只是在每个月第三个星期六允许A直接去仙盂路8号接儿子。多么无聊的主意！A对此嗤之以鼻。因为不管怎样他也不想去骚扰前妻，他更加担心的是反过来的情况。

不不不不！我没有前妻，我的人生中只有年轻的女孩洋。

我得醒醒！

A从地下车库回到大厦大厅，走到室外。闷热消失了。远处是冷冷的云朵。仔细望过去，每一个棱角都清晰可见，即便隔得很远。A从来都未像现在一样觉得视力清晰有力——异常清晰，好似戴上刚配好的眼镜；异常有力，似乎某种力量正迫使他在这个世界中发现什么。每一处细节：不管是脚下烟头上的口红印还是天边云彩旁的一丝光芒，他都能看得清清楚楚。A将手伸进大衣口袋掏手机。

大衣？明明是夏天来着，为什么会是大衣？

没错。A穿着深灰色的大衣，站在万里晴空之下，一个初冬的早晨。

大衣里面放着一个手机，A摸着感觉陌生，掏出来一看，是从来没见过的手机，边角的漆磨损得厉害——是个陌生人的手机。

难道我穿错了？错拿了别人的大衣？可是明明是夏天，为什么我会有意无意地错穿别人的大衣？A从大衣里找到一包香烟，上面印着他看不懂的俄文，抽出一支，点燃了。

呲——！

穿着大衣的A回头看了一眼大厦：白色的、高耸入云的凯瑟琳大楼。

我不是刚从办公室里下来吗？我的办公室在25层。对，没错。

不，是在12层。12层的1204房间：那才是我的办公室、我在英国留学时候的宿舍，但它也是洋留学时候的房间——所有的一切都是1204房间！

A睁开双眼，他发现自己躺在一张单人床上，床的旁边是一张书桌，书桌旁坐着一个女孩，A只能看到她的背影。

他朝女孩伸手过去，但就差那么一点点，就是碰不到女孩的背，女孩似乎在缓缓远离他，他没有力气起身，只能徒劳地朝着那一点点虚化的背影伸着手。

“A，我们到了。”一个声音对A说道。

A回头一看，是汉密尔顿中尉。

100个士兵全都到达了白金汉宫院内。

“好像出了点问题，”A揉着太阳穴，“我们没能直接到达女王洋的身边。”

“是不是在我们进入的时候，她干扰了你的意识？”汉密尔顿从腰间拔出了匕首。

“也许吧，我们得赶紧找到女王洋。”A说。汉密尔顿中尉示意所有人在院内散开。

伦敦下起了大雨，院内的石子地面上飞溅起无数水花。

汉密尔顿示意第一支小分队迅速进入主厅。

十人小分队在主厅门外半蹲姿势，随后一阵风地从门两侧冲入主厅。

主厅里安安静静，没有传出任何声响。

汉密尔顿等众人在院外等了很久，忽然一个士兵从主厅里冲出来，朝大家示意。

汉密尔顿让一名带着自动步枪的士兵带领二十名士兵冲入主厅，之前的十人小分队已经朝二楼奔去。

汉密尔顿让另外二十人把守在门厅入口，自己和A带领其余的士兵冲入主厅。

忽然，从楼上传来瓶罐被砸碎的声音。

汉密尔顿和A沿着主厅楼梯来到二楼，发现士兵揪出一个人来。

花白的头发凌乱地撒在脑门，皱纹深深地嵌着，好像变成了深不见底的深渊。

那人缓缓抬起了头，有一瞬间，A以为那人是霍普。但终究不是。他的鼻头大大地挺在两片油乎乎的脸颊中间，鼻梁上也没架着金丝眼镜。

“已经没有人了，这里什么都没有。”老头气喘吁吁地说着，说完一低头，一条蜘蛛丝般的口水从他的嘴角荡下来，拖得很长。

“你是谁？”汉密尔顿抓着老头的灰发，把他的脸提起来。

“我是英国女王的老管家，女王投降后，我被留在这里服侍女王洋。我没有别的选择，我没有叛国，我只是个老仆人而已。”

“女王洋去哪了，快说！”汉密尔顿吼着。

“我、我也不知道，”老头子嘴角泛着唾沫星子，“我只听女王洋整天叫嚷着猴仆、猴仆的，我也不知道她在说什么。”

“猴仆？”A想了想，“是不是霍普？”

“啊、对，对对，是霍普。”老头子说。

“看来女王洋全军出动去找霍普了。现在应该满城都是她的人。”A对汉密尔顿说。

“霍普是谁？”汉密尔顿问。

“是我的一个老朋友，他认识年轻时候的我。那时我叫C。”A盯着眼前的老仆人，近乎自言自语地说道。

可是，霍普究竟在哪儿呢？A想。

第二十五章

霍普

不知不觉，时间进入到了盛夏，平时的外套已经无法再穿了。华哥威穿着亚麻短袖，宽松的长裤以及夹脚拖，和爱丽丝坐在位于金丝雀码头的购物中心咖啡馆里。

“听人说东面的消失速度放缓了，难道是‘夏乏’了？”爱丽丝戴着墨镜，喝了一口可可碎片星冰乐。墨镜衬托出她一脸的白皙。

“所以我从不担心这种事情。”华哥威喝着冰咖啡，下意识瞥了一眼邻桌穿着吊带裙的女孩。

大街上的人开始变多了，人们似乎已经不再畏惧伦敦正在消退的事了——的确，女王洋控制下的伦敦检测中心发布消息：最近一周，伦敦东部的消退前沿，仅西进了半米。虽然那意味着许多人的公寓、店铺不复存在，但比起之前高速、大片地消退还是温和了许多。最重要的是，这恰好符合人们的心理：麻烦事总是会过去的，这不，已经快结束了，好日子马上就要来了。

“听说之前还有许多有钱人偷偷买了离开这个世界的票。”华哥威不屑地撇了撇嘴。

“我也听说了，那真可怕。不过最近我才听说，早在去年冬天的时候，就有组织悄悄地举办了一次逃离行动，就在国家画廊。当时许多人聚集在国家画廊的院子里，掏钱购买逃离这个世界的票。听说还价格不菲呢。”

“是嘛。”华哥威低低地嘟囔了一句。

华哥威心不在焉地搂着爱丽丝，两人穿行在巨大的购物中心里。他的鼻尖上微微冒着汗，腋下被汗水染成深色的圆形区域，他感到口渴，他的眼前不断浮现着霍普的面孔。

“怎么了，亲爱的？”爱丽丝摘掉墨镜，抬头看着华哥威，两眼闪烁着光芒。

“我有点口渴，咱们去一家鸡尾酒吧好吗？”华哥威老练地变换话题。

华哥威知道去年冬天在国家画廊举办的逃离行动：那是委员会主办的。说到底，其实是委员会中的几名成员非正式地举办的，而且还通过各种渠道兜售逃离这个世界的“门票”。他们根本没打算让人们逃离这个世界，而且也没有能力让这么多人逃离世界，委员会的这几个成员只是想抬高票价，中饱私囊。

要说那几个“聪明”的委员是谁的话，他们便是: 杰斐逊大人、沙文大人和罗杰斯大人。

据说那次收入，足以让他们三人各人组建一支私人军队。

华哥威知道这些。

“亲爱的，我去 ATM 机取点现金。”走到鸡尾酒吧门口，华哥威忽然对爱丽丝说。

“不用，用我的信用卡就行。”爱丽丝说。

“不，我还是喜欢拿着现金。”

在酒吧外的拐角处，华哥威透过昏暗的屏幕盯着自己账户余额。

数字大到足以让数字本身失去意义。

华哥威取出了自己的银行卡。

两人选了一间卡座面对面坐下。华哥威点了一杯“教父”，爱丽丝点了“玛格丽特”。华哥威喜欢看着冰块塞满玻璃杯的感觉，水雾包裹着棱角分明的杯子，就是沙漠中的绿洲。他拿起冰冷的杯子，尽情地喝了一口。

“和你在一起的日子，每天都是假期，来，干杯。”爱丽丝举起高脚杯。

“最近你们公司的业务已经恢复了不少吧？”一阵得意带来了莫名的欣喜，华哥威忽然明快起来，继续品味着透心凉的“教父”鸡尾酒。

“是的，但还是很闲啊！”爱丽丝伸了个懒腰，白色的 T 恤下面，是她年轻的身躯。

华哥威一把搂住爱丽丝，爱丽丝顺势亲在他脸颊上。

“我们离开这里吧！离开英国，去欧洲大陆、去美国、去澳大利亚，或者去我的国家！”华哥威红光满面。

“一定要离开吗？可是我喜欢这里。”

“伦敦已经消失了一大半，我们应该抓紧大好青春，到更广阔的地方去。”

“亲爱的，我爱这里，”爱丽丝的红唇压住玻璃杯的杯沿，红色的舌尖不时冒出来一下，把杯口的盐末舔湿成了透明色。“但是最重要的是和你在一起。去哪儿我都愿意。”

华哥威吻了爱丽丝的额头。

小酒微醺，两人红光满面地走在购物街上。

华哥威能够感受到夏季的凉风穿透过他的衣衫，背上的汗水被一扫而尽，他开始深吸一口气，而他自己却无法体会到真正吸入空气的感觉：湿热、饱满、混合着咖啡豆和女士香水，夹杂着如同薄荷般气味的空气——所有的一切他都无法得知，他只知道吸入的空气让他免于下一秒的窒息、维持下一秒的生命。一种机械式的存在，没有过程，只有结果。

他仍旧保留着一年四季穿休闲西装的习惯，然而今天他没想穿那件亚麻西装上衣，他想真正地放松一次——不去顾忌垮垮的亚麻短袖会让他显得有多不精神。他只想想象自己在海边度假，出门就踏着拖鞋、凉爽的大短裤，墨镜和冰冰的莫吉托——如果他想度假，随时可以度假，他才不管爱丽丝对她那份工作的热爱——无非就是帮助大公司进行资产重组的分析和计算罢了——他不需要计算，他只想和爱丽丝逃离这里，让自己彻彻底底地放松。

心灵的真正放松。

此时，他宁愿自己是这个世界的衍生品。

但他不是衍生品——他和红方号上的其他船员不同，他是个真真正正的存在，他是一个被霍普选中的人。

就连爱丽丝都是这个世界的衍生品。讽刺的是，她比他要活得真实无数倍。

华哥威无奈地笑了笑。

他的思绪从后脑勺纷纷飞了出来，张牙舞爪地想要逃离他的大脑，思绪的根部牵扯着他的每一根脑神经。

华哥威揉了揉太阳穴。太阳穴鼓鼓胀胀的，好像长了两个土丘一样，里面蕴含着滚烫黏稠的脑浆。

一个声音将他带到了海边。

那是霍普的声音，而海边则是十五年（委员会认定的“真实的”十五年）前的加勒比海滩。

霍普穿着一件牛仔布短袖 T 恤和卡其布短裤，用杰尼亚的皮带束着，脚上蹬一双豆豆鞋，浓密的黑色腿毛好像两团乌云包裹着他的小腿。手里拿着淌着水珠的时代啤酒瓶。

C 那时显得更为年轻，身板高高直直的，即便躺在海边的躺椅上，也没能掩盖住他的体型。戴着墨镜的脸显得有些稚嫩——圆滚滚的、泛着点婴儿红。穿着藏青色 POLO 衫的 C，手里拿着冰镇虎牌啤酒酒杯，时不时坐起来狂饮几下。那天他的心情似乎格外放松。

华哥威正值青春期，还不能正式喝酒。不过霍普终究是霍普，他才不管那些无聊的规定，而是大大方方地让侍者从身后的吧台端来一小瓶时代啤酒。

“喝吧，你人生中第一瓶啤酒。”霍普大笑了一阵。

C 躺在躺椅上，一动不动，但也跟着笑了起来。

华哥威喝了一大口——他不认为这是什么值得胆怯的事情——虽然他并没有非常憧憬喝啤酒的这一天，但是，既然给他了，就是他应得的了。可以说，他从不怯场。他只想着去做、去尝试便可。

一口气喝掉半瓶冰镇啤酒。华哥威用胳膊抹了抹嘴，舒了口气。

C 坐起来，朝着华哥威大笑不止。霍普安静了些，微微笑了一下，很快就躺下了。

“怎么样？喝了人生中第一瓶啤酒，就要尝试些其他东西了吧？”C 拍着华哥威的肩膀。

“比方说什么？”华哥威把啤酒放在沙子上，眼睛盯着C。

“比方说第二瓶啤酒啊！”说着C把自己的啤酒浇在华哥威身上。

霍普坐起来大笑。

华哥威愤愤地推开C，冲进大海一个猛扎。

C和华哥威是霍普收养的两个年轻人，但霍普一直不承认他俩是自己的养子——他不喜欢这个称呼，他更希望这一大一小两个年轻人以后能成为他的得力助手、知心人和战友。他觉得“父子”的关系过于黏糊糊的——也许任何私人感情对他来说都是黏糊糊的——所以当年他能离开简·罗宾逊，就是因为自己的骨子里有种逃离感情的因子作祟吧。

此时的霍普还没成为“全国超市运营协调委员会”的成员，只是作为特别调度员“M M M”为委员会处理特别棘手的案子。即便到了后来他成了委员会“大佬”之一，对外他仍旧自称“M M M”，名片上也写着“M M M”。尚未成为委员会成员的霍普，作为特别调度员，总是穿着一件黑色的皮质风衣，衣领口各有一个小小的烫金汉字“無”。他在许多特殊行动中立下了汗马功劳，默默地维持着各个世界的孤立与平衡。他不太喜欢那些成天坐在会议桌旁的委员们斗斗嘴皮子而什么事情都不干——没有了霍普这样的行动派，委员会将一事无成。

就像如今，失去了霍普的委员会被大建筑集团控制着，工程负责人沙沙已经收买了三位委员。

当年的霍普非常享受那种暗中搞定各种棘手案子的生活。他也曾经一度低落过，那是在年轻时刚刚离开简·罗宾逊的时候，他还有些怀念当年在伦敦大学亚非学院读书的日子、和简在一起看电影、喝咖啡、拌嘴的美好时光，但不久以后，他就强迫自己不去回忆这些美好时光了——因为他是“最真实”的存在，他有着更重要的使命；而简·罗宾逊小姐……

她，只是这个世界的衍生品。

……一个过客……

只有他自己知道，自己始终没能忘了简。

没有哪一天，他不想回到亚非学院——伤透了心的姑娘简·罗宾逊，就在那里，一个人静静地坐着。

但是，委员会的行动不能没有他。每每想到这里，霍普便整理下肩膀上黑得发亮的皮质风衣，竖起烫有金色汉字“無”的皮质领口，坐进白色捷豹XK140SE，奔向目标。

一个阴沉沉的冬天，穿着大衣经过公墓时，霍普发现了一个站在墓碑前的亚洲女孩，低着头，手中拿着鲜花，黑色的短上衣、过膝的条纹长裙，乌黑的披肩发遮挡着她的脸颊。唯有清秀的眉毛衬托出她冻红了的面容。

霍普站在公墓的铁围栏外面，点了支烟，对着天空吐了一口烟。等年轻的亚洲女孩低着头离开公墓后，霍普把烟丢在地上，用皮鞋踩灭，走进公墓。

他来到刚才女孩站着的那块墓碑前。

上面刻着:

C

霍普曾经调查过这场事故: 前不久发生在地中海的海难，客轮沉没。而这个年轻人便是这场事故的遇难者之一。霍普很好奇刚才那位亚洲姑娘和 C 的关系，便掏出手机呼叫了一个线人去跟踪她。五分钟以后，手机响起。霍普接起手机，那头线人的答案是: C 的女朋友，叫作洋。

霍普的两眼瞪大了三秒钟，三秒钟以后，霍普让线人调查那次海难遇难者名单。

十分钟以后，手机再次响起，线人说在名单中有两个亚洲人的名字，一个是 C，另一个是:

洋。

“看来有人在扰乱这个世界了。”霍普对线人说，随后挂断了电话。

从那时起，霍普便在追查叫作洋的这个亚洲女孩了。她沉默寡言，沉浸在失去 C 的痛苦之中; 她独来独往，除了上课就是回到学生公寓 1204 房间。她没有什么特别之处，几乎没有调查价值。

但是霍普知道，本不该存在洋的世界中出现了洋，说明目前这个世界已经不是发生海难前的那个世界了。找寻目前世界问题的源头是一件非常困难的事情，如同去分析一个跨国金融公司的某一比坏账一样，而那笔坏账往往被各种金融数据掩盖着、粉饰着，层层叠叠地压在下面，悄悄地继续感染着其他健康的现金流，最终在不知不觉中腐蚀掉整个公司的金融系统。

所以，目前唯一能够追查到问题源头的办法，便是让 C 在这个出了问题的世界中延续下去。

所以，C 在这个世界中延续了。

C 忘了那次海难、也忘了洋。他只能隐隐约约地对年轻的洋有些许好感，除此之外他什么都不记得了。

而洋，延续在这个世界中，是由于女王洋无法将自己从新世界中消除掉。

所以，洋与 C（大男孩）的会面，便发生了。这是打破一切规律的事情，是得不到委员会批准的事情。所以，霍普偷偷地收留了延续下来的 C，把他作为自己的特派员。

但是 C 也并不是安分的年轻人，他开始创建自己的小世界，开始招纳自己的线人。印度人达达就是 C 自己招纳的线人，因为达达是一个有成就的工程师，也对于创造一个意识世界非常感兴趣。两人一拍即合。就像达达自己说的，虽然他们的“创世”工程没有成功，但这个任务本身让两人找到了一个答案，那便是任何世界都是有“入口”的。C深信着这一点，毫不犹豫地寻找这个世界的“出口”。即便项目没有成功，C也没有停止寻找这个世界的“出口”或者“入口”——因为，在他内心深处，隐隐地感到自己不属于当下的这个世界——霍普一直闭口不谈的领域——这也是为什么，C总觉得在霍普大气的气质之中，有一块阴暗的区域：阴冷、潮湿，甚至有些肮脏。

C的活跃引起了霍普的注意，因为霍普开始发现：C似乎同委员会建立了某种直接的联系。霍普派线人汤姆暗中跟踪C，发现C得到了离开这个世界的三张票，具体是谁给C的不得而知，霍普和汤姆猜想应该是委员会中的某个人物。但C的鲁莽行为却为霍普带来了重要的线索：委员会在国家画廊举办逃离行动时，吸引了“十几年后的洋”偷偷潜入国家画廊，改造了地下通道，打算将大男孩（C）、年轻的洋以及达达引入自己的空间内，霍普的信使Sherry将这条信息通报给了霍普，霍普命Sherry不要将这事情告诉给C，仍旧让C三人进入地下通道，撞见了“十几年后的洋”和她的“儿子”小B。于是便发生了“十几年后的洋”追杀C三人，并将Sherry杀死的事情。与此同时，霍普调查到了“十几年后的洋”与“儿子”小B的住处，将她逼到了绝路，并吞噬了她的“儿子”小B。小B只是洋的副意识，将小B吞噬让洋虚弱了许多。于是，“十几年后的洋”退回到自己的意识深处，打造了城堡，想要保护自己意识的内核。但是很快，就又被霍普派来的蓝色大军攻打了一番。

其实霍普的工作并不很光彩：发现破坏世界独立性的东西，然后让那个东西消失。委员会和霍普都不能容忍私自的“创世”行为。这就是为什么，霍普的黑色皮质风衣的领口上，印着汉字“無”——他的责任是消灭异物。

“养子”华哥威看到了霍普心中的那片黑暗地带，深深地被霍普吸引着——两个年轻人，华哥威和C，各自被霍普身上同时存在的两种截然相反的气质吸引着——C爱的是霍普的正义感和勇气，而华哥威爱的是霍普心中的那片见不得光的区域——两人如同光明与黑暗的平行存在一般。

霍普意识到了华哥威性格中的一种不稳定因素——不同于阳光的C，C的不安分是青年人的探险精神，而华哥威虽然年龄小很多，但在他的身上，有一种无法捉摸的阴郁，这种阴郁能够将一些可怕的能量激发出来。所以，霍普打算让华哥威离开一阵子，登上红方号巨轮环游世界——与其说是对华哥威的某种管教，不如说是霍普有些惧怕华哥威，想把他支走一阵子，让硬朗的水手生活洗涤他、改造他。

一年的水手生活的确让华哥威变化了不少——削掉了他腮帮子上的婴儿肥、打磨了脸颊上的皮肤、送给他两只结实的手臂和肩膀、打开了他的声带和酒量，他的脸上出现了阳光的笑容。环游世界期间，“红方号”船长将华哥威的变化告诉给了霍普，霍普感到很欣慰，想尽早见到华哥威，甚至想让他正式做自己的儿子。

但是，周游世界一年回到伦敦的华哥威，下船后并没有去寻找“养父”霍普，而是去了狗岛，去和多年前的女友爱丽丝相会。船员们都联系不上华哥威，华哥威也没想过再回到船上去，即便做一次正式的告别他也懒得去了。

现在，他想的是离开伦敦，离开英国。他已经具备了离开这里的所有条件，或者说：所有限制他的障碍都已不在了。

当年，当华哥威睁开眼的时候，模糊之中看到的第一张脸便是霍普。

爱丽丝的死让华哥威无法释怀：他的内心在一瞬间土崩瓦解——不管他曾经认为自己有多坚强。爱丽丝是唯一让华哥威感受到温暖的人：亲情与爱情，爱丽丝都能给他。爱丽丝让他从阴郁的争强好胜之中解脱出来。但是爱丽丝乘坐的“路虎”汽车一头撞向了路边的树干。爱丽丝没了呼吸。华哥威在沉默了三天后割开了自己的手腕。

霍普让华哥威延续了下来：他能感受到华哥威与C的相似之处。华哥威醒了，问霍普是谁，霍普说：我可以成为像你父亲一样的上司。

令霍普吃惊的是，华哥威醒来后并未能忘记爱丽丝——这是他醒来后唯一留存的记忆。

于是，霍普对他说：不，不用伤心。我听说爱丽丝还活着。

只要过了那个“不恰当的一天”，一切都将延续。

一年以后，华哥威结束了红方号旅行，真的找到了爱丽丝：而在爱丽丝的记忆中，华哥威离开了她六年。只有华哥威知道，是霍普让爱丽丝延续下来的。但是，他也暗暗地恨着霍普：让他乘坐红方号漂泊了一年，而C还好好地在伦敦过着安稳日子，为霍普完成重要的任务——而他自己却一事无成。他恨霍普让自己“复活”却不让自己做一番事业，他恨自己有能力却没有机会施展，他恨自己有心爱的女人却不能自由自在地生活。

但是，今天，他几乎拥有了一切。

他意识到了他的“人生”都是计划好了的：为了今天，为了能和爱丽丝过上真正自由自在的日子。一切都准备好了。

他知道C一直蠢蠢欲动地想要找到这个世界的“出口”，他鄙视C的悟性太低——虽然C在隐约之中感到自己不属于这个世界，但他无法向华哥威自己一样，能够意识到自己是“复活”过来的，而且这个世界也是一个虚拟、虚伪的存在——被创造者利用、被委员会的中饱私囊的大佬们利用。

华哥威想起了前天乘坐火车到达伦敦的情景：趁其他船员没注意，华哥威轻盈地钻进月台上的一个电动扶梯，来到车站大厅后打了一辆出租车，来到“金丝雀码头”。因为一年前，霍普曾对华哥威说过：他将在金丝雀码头与爱丽丝重逢。

霍普没说谎。

他更没忘记，与爱丽丝重逢的那天晚上，自己溜出爱丽丝的公寓，在月光照耀下的泰晤士河边狂奔的情景，他感受到霍普在黑暗中盯着自己背脊的目光。华哥威转身，霍普走入银白色路灯下的光圈中，周围的飞絮被灯光照得耀眼，霍普戴着鸭舌帽，两眼藏在帽檐下的阴影之中。有一瞬间，华哥威的心中泛起了一阵与家人重逢的热流：自己是多么想念站在灯光下的这个老人——他给了自己第二次生命，让他得以在这个被创造出来的世界中延续，甚至将他心爱的女友复活，让他俩能够重逢；但是，多么讽刺啊！这一切都是假的，都是虚拟的，他自己、爱丽丝还有这个世界，都是假的！只有霍普是最最真实的存在——他就如同是一个神，俯视着自己、爱丽丝以及整个世界，看着自己和爱丽丝以及整个世界的人们过家家！

我没有真正的人生，我和我的爱情都只是一个沙盘上的可笑的玩具！

就是他！眼前的这个老人，面无表情地，将我和爱丽丝复活！就是他！随意地摆布我的人生，把我支走，把我赶上红方号，逼迫我同爱丽丝分开！不不不，C才是最可恨的！他其实什么都不是，但他就能活得好好地，他就是一个该死的宠物——霍普脚跟前的哈巴狗！这个该死的C，死得该！

哦，不。我的老父亲，我亲爱的父亲，给了我第二次生命的爸爸！我爱你，爸爸！让我投入你的怀抱，让我真正地给你一个拥抱吧，爸爸！为什么、为什么你不把双臂打开迎接我？为什么你不能摘下鸭舌帽让我看清你的面容？为什么？为什么？难道你不欢迎我回来？回到你的身边？难道你还是喜欢C、讨厌我？爸爸？该死的！C就是该死！那个虚伪的“阳光男孩”！该死的！

死老头子！为什么不说话！你是在盯着我么？为什么还盯着我！

你知道了我的事情？不，你再聪明也不可能知道我与委员会联系上的事情啊！不不不。

没错，我是认识沙文大人、威尔逊大人，没错，是我把三张离开这个世界的票给了C！他不就是成天想背着你离开这里吗？老头，醒醒吧！你最喜欢的儿子成天背着你要逃离这个世界，因为你那该死的谎言也快站不住脚了！老头，我也很聪明、有能力啊！我在伦敦也有自己的线人，哈哈，瞧你的表情，出乎意料吧！四天前我让线人把三张票给了霍普。

为什么？我是为了“哥哥”好啊，因为这个世界很无聊啊！他要带着他心爱的女人离开这个世界啊！哦，不。委员会并没有想要阻止这个世界的衰退，他们已经完全被沙文大人和威尔逊大人控制了，委员会只是个傀儡而已，他们知道洋是这个世界的缔造者，他们已经和洋签订了分而治之的协定，洋的条件是：把C和年轻的洋引到她那儿就行，从此以后，她与委员会不会发生任何纠葛，她的银色军团也不会攻打委员会的地盘。

委员会爱伦敦啊！委员会不愿意失去伦敦。那帮子老头——对了，包括你——喜欢坐在国家画廊阴暗的、长满青苔的石头地下室里嚼嘴皮子，哈哈哈！多么愚蠢！不过，委员会现在已经恨死你了！你背叛了委员会，我的好爸爸。他们在满城地搜捕你，你竟然还敢回来？

哦，不！你的眼神为什么不一样了。是不是这把银剑在月光下格外明亮呢？

不，我不会这样对你的，亲爱的爸爸。但是，谁叫你不让我离开这里呢？是你，让我登上了红方号——那艘装载着先知和希望的船，逃离世界的更迭——不被污染、不被女王洋所吞噬。那么，这样一来，我不就成了某种先知了？哈哈哈！但是，我知道得太多、看得太明白！我不会被你利用的——我不会被任何人利用。

但是，女王洋给我点明了一条道路——那就是彻底摆脱你！

说着，华哥威举起银剑就冲上前去。

但是他无法下手。

霍普仍旧站在路灯下的光圈中，帽檐遮住了他的面容。

霍普一动不动，华哥威丢下了银剑。

“让我走吧！”华哥威跪在地上，痛哭不止。

霍普摘下鸭舌帽，露出了睿智的双眼，他什么都没说，甚至没有伸手去碰他的“儿子”。

他转身离去，消失在泰晤士河夜风中的黑暗里。

盛夏的阳光将华哥威的思绪拉了回来：他意识到了一点，永远失去了自己的“养父”。

而身旁的爱丽丝，以及整个世界，会不会更加脆弱？

第二十六章

病房

A睁开了双眼：旁边坐着一个女人，她面容憔悴，泛着蜡黄色，在令人沮丧的日光灯下显得略微发黑；她的锁骨很明显，本应该让人觉得性感，但是由于暗色的皮肤和毫无生气的吊带裙，只是让人觉得她穿着一件不合体的围裙——一个闷闷不乐的女人。

天花板上面是整齐的吊顶板，一块一块方方正正地布满了整个上空。A看着它们出了神，有时候觉得那并不是一块天花板，而是地板：此时此刻，他自己正贴在“天花板”上看着“地板”。

直到一个护士模样的女人的脸挡住了部分“地板”，A才缓过神来：他躺在一张松软的白色病床上，身上盖着松软的被子。护士在他面前摆弄了一会儿，又在旁边他视线之外的地方摆弄了一下某种设备，接着，和身后的蜡黄女人交谈了几句，最后转身离开。整个过程，A都无法获得能解释得清楚的声响：任何一种物品撞击声或是敲击声或是走路声都不具有意义，甚至是张冠李戴的，好像是声画不统一的电影一样——而且音响设备遭受了严重损坏。护士与蜡黄女人的交谈听起来是吱吱呜呜的，好像所有配音演员都躲在厚厚的被子里给眼前的默片配音得到的效果。

A不由地笑了笑：至少他自认为展现出一张自信、坦然的笑脸。他不敢多想，生怕在蜡黄女人和护士看来，他只是咧开了脸颊上的一道难看伤口而已。

幸好，事实证明，他刚才成功地微笑了一下。

“你听明白了？”憔悴女人把脸贴了过来，A感受到她干瘪脸颊上散发着强大的热能。

A想要同这个女人有所互动，虽然他不知道该怎样互动，他试着移动身上某个能动的部位——但一无所获。他发现自己的神经变得无限长，长到无法挑起神经末端的任何一根手指，或者脚趾。就像是又细又长的鱼竿无法用力把一条小如豆芽的鱼苗捞出水面的感觉一般。

A无奈地摇了摇头。

他意识到，原来自己的脖子还是有力量的。于是，他尽情地多摇了几下脑袋。

“你没听明白？”憔悴女人的眼角如同拧干了的抹布，流淌出两道透明的眼泪。

A想要获得更多的信息，于是他把视线从憔悴女人的脸上移开，转移到她后面的背景中去：贴着墙摆着一张白色的桌子，桌子上方是一个书架，上面竖着寥寥几本书，大概是三本，两本站着，一本快躺下了。看不清书脊上的字，还有一本书竟然放反了，书脊朝里了。A讨厌这样的感觉，稀稀拉拉的，让人沮丧。更让他沮丧的是，在寂寞的书架上，还放着一个孤零零的白色咖啡杯，旁边却看不到任何咖啡粉罐或是速溶咖啡盒子——仅仅是用来喝水的咖啡杯。想到这里，一种无法阻挡的沮丧感如同潮水般涌到了A的喉咙，让他快要窒息。

A努力摇着头，想要把脖子从厚厚的被子里伸出来。

蜡黄女人赶紧将被子往下翻了一点，A顿时感到无比清凉。

他继续放眼望去，书桌的桌洞里放着一把靠背椅子，是那种带软皮垫靠背的椅子。椅背上搭着一条理得很平整的黑色西裤，椅子坐垫上平平整整地叠着一件白色衬衣。而书桌旁的白墙上，挂着一件黑色西装上衣。A看了很难受，西装不应该直接挂在衣钩上，而是应该用衣架子挂着保持形状。

A继续晃了两下脑袋，但这一回，憔悴女人并不理解他想干什么。

这时，挂在墙上的西装被一个白衣人挡住了，随后进来的是刚才那个女护士。白衣人戴上眼镜，他油乎乎的脸替代了憔悴女人贴在了A的脸颊上——A能感受到他那污浊的呼吸。

随后，白衣人同憔悴女人交谈了几句，同样是如同捂在被子里的吱吱呜呜声。憔悴女人貌似得到了某种鼓励，手掌相交，站起来不停地朝白衣男人点头。

随后，白衣男人离开了房间。女护士走过来，在A视线外的地方摆弄了一会儿，当她一转身过来，A感到自己脸上盖上了热乎乎的东西，他思考了一下，应该是某种热毛巾之类的东西。果然，女护士不停地抹着他的脸，好像在擦一张油腻腻的餐桌。接着，厚厚的被子被掀开，A感到自己胸口的纽扣在一粒一粒地解开，随后，一阵热腾腾接着冷冰冰的感觉贴在了他的胸口上：他感到自己是一只待宰的羊。

被擦干净了的A感到浑身很舒服，虽然他不知道哪些身体部位是正常的。他只是觉得胸闷、沮丧的感觉被热毛巾一扫而尽，眼前的憔悴女人也红润了许多——甚至可以称得上是白里透红了。A感到她的锁骨很性感，吊带裙也被匀称的身体衬托得散发着年轻女人的气息。而女护士的脸也处处显露出可喜的地方。

他开始获得类似于“可以被解释的声音”的东西，耳膜的鼓动开始带有熟悉的节奏：如同摩尔密码被翻译成具有意义的字符一般。他喜气洋洋地重新审视一下这个小小的白色房间：靠着白墙摆着一张白色书桌，旁边放着带软皮靠背的椅子，书架上放着三本书，一本放反了，无法看到书脊；另外两本书脊上，一本写着“经济学”，一本写着“百年孤独”。而挂在墙上的黑色西装外套是他在一次出差时临时购买的，并不贵，所以那么直接挂在衣钩上就没那么让他心痛了。

变得红润的女人与护士的交谈开始变得有了许多意义：

“你的……醒了，真是恭喜！他的眼……动……开始思考了。”

“太好了……感谢你……什么……恢复……”

“还……等……耐心……”

“车里另一个女人怎样？”

“听警察说，‘路虎’汽车里另一个年轻女人当场就不行了。汽车撞在树干上，副驾驶部分是直接冲撞上去的，损毁最严重……”

“那女的到底是谁？”

“夫人不要激动……好像是叫爱丽丝……”

第二十七章

1204

女王洋开始各处寻找失踪了的霍普，当然，她也希望能找回A。

千人的银色军团在盛夏的伦敦城内熠熠生辉。女王洋也需要一个合理的解释：同时失去自己的敌人以及自己心爱的人，她无法理解自己创造出这个世界后的意义。

她开始烦躁起来——虽然这个盛夏也是自己创造的世界中的产物，但她还是不住地流汗。她控制不了任何东西：即便是在自己创造的世界中，衍生品们还是依照正常的逻辑行动着、产生着、消亡着。

她站在圣保罗大教堂的顶端俯瞰伦敦——虽然比以往安静了不少，但是在伦敦市里的人们仍旧行色匆匆地奔向写字楼，或是慵懒地行走于商业街，或是三三两两地挤在小酒馆外面喝着黑啤酒。洋眼角的皱纹深了许多，她用细长的手指轻轻抚摸着高低起伏的皱纹，酒红色的披风在清风中微微摇曳。她看到一对年轻的父母带着三四岁的女儿在人行道上行走，女儿手里握着粉红色的冰淇淋，爸爸为女儿牵着红色的气球。女王洋觉得自己如同一个可笑的小丑——只有她自己与这个世界格格不入，穿着荒唐的银色铁皮衣、站在高高的教堂顶！

她恨自己、恨自私的华哥威，她恨霍普、恨C、恨A、恨年轻的自己。只有她，才是努力维持美好生活的人啊！她想要和A永远在一起的梦破碎了、内心深处的城堡倒塌了，不断地遭受背叛、不断地重塑着自己的内心世界。就连亚历山大——那个勤劳的城堡泥瓦匠，也竟然是敌人派来的卧底。她无法直视现在的自己，无法直视现在的世界——有一瞬间，她想随同这个消亡的世界一起消亡，但紧接着，强大的乐观又汩汩涌进了她的胸口，她开始寻找那一份最原始的理想——和A在一起，住在一个没人打扰的地方，永远地住在一起，在厨房喝咖啡、去看画展、回当年的学生宿舍看看。

为了A，女王洋创造了一个巨大的延续世界，完完全全地把“不恰当的一天”之前的世界给复制了过来，洋延续了自己，也延续了A.但是，C却忽然降临在了这个延续世界中——这是霍普的错！C和A的同时存在，导致这个延续世界从被创造的第一天起就不稳定起来，这一切是从年轻的洋回国参加完C的葬礼之后开始的。而A，则是在“国家画廊”之夜的第二个凌晨进入到这个延续世界的——他出现在了凯瑟琳大楼的大厅里，和年轻的洋有了一面之交。

多么可怕！平衡从一开始就被打破了！年轻的洋只能见到C！而A（中年的C）只能和女王洋在一起！

年轻的洋无法想象没有A的日子，也无法想象没有C的日子。她是一个被宠坏了的人：她在过去的世界中是真实的，在现在的世界中也是“真实的”，因为她的记忆没有断——即便现在的自己是被“复活”了的。可是，只要大家都认为这是一个真实的世界，自己的记忆也仍旧正常，还有必要担心现在“真实”与否吗？不，不用。月亮的银光照亮了洋的脸庞：眉目清秀、气定神闲。

她对C的爱，变成了一阵清风，吹向了内心的那片草原。发生了这么多事，年轻的洋第一次停下来感受到那片宁静的草原——不是鲜嫩欲滴的春草，也不是镀着金粉的秋田，而是淡淡的青色中混杂着一点嫩黄，高大的牛马在草色中或隐或现——至少她是这么想的。洋感到一阵轻松，至少有一片没有受到干扰的地方存在。她希望能把身边的人带进她自己的这片天地，但毕竟自己没有创造“世界”的能力——这片草原只是她内心的想法而已。

“有朝一日，”年轻的洋想，“我一定创造一个属于自己的‘世界’。”

想到这里，洋左右看看并排坐在自己身边的伙伴们，她的左边坐着汉斯，嘴唇上的小胡子随着他的呼吸一上一下地动着，脸颊红润——睡着的汉斯有着青少年般的鲜嫩。他能领导什么反抗组织呢。洋不由笑了笑。汉斯的左肩上歪斜着凯蒂的脑袋，凯蒂看上去年纪要大一些，皮肤粗糙很多，虽然平坦的眉间还像标签一样印证着她最多三十出头，如同一束稍稍脱水的鲜花，必须要靠挂在上面的标牌来识别它的保质期，大大咧咧的脾气下面藏着一双忽然发光的小眼睛。洋的右边坐着杰克，一个话不多但做事孜孜不倦的人，厚厚的嘴唇透露着一种令人沮丧的平庸，不过这不阻碍他成为一个好人。杰克的右边半米开外坐着木下。一半中国人血统的木下在木呆呆的举止中拥有着一种无法描述的精明。这种精明将让木下忽然做出什么样的事情，令洋非常好奇，目前来看，木下已经在制作咖啡和料理上显露出了过人的能力。

现在，汉斯、凯蒂和杰克都睡得很沉，虽然隔着杰克外加半米的距离，洋能够感觉出木下并没有睡着。洋微微抬起头，越过杰克瞥了一眼木下：他闭着眼睛，但面部肌肉并没有松懈，而是很好地保持着脸部的“構”（kamae）（作者注：剑道中的基本姿势，可攻可守），他平淡的五官，在现在看来，形成了出人意料的稳定感。这张脸，让洋觉得安心，但他躲在阴暗中的身体，又让洋感到一丝不安。

没有人能够阻止世界的衰退，但是，人们可以阻止一个世界被创造。那就是消灭创造这个世界的人。

洋又让自己沉浸在内心的草原中，望着远处的牛马出神。我要阻止这一切。

我要找到我自己，然后消灭她，洋这么想。

肖邦的《夜曲》从云间传来，洋诧异地左顾右盼。不知道谁在何处弹奏着。琴声虽然不大，但毫无疑问，它现在正通过击打空气、创造出沉静的声波，鼓动着洋的耳膜。洋感到无比清醒，月光照亮的半边走廊无比明亮，洋在黑暗处睁大着眼睛，轻轻地站起来，朝着走廊黑暗的尽头走去，每走一步，琴声就略微增大了一些。她的思路如同急流顺滑地流淌着，波澜不惊的同时飞速前进，而不受礁石阻碍。洋的思绪迅速地回溯到小学，至于那么遥远的记忆为什么忽然被调动出来，洋单纯认为思绪只是在显摆现在的流畅与高速。

小学时候的洋梳着两条辫子，细胳膊细腿地跳跃在上学路上。她的校长在校门口等着她，而洋则满心欢喜地期待着老师的笑容。因为她是个好学生，校长会满口称赞她。但是，那一天，校长的脸涨得很大、很黑，洋远远地就能看见那种表情——一种她从未面对过的表情，“凶神恶煞”，这个词忽然窜到洋的脑门，她没有时间为自己的词汇量感到自豪，因为她得迅速地弄清楚这张脸的来头。

“洋，昨天是你值日吗？”校长的第一句话这么问道。

“是啊。”洋抬着头回答。

“那你过来。”老师一把抓着洋的细胳膊，快步把她带进了教室。

一路上，洋看到同学们站在两侧，好像商量好了为他们让开了一条“直达”教室的快速通道，人群中有许多洋熟悉的面孔，他们都是洋班上的同学。越靠近教室，洋就越能感到一种让她窒息的闷热、那种毁灭了日常状态的尖锐的意外感。小学生们和老师们挤在教室门口，一看到飞速走来的校长和她牵着的跌跌撞撞的矮小的洋时，大家好像被一阵麻利的风吹散到了两边，留出了一个黑乎乎的门框。

就在昨天洋离开学校的时候，它还是个教室门。

现在，它扭曲着、张牙舞爪地在师生面前，用最残忍、最卑贱、最下流的方式诉说着自己昨晚被大火吞噬的遭遇。整间教室的门窗都变成了瓦窑的黑孔，昨晚摧枯拉朽的巨响以及从窗洞中伸出的八爪鱼般的长火苗轰然出现在洋的眼前。

“昨天你是值日班长吧？”校长的面孔黑得如同身后的门框，班主任不知在什么时候站到了校长身后。

“是的……但是我有事先走了，锁门的事交给小 B 了。”洋说着，小脸颤抖着。

“可是小 B 昨天很早就回去了。”班主任冲上一步，用手指着还是小学生的洋，“刚才我们已经打电话给小 B 的妈妈确认过了，她说昨天很早就接小 B 回家了。”

“可是，”洋的小脸气得通红，“可是昨天我回家的时候，小 B 还和其他男生在教室玩啊！他并没有早回家，他的妈妈也没有把他早接走。”

“还狡辩！”校长走上一步，抓住洋的一根辫子，用力把她的脑袋猛晃了几下。

所有师生都看到了这一幕，洋的眼前一片空白，在天翻地转之中，她看到了同学们歪着嘴、忍着笑的面容，以及老师们面无表情的样子，所有这些歪斜的画面时不时被摧枯拉朽的巨响声打破，好像一张张照片，从边角处被咬开一个缺口，缺口边沿处变成了通红的火线，火线迅速地向照片的“内陆”地带侵入，如同被隐形的虫子一样迅速蚕食着，被蚕食掉的部分先是变成焦黑色，接着飞散开、消失。

这些画面应该被丢进燃烧的教室里，一同被烧掉！

“洋！你让本校12届4班蒙羞！你对得起1204吗？”班主任用粗胖的手指指着洋，巨大的、凸起的关节沉重地敲打在洋的额头上，洋觉得她被敲打得快要呕吐了，她每天细心打理的刘海被粗暴地搅乱在了一起，弄乱、弄脏，沾满了班主任手指上的油腻。

洋觉得天旋地转，一下扑倒在地上。她努力用手撑住粗糙的水泥地面，掌心被地上的凸起和小石子磨破了皮，左右两边的地面忽高忽低，校长、老师们、同学们都随着波涛般的水泥地忽上忽下，洋努力控制自己不被“晃翻”在地，她猛地抓住班主任的裤腿，刚恢复了一瞬间的平衡。忽然间，自我反抗天翻地覆的结果就是：波涛般的水泥地产生了巨大的惯性，如同被拦截在水坝外的巨浪，重重地击打在堤坝上，瞬间将堤坝击穿——那座堤坝就是洋的小脑。

哗啦啦的一声，洋把五脏六腑里的东西都吐在了班主任裤腿上。

满头大汗的洋听到了耳边响起了雷鸣般的笑声。

你对得起1204吗？

你对得起1204吗！

被抬进医务室的洋，迷迷糊糊地回想起昨天临走时，小B和一群男生蹲在教室里，围成一圈，好像在用考卷烧青蛙什么的。

小B的妈妈真的没有早来接走小B，洋从那一刻起百分之一万地确信着。随后，在医务室里沉沉地睡了过去。

从那天起，小学生洋的心里面有一股气体在膨胀，它出现在洋的胃里，然后越长越大，每天都在变大。洋不得不让自己打嗝，好排掉一些气体。但是这些气体膨胀得太快，经常涌上气管，让洋觉得很难受。过了一阵子，她开始意识到，这些气体是她的脾气。她想看看自己的脾气到底有多少，这样就能知道学校的校长、老师和同学们有多邪恶了。于是，她每天带着一个空瓶子，每当要打嗝时，她就把嘴凑到瓶口，打嗝后，把瓶盖封紧。

每天放学回家，洋就把装满了一天脾气的瓶子放在窗台上，很快，窗台上就摆满了瓶子。

“为什么每天都带着这空瓶子？”班主任将瓶子放在讲台上。

“里面是我的脾气。”小学生洋说。

“什么意思？”班主任反问道。眼前这个小学生的冷静有令成年人焦躁的功效。

“我把我所有脾气都装在里面了，所以我就没有脾气了。”小学生洋回答道。

“那既然如此，为什么不把瓶子丢了。这样不就彻底没脾气了？”

“如果丢了，那我就没有自己的性格了。就是空壳了。”洋拿起空瓶子塞进书包。

“回去告诉你妈妈，如果想让你成绩上去，光责怪我们做老师的是没有用的。也请她自己好好做好家长的教育责任，”班主任盯着讲台上待批的试卷，小学生洋走到教室门口，“比如说别制造怪胎。”老师轻轻地补了一句。

洋把思绪拉回，她正走在黑漆漆的走廊里。这一部分没有窗户，所以月光无法照亮这里。她回头看去，明亮的月光被留在了身后，汉斯等四个人仍旧靠墙躺着，一旁是改造成“入口”的作战室的房门。《夜曲》越来越清晰，每个音符都切切实实、严丝无缝地贴合着琴谱。洋已经能够确信琴声是来自于漆黑走廊的尽头。她有些不放心地专门看了一眼木下——仍旧闭着眼，气定神闲，但肯定没有睡着。她总觉得木下会忽然出现在自己的身后，这让她的骨头里涌入了一阵阵寒气。

找到自己，消灭掉自己！

伴随着琴声，一个陌生的声音说道。

洋前后看看，并没有人。身后的四人仍旧躺着，一动不动。她继续往黑暗深处走去，黑暗中，洋感到脚底软软的，好像踩在松软的海滩上。

找到自己，消灭掉自己！

琴声仍旧保持着奇怪的舒缓，丝毫不被这个声音所扰乱。

洋放慢了速度，让脚尖充分接触地面后才让脚跟着地。她的视线在黑暗中异常清楚，能看到深蓝色的走廊尽头有一扇房门。门框有些焦黑，但看上去质地坚固，没有结构性的损伤。门本身是厚厚的钢材，虽然有些陈旧，但看上去被保养得很好。在幽暗中，洋找到了门的把手，她将温热的手心放在金属的圆头把手上时，一阵来自深海的透骨寒气通过手心传到了洋的肺腑。准备开门的时候，洋抬头一看，门上有四个泛着黑斑的铜质数字：1204.

洋这时才发现，原来自己一路走来，都是踩在柔软的海苔上面过来的。洋朝身后的四人望去，隐约中看到三个白花花的身躯，在银光下发出有些晃眼的白色。洋定睛一看，吃了一惊：原来是靠在墙角的三具骨架。对，只有三具。少了一人。

三具骨架靠在生锈了的铜墙上，墙角塞满了厚厚的、黑黢黢的水草。

原来这里是船舱的过道，走廊的窗户其实是船舱的玻璃。

找到自己，消灭掉自己！

门后面传来这句话。

这一刻，洋终于意识到：打开真正 1204 舱门的时刻到了。这一回，她不知道门后面是什么，门后面不再是自己的回忆、不再是蓝天白云下的泰晤士河畔、不再是白色百叶窗后泛着咖啡香味的精致厨房、不再是无忧无虑的冬季伦敦的街头——不再是自己精心挑选后用心搭配的场景，而是不得不面对的现实。

她不得不打开这扇沉重的钢铁之门。

她扭动了被水草缠绕的门把手，往里推开。

一具窄窄的、长长的人骨歪在看似是单人床板的黑色水草上面。下颚骨打开着，牙齿缝里塞满了短短的水草。一条大鱼通过肋骨从盆骨出游了出来。

洋捂住嘴巴，关节咔咔作响，牙齿紧紧地摩擦着，她浑身颤抖，她想到了 C 温暖的胸膛，想到了普罗旺斯薰衣草夜风的味道，想到了 C 平静的笑容，想到了 C 细长的手指。

洋浑身剧烈地抖动，太阳穴上青筋暴出，她狠狠地咬着牙，生怕自己的情绪失控。她跨进了 1204 船舱。

忽然，冰冷的海水灌进了她的喉咙，体内的气息都被巨大的水压积压得扁扁的。洋赶紧转身跨出 1204.

木下出现在了门口，挡住了洋的去路。

找到自己，消灭掉自己！木下的嘴并未动，声音似乎是从他脑后传来的。

洋的眼神开始模糊，她松开了嘴，一串形状各异的气泡从她嘴里冒了出来。

冥冥中，她看到巨大的汽车从头顶的海面上降下来，像一片黑色的岩石缓缓地朝海底深渊坠去。当巨大的汽车从洋面前经过时，洋用最后一丝意识朝车窗里望去：A 趴在方向盘上，旁边副驾驶上仰倒着一个金发女子，胸口插着一杆树枝。

突然，所有名字都有了意义：汉斯、凯蒂、杰克。他们都是洋和 C 在伦敦时的同学。他们与洋一起乘坐了这艘海轮。

第二十八章

大撤退

伦敦的消退在短暂的放缓之后忽然加速。东部一下子被空白吞噬，狗岛只剩下了金丝雀码头。华哥威知道目前的情况不容他迟疑，如果现在再不离开这里，就有永远被困住的危险。不能让到手的好事就这么蒸发了。

爱丽丝的公司已经正式停止了业务，人去楼空。富人们乘坐自己的快艇、帆船，离开位于泰晤士北岸的金丝雀码头，到达南岸的格林威治大学。目前，格林威治大学东南侧存留着一条狭窄的“走廊”。“走廊”南北两侧都已被空白吞噬，沿着这条“走廊”可以朝伦敦西部撤离，到达相对安全的宽广的正常区域。拥挤在格林威治大学的人们，有的穿着 polo 衫和短裤，一看就是早有准备；有些则穿着衬衣、挽着袖子，领带歪斜在一边，似乎是直接从公司里逃出来的，搭上同事的快艇一起逃到这里的；有些穿着漂亮的长裙，手里提着购物袋，被丈夫的电话呼叫到码头上汇合的；有的是双双戴着金丝眼镜的白头发夫妇，稍稍驼着背，腋下夹着厚厚的书，背上是塞得并不满的崭新背包；还有的是穿着绿色围裙、身穿黑色衬衣的咖啡馆店员、蓝灰色工装的清洁员以及点缀在人群中的黑色制服的警察。像这样聚集在格林威治大学山坡上的人们大约有两三千人，另外一万多人散布在大学的校园、博物馆内外以及更高处的格林威治天文台附近。

大撤退从人们陆续登陆泰晤士河南岸就开始了，第一波撤离人群于上午 6 点左右进入走廊。人们挤进狭窄的朝西“走廊”，有少量汽车在人群缓缓移动，长按着喇叭。秩序还算好，人们小心翼翼地向西移动着，并且尽量往人群中间“温柔地”挤，因为两侧的空白实在过于危险。但人们互相之间不会把他人逼到绝境，只要有人掉进“空白”中，就会引起所有人的恐慌，在这条只能有两部轿车交车的狭窄“走廊”里将会带来灾难性的后果。大家都心知肚明，此时，让他人安全就是让自己安全，所有人有着高出日常的大局意识，一步一个脚印地走着。

正午的时候，已经有人进入了西部的宽阔地带。人们一出“走廊”，便一改原先的“温柔”，近乎推搡着朝四面散开，更有一些汽车发了疯地按着喇叭、同行人擦肩而过，开上高速路。

华哥威和爱丽丝大约于上午 10 点半步行进入到“走廊”，他俩都找了一件大一号的卡其布衬衣罩着，都提着最轻便的手提包。上午 10 点的时候，他们乘坐了最后一趟临时加开的公共渡轮来到南岸的格林威治。船长等最后一班乘客下船后，自己也走下舷梯，同自己的船告别——她将停靠在泰晤士河南岸，然后等待从北面、东面袭来的“空白”，将她吞没。

华哥威与爱丽丝下船后，在格林威治大学学生会提供的“南岸应急中心”领了两杯淡如水的咖啡和两片燕麦面包，接着就同大队人马出了大学南校门，在路过国家海事博物馆的时候，人流中加入了博物馆内外的人们，浩浩荡荡地沿着“威廉国王路”向南进入了格林威治天文台公园的“主路”。地势缓缓升高，陆陆续续有人们从山坡各处的小道上汇合过来，大部队开始向西南方向走去，绕过了西南角的玫瑰园，走出了格林威治天文台的区域。接着，散漫的队伍迅速收拢、变窄、变细，人们走走停停、最后停下了脚步，等待前方的队伍调整好宽度，开始小心翼翼进入“走廊”，后方的人们才重新开始了步伐。

走在“走廊”中的华哥威紧紧搂着爱丽丝，将试图挤上来的人“温柔”地挤回去。华哥威抬头看去，夏日的太阳正在头顶喷洒着无尽的白光，但阳光只出现在上方的“一线天”，出了“一线天”的范围，就什么都没有了。

没人知道什么时候这道“走廊”会消失，命悬一线的感觉萦绕在每个人的心头。在人群中，华哥威听到人们在低声谈论英国已经被“空白”区域同外界隔离开了，进不去也出不来。华哥威心头一沉，去美国或是回国已经不可能了。他现在只求能和爱丽丝安全通过这条“走廊”，离开伦敦。

大约中午 11 点的时候，华哥威听到队伍前面传来人们欢呼的声音，队伍的脚步变得细碎起来，不久便加快了速度。华哥威拉紧爱丽丝的手，准备挤出人群，迎接“走廊”的出口。

忽然，华哥威面前的五个背影变成了两个。向前放眼望去，队伍变成了恐怖的一人半宽的细线。余下的人们惊魂未定地尖叫着、喘着粗气，却不敢乱动弹。华哥威一把将爱丽丝摆到了自己胸前，两手放在她窄窄的两肩上。

队伍停顿了几分钟，接着，幸存的人们开始发了疯似地向“走廊”出口涌去，很快，许多人被挤到了“空白”中，队伍前面的人被身后的人推倒、踩在脚下。轿车全军覆没，很快被后面的人群取代。

头顶的“一线天”泛出了反常的蓝色，好像戴着有色眼镜看到的颜色一般。忽然，从两侧“空白”的“高墙顶端”涌出了苍白的泡沫，这些泡沫越来越多，如同从扎啤杯口溢出的白色泡沫，接着，泡沫沿着高高的“空白高墙”淌下，“走廊”地面不久便被覆盖上了没过脚踝的白色泡沫。华哥威抱着爱丽丝，不停地亲吻着她的后劲，一边不停地鼓励爱丽丝向前走、不要停下脚步。

就在这个时候，队伍后方传来叫喊声，后方的人们推搡过来，形成了一阵强力人浪，许多人扑倒在地上。此时，地上的泡沫已经漫过了爱丽丝的小腿。倒在泡沫里的人刚要抬头，就被后面一个接一个倒下的人埋进了白色的泡沫里。

华哥威朝后望去，银甲士兵们正在屠杀队尾的人群。这里面，银甲士兵一边挥舞着银剑，一边高喊“杀死华哥威”的口号。

爱丽丝惊恐地望着华哥威，华哥威一咬牙，抱着爱丽丝原地转了一圈，将她摆到自己身后，然后憋足了劲一脚将前面的人踢到一边的“空白”中去，一手拉住爱丽丝的手，一手将前面的人左右拨开。

“杀死华哥威！”

“杀死骗子！”

身后的银甲士兵迅速向华哥威逼近，身后的人群有的被刺死、有的被撞进了两侧的“空白”。银甲士兵们自己也只能保持着两人侧身宽的队伍，不停地向前冲去，速度之快、之凶猛，不是一般人能抵挡住的。

“给女王让道！”银甲士兵中的军官高喊了一声。银甲队伍迅速向两边贴去，中间能让女王洋侧身通过。有几个银甲士兵由于动作过快没站稳，纷纷掉入两侧的“空白”中去。

女王洋穿着银甲，但没有系红色披肩，轻盈地、略带仓促地朝银甲队首奔去。她的身后是四个快速跟着的、举着银质长枪的银甲士兵，长枪上插着三个人头：达达、亚伯拉罕和沙沙。第四杆长枪上空着。

“骗子！”女王洋拔出银色长剑，指着华哥威，“你这个骗子！”

华哥威把洋摆到自己身后，

“我说过了，”华哥威说，“我没说过那个计划百分之百的可靠！”

“你说过杀死 C 就能让 A 永远跟我在一起的！”

“我是说过，但那只是计划！”

“现在 C 死了，但 A 也不见了！”

“C 是你杀的，A 是自己跑的！”

“根本不是你说的那样！”女王洋上前一步，将长剑抵在华哥威的喉咙上，一道鲜血缓缓流了出来。

“给你五秒钟的申辩时间，然后就让你死。”女王洋静静地说了一句。

忽然，华哥威、女王洋感到一侧的“空白墙”出现了深色的影子，两人刚一转头，只听得闷闷的撞击声，接着是巨大钢筋被慢慢拗断的声音。

一个巨大的、黑色的船头从“空白墙”的最高处插了出来，制造了一个巨大的破洞。

众人等待了两秒，顿时间，蓝黑色的海水从巨大的破洞涌进狭窄的“走廊”，就好像是用蓝墨水淹没烧酒杯底的蚂蚁一样。人群和银甲士兵混杂在一起，被错乱、狂躁的浪花重重地撞向对方，又被粗暴地送向他处。最后，蓝色的巨浪形成了深深的漩涡，旋转着，携带着银色和灰色的碎片，向冲水马桶一般，将所有一切拖向了深渊。

“走廊”被淹没、被解构，发出了巨大的响声：那是一种前所未有的声响，不是简单的碰撞，而是一个世界同另一个世界碰撞的声音，一种硬生生将不相关的东西粗暴地建立联系的声音。如果硬要说像什么声音的话，那就是像两块沉重的、巨大的、生锈的铁板紧紧贴合，朝两个方向抽走的摩擦声：所有高低不平、坑坑洼洼、“怪石嶙峋”般的铁锈都被打碎、磨平。

女王洋漂浮在深深的海水中，白光从头顶的海面照微弱地照射进来，海面好远好远，远远不能照亮广阔的、不见底的蓝黑色海水。银色的盔甲在黑暗中变成了灰黑色。她隐隐约约看到了一个女孩的身影，黑色的长发在水中铺散，女王洋的身体渐渐上浮，朝着年轻洋的身体靠近，银甲士兵在黑色的海水中漂浮着、垂头丧气地逝去，静悄悄地如同一盘被弄乱了的棋。

她浑身发抖，肺中的寒水从鼻腔里泛出来，夹杂着浓浓的血腥味。她梦见了C，C稚气未脱的脸颊让她感到与C的那段感情是如此遥远，就像自己同那遥远的海面一般，永远无法到达水面，让自己喘息。她看到了同学琮，坐在客厅的地毯上抽着烟、喝着红酒，阳台的玻璃移门打开了一半，白色的纱帘翩翩起舞，夏夜的风抚摸着琮棕色的头发。她梦到了A，站在初冬的凯瑟琳大厦大厅外，点燃了一支俄罗斯产的香烟，一股浓浓的烟草味混合着皮手套、男士香水的气味，让她产生了一种陌生的熟悉感。她默默地张开嘴，像大海里的鱼一样，一张一合地“呼吸”着——海水不会灌入她的肺部让她窒息，也许海水早已将她的五脏六腑浸泡得透透的，就连血管里也充斥着咸咸的、深蓝色的海水，只是她已在无知觉中变作了一条鱼一样的东西，或者比鱼还要适应这样的深海，既不冷也不热，海水如同空气一样让她的肌肤非常适应，她只有一个概念：自己是一个存在于深海中的生物——从来就是如此。

她的银色盔甲已经不在身上，她穿着学生时代常穿的风衣和平底鞋，她的眼睛睁得大大的，她看到金发的爱丽丝坐在“路虎”汽车的副驾驶座上，胸前插着一杆树枝，好像是从胸口长出来的一样。A坐在驾驶座上，脸埋在方向盘上，一动不动，好像一座雕塑。“路虎”汽车缓缓下沉，爱丽丝安静地闭着双眼，从洋面前经过，车窗玻璃如同厚厚的水晶棺，将爱丽丝与洋隔开。

她不知道应该叫嚷还是锤打。等到意识过来，她发现自己双手重重地砸在副驾驶车窗玻璃上，嘴里叫喊着爱丽丝和A的名字，尽管她大声地喊叫，她仍旧是无法发出一丝声音，她锤打在车玻璃上的拳头，也无法击打出任何声响。

沉重的“路虎”车不慌不忙地朝着更加无光的黑黢黢海沟下沉，速度不快也不慢，但谁也无法阻止它的下沉，就好像它命中注定就是要携带着爱丽丝与A沉向那个无人能寻的深渊。洋泪流满面、声嘶力竭，泪水在海水中化作颗粒饱满的气泡，如同断了线的珍珠项链，哗啦啦地朝海面涌去。只有这些泪珠能回到海面上，而洋、爱丽丝、A以及所有其他的一切都无法回去，等待他们的只有永恒地漂浮或是下沉。

沉寂沉寂沉寂。

无法回归则意味着陷入“無”，被“無”吞噬、被“無”消除，然后就只剩下“無”了。或者说，连“剩下”以及“無”的概念也会被吞噬、消除。

第二十九章

最后的审判

“全国超市运营协调委员会”会议室里，巨大的红木圆桌围坐着十名委员会成员。这些委员会成员是重要的大佬，另外两名已经被正式除名：霍普和亚伯拉罕。

成员罗杰斯打开黑色牛皮案宗，在末尾结案处签字，签完后，将打开的案宗递给了旁边的杰斐逊。杰斐逊签完后，递给了其他成员，最后，案宗传到了沙文手中。

沙文托着案宗，朝左右的大佬们微微一笑，将大开本的卷宗端端正正摆在纤尘不染的光滑的桌面上，像看着一尊精雕细琢的艺术品一般左右打量着卷宗。定做的西装紧紧地包裹着他窄窄的肩膀，不到一米六的身高和高高的衬衣领子让他看上去没有脖子。嘴里发出“嘶嘶”声，从西装内袋里掏出一支闪闪发光的黑色钢笔，像拔出餐刀一样将钢笔从笔帽中拔出，接着，这份卷宗像是一道卖相极佳的大菜，让他不忍下手切下第一刀。沙沙的死并没让他的势力缩小，因为沙沙只是他的一粒棋子，被另一粒棋子女王洋给清除掉了。

让他感到得意的是，他的两个死对头亚伯拉罕和霍普分别被沙沙和华哥威清理掉。在委员会所有人都以为亚伯拉罕是霍普的死对头时，沙文早已知道亚伯拉罕是霍普最重要的“线人”。

霍普的计划是这样的：亚伯拉罕争取到了调查凯瑟琳大楼、搜捕霍普的任务，实际上是霍普让亚伯拉罕施放的烟雾弹。霍普知道凭一己之力无法占领凯瑟琳大楼，于是借助委员会的部队消灭掉了占领大楼的武装部队，然后让亚伯拉罕作为负责人进驻大楼，再将洋“关押”进大楼，实则是为了监视洋，在委员会的眼皮底下反而是最安全的。亚伯兰罕试图说服洋自杀，这样女王洋连同这个错乱的世界会一起消失，但他没能成功；另外，霍普知道，占据了拥有1204房间内的“入口”，即掐住了女王洋的喉咙。接下来，就可以安稳地计划如何最大限度地改造、利用1204的“入口”。霍普在一年前派出去的“红方号”收集了满满一船“未受污染”的建材，等待用于改造大楼和“入口”。

就在亚伯拉罕占领大楼后不久，“红方号”正好返回伦敦，并通过铁路将货物运送进伦敦。这时，霍普向“红方号”船长发出了一条非常冒险的命令：向沙文释放信号，让其接手改造大楼和入口的大工程，由于利润丰厚，手里又有沙沙的施工队，沙文是愿意插手这件事的。

结果就是霍普命“红方号”船长伪造了亚伯拉罕的签名，为了保密，这件事连亚伯拉罕本人都不知情；同时，沙文命沙沙拿着来自委员会的文件前去接管大楼，见到文件的亚伯拉罕自然无力反驳。于是，霍普的“红方号”船员作为监理，借助沙沙的施工队开始对大楼和“入口”进行全面改造，最终目的是能输入大批委员会部队，一举摧毁女王洋的城堡。然而，女王洋很快发现了改造工程，派部队将沙沙及其施工队悉数杀死。

但是，“红方号”船员趁乱，在尼克带领下进入了女王洋的城堡，与霍普的“线人”亚历山大里应外合，摧毁了女王洋的城堡。将女王洋困在了外面的世界里。

沙文美美地享受着这一刻，迟迟不下笔签字。他扫视了一下巨大圆桌前的每一位大佬，练习似地用笔尖在空中优美地画了一个连笔的符号。思维缜密的霍普却没有想到，自己的失败是“养子”华哥威带来的：沙文很早就发现华哥威内心的躁动了——华哥威的天赋让他意识到目前的自己是被霍普“复活”的产物，自己的“人生”是霍普安排的棋子；他想要真正的自由，逃离霍普的控制。沙文知道“国家画廊”之夜会为他带来巨额财富，只要将零头施舍给华哥威就足以让他叛变。他许诺华哥威：只要他将霍普的“爱子”C引到女王洋的陷进里，就会给华哥威足以自由一辈子的财富。华哥威做到了：他恨C、他爱能让他自由的财富。

华哥威回到伦敦的第一个晚上，霍普去见了他。霍普想见一见“小儿子”，“大儿子”C的离去让霍普无比悲痛，白发爬满了两鬓，更让他痛心的是：正是“小儿子”华哥威害死了C。华哥威举起的刀子让霍普选择放弃这个世界——他对这个即将被“無”吞噬的世界置之不理了，他累了。但是霍普并没有放弃寻找A，图书馆里藏书里的纸条，直白地告诉霍普，A就是C最真实的存在。

自以为能获得自由的华哥威没能想清楚：他是这个世界的产物，无法逃离这个世界的沉没。

为了灭口，沙文派委员会刺客将破解了这个世界秘密的简·罗宾逊教授暗杀。但是那名刺客也被罗宾逊教授的汽车撞死。刺客身穿与霍普当年一样的黑色皮质风衣。

被困在这个世界的女王洋，由于无法回到自己的内心世界，开始疯狂地寻找霍普的下落。她找到了企图与霍普回复联系的亚伯拉罕，将他从伦敦的居所里拉出来，同对待达达一样，在广场上将其斩首。

由于霍普放弃了管理平行世界，委员会中没有其他大佬能够真正解决女王洋带来的麻烦，于是，这个世界与其他世界不再平衡，产生了碰撞。

沙文略感悲伤地咂咂嘴，一丝单一麦芽威士忌的留香在嘴里蔓延开来，也许是自己的幻觉，也许是昨晚坐靠在单人皮沙发上时喝的那杯威士忌，他无法区别开来——感觉是真实的，不管这个感觉是因为虚幻的意识或是真实的存在而产生的。他似乎明白了什么，有生以来第一次发现了自己的弱小——在意识的洪流面前，他什么也做不了，他能做的，便是靠投机取巧来中饱私囊，至于自己能否选择一个“恰当的世界”一掷千金、奢华度日，沙文并不知道。他感到很无助，因为自己便是管理所有世界平衡的最高委员会，而他——作为控制着这个委员会的大佬，面对世界的碰撞，却无能为力。

要是霍普在就好了。这个念头在他的脑海间一晃而过。

沙文用极为隐蔽的方式叹了一口气，好像只是钢笔没墨水了。其余九名大佬期待地看着沙文，等待他在所有签字的最后划上决定性的一笔。九名大佬都将自己的名字签得尽量小，为沙文留足了空白，沙文即将用那优美的线条终结这桩案子。

案宗是这样的：

【案】35号（超委5年）　　　　　　　　　　超委监印纪5年

全国超市运营协调委员会（CNSMC）

全国超市运营协调委员会的宗旨是维护“世界们”的平衡发展，致力于建立良性的“多·世界”系统的健康运转。全国超市运营协调委员会禁止任何以个人名义“创世”的行为。

全国超市运营协调委员会是一个独立的法人机构，具有独立的审查权、搜捕权、行刑权，并不对任何政府、机构、法人、自然人负责。此委员会不设立审查委员会和监管机构，决议一经通过，立即执行。

审查级别：1级

*1级案件须由8名以上的委员会成员赞同方可通过。只需1名委员会成员便可否决。

案件正文：

超委5年，全国超市运营协调委员会成员：亚伯拉罕·诺亚与霍普·金背叛组织，情节严重，经委员会投票通过，正式将亚伯拉罕·诺亚与霍普·金从委员会中除名。

特此批示。

签字：

超委伍年8月

银色的精致笔尖在质量优良的纸面上滑过，沙文将案宗合上。在场所有人似乎听到了石板砸向地面的声音。

“路虎”车被拖向黑色的海底深渊，A趴在方向盘上，旁边的副驾驶里坐着紧闭双眼的爱丽丝。汽车离开洋越来越远——洋正在朝着光明的海面浮上去。

“就这样，你就能离开这片海洋了。你已经脱离了当年的客轮，你不再会沉没在海底了。"

木下睁大着眼睛，出现在了洋的面前。

"快离开这里吧。"木下睁大着眼睛。

洋张大嘴巴，却发不出任何声音。她低头望去，"路虎"车正在被黑暗吞噬。

"不用管它。你自己上去吧。"

洋发了疯地大喊，却只有无声的气泡冒了出来。

她是如此地爱着A，她还是当年那个留着齐肩长发的女孩，穿着淡蓝色棉质短大衣，踏着咖啡色的矮跟皮鞋。她似乎看到了A牵着她的手，在伦敦街头的人群中穿梭着。初冬的阳光就像暖人的麦穗一样。

她爱着A，她想紧紧地抱着A，寒冷从两边聚拢过来。

她创造了一整个世界，为的就是和A永远生活在当年一样的伦敦，没有打扰、没有时限，有的只是永恒。

就那么永远地坐在街头、喝着咖啡，看着A的脸庞在冬日阳光里微笑。

A！我爱你！

洋喊出了声音，海水灌入了她的肺腑。

这是一个晴空万里的安静中午，她发现自己坐在一架钢琴前，旁边是当年A未完成的普罗旺斯薰衣草田画作。她弹起了肖邦的《离别曲》，右手的手腕上有一道干净利落的切口，鲜红的液体流淌在她洁白的手腕、琴键上。

她感受到了前所未有的快乐。

她看到A紧紧地握着她的手，生怕她被人流冲走一样。

第三十章

后续

A再一次醒来，他看到憔悴的女人把脸贴在他的脸上。

他感受到血液在脚底——那个不久前还是极为遥远的地方——流淌着。头顶的日光灯发出刺眼的白光，但并不是令人沮丧的白光，而是让A头脑清醒的现实之光。

目光迅速聚焦，他看清了憔悴女人的脸：微微凸起的颧骨、干瘪的脸颊以及脸颊上的泪水。

“医生说你已经脱离危险了。”女人拿起A的手，放在自己的脸颊上摩挲着。A感到自己的手背被粗糙感唤醒了。

“她在哪儿？”A意识到自己的嘴里流淌出了这句话。

憔悴的女人忽然发出了暗黄色的光，她把A的手从脸颊上拿开，用双手托着放在床前。

“没有什么女人，”憔悴的女人看了眼地板，“以后，不允许提起她。”

你是？A刚想开口，忽然，记忆如同开了闸的洪水，从天花板的某处倾灌下来，一股脑地砸进A的天灵盖。

“你是德干，我的妻子。”A平静地说道。

德干扑在A的胸前，枯干的肩膀快速抽动着，痛哭不止。

半个月后，A基本恢复了健康。他推开公墓的黑色的、半人高的铁质栅栏门，天空中飘着细细的雪花，薄薄地散落在矮矮的墓碑上。有的墓碑上装饰着戴着翅膀的天使石雕、有的墓碑非常的朴素，但是A很快就找到了一块他熟悉的墓碑。

上面只写着一个字：

洋

A在墓前放下一枝玫瑰。十几年前，他心爱的恋人，在地中海的那次海难中，永远沉入了黑色的海底。不远处的墓碑旁，站着一个低着头的老人，戴着细框眼镜，穿着工装服。

A有些兴奋地走了过去，

“霍普？”他把手搭在老人肩膀上。

老人抬起头，眉间有些疲倦，但他的脸上却透露出了平静的微笑，

“哦不，我的朋友，我想你认错人了。”

A 点头致歉，走出公墓。

雪花飘落在 A 黑色的大衣肩上，好像糖霜洒在提拉米苏上一样。

十几年前的海难，将洋永远定格在了那个年龄。

五年前，A 与妻子德干结婚。

半个月前，弟弟华哥威的恋人，爱丽丝从伦敦带回一张公司合影照片，尽管华哥威反对，爱丽丝还是偷偷坐上 A 的“路虎”汽车，将照片给了 A。

在合影照片上，A 发现了一个长得像极了洋的亚洲女人的面孔。

在把爱丽丝送回家的路上，心事重重的 A 一不留神把汽车撞向了路边的树干。

今天，A 坐进汽车，点了一支烟。

如果在这一天发生的所有事情都将是不恰当的，那么，他宁愿再与洋共做一次梦。

她看到 A 紧紧地握着她的手，生怕她被人流冲走一样。

图书在版编目（CIP）数据

迷之困境 /刘潇著. --北京：中国广播影视出版社，2016.11

ISBN 978-7-5043-7777-7

Ⅰ.①迷… Ⅱ.①刘… Ⅲ.①长篇小说－中国－当代 Ⅳ.①I247.5

中国版本图书馆CIP数据核字（2016）第257075号

迷之困境

刘潇 著

策　　划：庞　强　刘　媛

责任编辑：黄月蛟

封面设计：何漫·贝壳悦读

出版发行：中国广播影视出版社

电　　话：010-86093580　010-86093583

社　　址：北京市西城区真武庙二条9号

邮　　编：100045

网　　址：www.crtp.com.cn

电子信箱：crtp8@sina.com

经　　销：全国各地新华书店

印　　刷：北京市媛明印刷厂

开　　本：710毫米×1000毫米　1/16

字　　数：313（千）字

印　　张：15.75

版　　次：2016年11月第1版　2016年11月第1次印刷

书　　号：ISBN 978-7-5043-7777-7

定　　价：46.00元